부서
불랑께

김요수 산문집

부서
불랑께

부어버리고 싶지만
차마 못하는 마음

심미안

아뢰는 말씀

1.

'부서불랑께'는 전라도말입니다. '붓다'와 '버리다'가 뭉친 말이라고나 할까요. '~께'는 무엇을 하고 싶은 강렬한 마음이 있지만 차마 그렇게는 하지 못하는 서글픈 마음을 담아 말꼬리에 붙입니다. 그러니까 '부서불랑께'는 부어버리고 싶은 강렬한 마음이 있지만 차마 그렇게 하지 못하는 안타까운 마음을 담은 말이라고 할 수 있겠습니다. 모으고(열정) 쏟아 부어서(집중) 품었습니다. 품어서 몸에 익힌 뒤에는 담고 다니기에 무거워 밖으로 드러낸 이야기들입니다. 드러냈지만 물론 읽을 만한 글은 아니란 걸 잘 압니다.

2000년, 아버님이 돌아가시고 갑작스레 모든 일이 멈추고 바뀌었습니다. 마음을 다잡으려고 하루에 50쪽씩을 읽자고 다짐했습니다. 2001년, 삶은 지쳐갔고 무작정 걷는 시간이 늘었습니다. 걷고 나면 마음이 가라앉고 편안해졌습니다. 날마다 걸었습니다. 2002년, 아침마다 눈을 뜨면 가장 먼저 무릎을 꿇고 하루를 그렸습니다. 이른바 '하루 시뮬레이션', 누구를 만나면 무슨 이야기를 하고, 어디를 둘러보고, 하루를 미리 짜보는 일이지요. 2003년부터는 저녁 잠자리에 들면 무릎을 꿇었습니다. 이른바 '셀프 리플렉션', 오늘 잘한 일은 무엇인지 잘못한 일은 무엇인지 돌아보았습니다. 돌아보면 그리움과 아쉬움이 덜했습니다.

2004년엔 적바림(메모)하는 것을 몸에 익혔습니다. 적는다고 똑똑해지거나 지닐총(기억)이 또렷해지지는 않았지만 잊지는 않더군요. 2005년, 오늘 저를 도와준 사람들을 떠올리는 때를 가졌습니다. 고마움을 알고, 그 고마움을 표현하니 마음이 홀가분했습니다. 2006년, 오래된 신문을 읽었습니다. 지난날을 견주어 오늘을 톺아볼 수 있었습니다.

2007년, 몸이 버티지 못하는 일이 잦아서 절(108배)을 하며 몸을 다졌고, 마음은 덩달아 다져졌습니다. 2008년, 끼니를 줄였습니다. 몸이 가벼워지니 마음 또한 가벼워졌습니다. 2009년, 한 줌씩 버렸습니다. 보이지 않던 살림을 버리고, 보이는 살림도 2년째 쓰지 않으면 나누거나 버렸습니다.

해마다 하나씩 몸에 익히는 일이 늘어갔습니다. 겉은 아직 초라하지만 마음은 흐뭇했습니다. 딱히 똑똑해지거나 높은 자리에 오르지는 않았지만 보람과 즐거움이 늘었습니다. 미워하는 마음은 줄고, 기뻐하는 마음이 늘었습니다. 용케 하루가 신나는 날도 늘었습니다.

워낙 아둔한 '아둔패기'고, 덜 된 '얼간이'고, 얼빠진 '얼뜨기'고, 흐리멍덩한 '맹추'고, 못난 '득보기'라서 삶이 뻔하기는 합니다. 다만 더 나빠지지는 않아서 다행입니다. 머리가 나쁜

'멍추'라서 오늘도 갈고 또 닦고만 있습니다.

2.

'햇귀'라는 말이 있습니다. 해가 솟을 때의 첫 빛을 말합니다. 요즘 햇귀 보는 재미가 쏠쏠합니다. 산마루 사이에서 둥실 떠오를 때 설렙니다. 날이 끄물거리더라도 환해지면 기쁨이 다가옵니다. 안개 낀 날이요? 그 그윽함은 가슴을 벅차게 만듭니다.

봄이 뽀롱뽀롱 왔습니다. 틈 내어 옥상에 가니 저절로 '아래'가 봐집니다. 한참 아래를 보다가 쭈그렸더니 어라, 저절로 눈이 '하늘'로 가더군요. 어떤 자세로 있느냐에 따라 바라보는 방향이 달라집니다.

3.

아버님 어머님 무덤으로 봄나들이 갔습니다. 10년째 하던 일을 다 내려놓고 쉴 때 몸이 흔들렸고 마음은 이렇게 살아서는 안 되겠구나 했습니다. 그때 아무 생각 없이 산소에 막대기만 한 나무를 푹푹 쑤셔 놓았는데 쑥쑥 자랐더군요. 이제는 제법 나무 흉내를 내는 막대기들의 몸에 붉은 빛이 감돕니다. 또 다른 봄이 온 것이지요. 찬찬히 보니 산수유가 노랗게 꽃망울을 머금었습니다. 꽃이 노란 빛이면 꽃망울도 노랗다는 것을 새삼 알았습니다.

무덤 마당에 채송화 심고, 하얀 치자 꽃 피는 것을 보며 즐거워합니다. 어머님의 모습입니다. 새로 심은 모과나무에는 꼬마모과 달라붙어 있고, 배롱나무 진분홍 꽃 바라보며 웃습니다. 아버님의 모습입니다.

마음에 보고 듣고 느낀 일을 차곡차곡 심었습니다. 잘 살아보고 싶은 마음입니다. 되짚어 본 개덕(생각)이 피어나 혼자서 한껏 기뻐합니다. 새로 읽은 글이 삶에 보태졌습니다. 삶의 뜨락에 작은 열매 송골송골 맺혀 스스로 뭉클합니다. 하루해가 뉘엿거릴 때 그 자투리에 서서 살아온 길을 더듬거립니다. 살아온 골목길은 이파리 떨구어 낸 가을 숲길처럼 비어 있습니다, 텅! 오늘도 지나온 발걸음을 발판 삼아 어제의 묵은 때를 씻어냅니다. 맑고 넉넉하게 살아가면 좋겠습니다.

산소에 가서 어머님 아버님께 이런저런 이야기를 두런두런 털어놨습니다. 어머님은 '심(힘) 닿는 만큼만 해야, 곳간에 쥐똥 싸 놓데끼(싸 놓듯이) 하지 말고' 그러십니다. 아버님은 '까치밥을 꼭 묵어야 맛이다냐, 보고 배 부르믄 되제, 몸 상하지 않을 만큼만 재미를 붙여' 하시더군요. 많지는 않지만 저를 지켜봐 주신 분들이 계셔서 고맙습니다. 그분들께 고개를 깊이 숙입니다.

2017년 봄
김요수

차례

2부 월간 『샘터』에 이어 쓴 이야기

3부 남의 삶에서 얻은 이야기

1부 스쳤는데 머문 이야기

復 不 過 時
(돌이킬 복, 아니 불, 지날 과, 때 시)

돌아갈 그때를 잊지 않으리

모르고 왔더라도
즐겁게 머물고
가야 할 때 가리라

달력(음력)의 삶

아버지는 흥얼거리며 자전거를 끌었습니다. 짐발이 자전거였습니다. 나와 형은 그 뒤를 쫄랑쫄랑 따랐습니다. 9살 아니면 10살 무렵이었습니다. 형의 겨드랑이에는 동아전과가 끼어 있었고, 나는 누런 종이로 만든 봉투를 쥐고 있었고, 누런 종이봉투에는 어머니께 드릴 튀김과 순대가 들어 있었습니다. 교동리의 오르막 길은 잔등(작은 고개)이었지만 한잔 걸치신 아버지에게는 버거웠고, 어린 우리 형제는 헐떡였습니다. 형은 동아전과 퀴즈에 전국에서 2등으로 당첨되어 즐거웠고, 나는 덩달아 신났습니다.

아버지는 언덕 위에 섰습니다. 저 동그란 달 좀 봐라, 갖고 싶은 것을 빌어라! 아버지는 가쁜 숨을 고르면서 한참을 바라보았습니다. 나는 날마다 달걀 프라이를 먹게 해달라고 빌었고, 형은 아마 공부 1등 해달라고 빌었을 거라고 지레 짐작했습니다. 그때부터 나는 달을, 아주 동그란 달을 보면 갖고 싶은 것을 빌었습니다. 아버지가 돌아가시고 아버지를 땅에 묻고 난 다음, 나는 교동리 언덕을 지나면서 그때 아버지는 무엇을 빌었는지 궁금했습니다.

　자, 막둥이는 앞에 타라! 나는 한쪽으로 다리를 모아 자전거 앞쪽 햇대에 걸터앉았습니다. 아버지는 누런 종이봉투를 자전거에 달린 거울에 묶었습니다. 형은 뒷자리에 동아전과를 깔고 다리를 벌리고 앉았습니다. 꽉 잡어라! 아버지는 자전거에 올라 발판을 굴렸고, 자전거는 언덕을 쏜살같이 내려왔습니다. 찬 기운에 코끝이 찡해졌습니다. 튀김과 순대가 종이봉투를 뚫고 나올까 봐 나는 작은 손으로 봉투를 꼭 붙잡았습니다. 손이 시렸습니다. 커다란 달 속으로 나와 아버지와 형이 쏙 들어갔습니다. 이제 나는 날마다 달걀 프라이를 먹을 수 있을 거라고 믿었습니다. 꽉 잡어! 아버지는 같은 말을 되풀이했고, 와아! 형은 뒤쪽에서 소리를 질렀습니다. 달이 품속으로 들어온 날이었습니다.

　내가 머리카락을 자른 날이면, 하이고 우리 막둥이가 바둑돌처럼 반질반질해졌네, 어머니는 반달 같은 눈을 감으며 웃었습니다. 지난 한가위를 앞두고 혼자서 늦은 벌초를 했습니다. 어머님, 아버님이 함께 계시는 묏등은 벌초를 하고 나니 바둑돌처럼 반질반질했습니다. 어머님! 내 머리를 바둑돌처럼 반질거리게 해 주신 것처럼 저도 어머님 묏등을 반질거리게 해 드렸지요? 묏등 옆에 앉아 목을 축이는데 건너편에 달이 떠 있었습니다. 나는 빌었습니다. 아마 아버지가 교동리 잔등에서 빌었던 것을.

　할아버지는 낮엔 글을 읽고 밤이 되면 종이를 폈습니다. 할아버지는, 요수야, 큼큼! 하시면서 꼿꼿하게 앉아 계셨습니다. 나는 종지에 물을 뜨고 벼루와 먹 앞에 행감(양반다리)치고 앉았습니다. 큼큼, 무릎 꿇고!, 할아버지는 말씀하실 때 움직씨(동사)나 꾸밈씨(형용사)가 없어 짧지만 움찔하게 만듭니다. 할아버지가 종이를 펴신 날은 달이 동그란 날이었습니다. 나는 불빛 없는 달빛 아래서 먹을 갈았고, 할아버지는 창으로 들어오는 달빛과 그 달빛을 받은 하얀 종이만 말없이 보셨습니다. 종지의 물이 먹물로 바뀌면 할아버지는 붓을 들었습니다. 붓끝에서는 나무도 나오고 풀도 나왔습니다. 어떤 때는 새도 나오고 소도 나왔습니다. 할아버지의 꽃은 정말 예뻤고, 할아버지는 없는 것을 만들어내는 신(神)처럼 보였습니다. 할아버지가 없는 것을 만들어낼 때 나는 저린 발을 끌고 마당을 서성였습니다. 종이 위에 메(산)가 우뚝 서고 물이 흐르면 할아버지는 붓질을 멈췄습니다.

요수야! 큼큼, 나는 다시 무릎 꿇고 먹을 갈았고, 이번에는 할아버지가 마당에서 서성였습니다. 할아버지의 그림자는 달빛에서 느리고 사뿐했습니다. 할아버지는 왜 불도 안 켜고 해? 어둠에서 물리쳐야 한다, 나는 어둠에서 물리쳐야 하는 것이 잠이라고 생각했습니다. 캄캄하니까 먹물이 튄 지도 모르잖아. 괜한 투정을 부려봤습니다. 환한 곳에서는 누구나 잘난 척할 수 있다. 할아버지 말씀은 짧게 날아왔습니다. 잘난 척이란 말에, 선생님 앞에서 알랑거리고 여자아이들한테만 고분고분한 성식이가 떠올랐습니다. 중학교 3학년 때 할아버지가 돌아가신 뒤로 나는 종이를 펴지 않았고 먹을 갈지도 않았습니다. 동그란 달이 뜨면 간혹 붓

펜을 들어 시늉만 내고 서성였습니다.

외할아버지는 젊어서 배를 탔습니다. 물때를 보고 고기를 잡았습니다. 외할아버지는 국회의원 얼굴이 한복판에 떡 자리 잡고, 일 년 열두 달이 빙 둘러 있는 한 장짜리 커다란 달력을 싫어했습니다. 농약가게나 농협에서 나누어준 숫자가 큰 달력을 좋아했습니다. 달력을 받은 날, 외할아버지는 사인펜을 손에 쥐고 숫자를 칸칸이 짚으면서 '조금'과 '사리'를 적었습니다. 달이 조금씩 동그랗게 되어가는 조금은 7~8일이나 달이 기울어지는 22~23일을 말하고, 사리는 보름(15일)이나 그믐(마지막 날)을 말합니다. 물론 달력(음력)입니다. 고기를 많이 잡으려면 바다를 잘 살펴야 했는데 그 바다는 달이 움직인다고 외할아버지는 가르쳐 주셨습니다.

내가 그리스로마신화에서 읽은 포세이돈이 '바다의 신'이라고 말하면 외할아버지는 '떽끼 놈' 하고 야단을 쳤습니다. 외할아버지에게 바다의 신은 포세이돈이 아니라 달이었습니다. 지금 내 밥상에서 생선 구경하기 힘든 것은 아마 그때 포세이돈을 바다의 신이라고 말했기 때문인지도 모릅니다. 외할아버지는 달만 보고도 날씨를 가늠했습니다. 달을 흘낏만 보고도 '뭣'을 해둬야 하는지 알았고, '뭐' 할 때가 되었다고 말했습니다. 동네 사람들은 외할아버지께 언제 씨를 뿌려야 하는지, 혼인날은 언제가 좋은지까지를 물었습니다.

외할아버지의 세상은 달이 이끌었고, 외할아버지께 달은 신이었습니다. 나라님이 외할아버지 동네의 바다를 막아 논으로 만들어버렸을 때쯤, 외가마을 사람들은 마을을 떠났고 외할아버지는 달 볼 일이 줄어들었습니다. 얼마 뒤 외할아버지도 마을을 떠났습니다. 도시로 나온 외할아버지는 언제부터인지 모르나 성경을 외우고 성경을 말했습니다. 달은 외할아버지에게 더는 신이 아니어서 더는 달을 보지 않았습니다. 나는 달을 보면 문득문득 그때 외할아버지께 달 이야기를 많이 배워두지 못한 것을 뉘우쳤습니다.

9월이 비롯됐습니다. 10월도 보름이 지났는데 생뚱하게 무슨 '9월 타령'이냐고 하겠는데 나는 달력(음력)으로 헤아리며 사는 것이 더 만만합니다. 물론 사람들을 만나거나 세상에 젖어 있을 때는 해력(양력)으로 살기는 합니다. 오늘은 달력으로 9월 1일입니다. 언저리에서 머뭇거리던 공기를 빙빙 돌려 시원한 바람으로 만들었던 선풍기를 닦아서 들여놓는 날입니다. 일찍 선풍기를 닦아 들여놓으면 한가위 뒤 끝에 찾아오는 늦더위에 선풍기를 다시 꺼내야 해서 번거롭습니다. 찬바람이 쌀랑할 때 선풍기를 닦으면 쌀랑함 때문에 깨끗하게 닦지 못합니다. 옷장에서 나프탈렌 냄새만 뒤집어쓰고 있던 긴팔 옷도 꺼내놔야 하는 날입니다. 남들보다 열이 많은 나는 남들처럼 한가위에 긴팔 옷을 입으면 속옷이 땀에 젖습니다. 한가위가 지나서 꺼낸 긴팔 옷도 해 뜰 무렵과 해질 무렵에만 입습니다. 나한테 딱 맞는 짓입니다.

어머님이나 아버님의 넋을 기릴 때도 나는 달력으로 지냅니다. 어머님이 돌아가신 날에는 여름의 끝자락이었는데도 비가 많이 쏟아졌습니다. 그 뒤로 해마다 그날은 비가 왔습니다. 어머님의 넋은 비가 되어 나를 가만 누릅니다. 아버님이 돌아가신 날에는 찬바람이 불었는데도 가을볕이 따가웠습니다. 그 뒤로 해마다 그날은 볕이 따가웠습니다. 아버님의 넋은 볕이 되어 나를 불쑥 돋웁니다. 나에게만 주어지는 낌새입니다.

나는 오늘도 달력(음력)을 살피고, 달을 봅니다, 우두커니! 마치 달이 나에게 어른들의 슬기로움을 주기라도 하듯이.

---

* '어머님·아버님'은 상대의 부모님을 높일 때 쓰거나 돌아가신 내 부모님을 말할 때 씁니다. 행여 살아계신 내 부모님께 '어머님·아버님'이라 부르지 마십시오. 얼른 돌아가시기를 바라는 꼴입니다. (︶)

길을 좇다 길을 잃었다

혹시나 남은 당근이라도 있나? 밭고랑 살펴보며 밭두렁을 터
벅터벅 걸었습니다. 검정 고무신에 흙이 다닥다닥 붙었습니다.
걷다가 신발을 풀에다 문지르기도 하고, 벗어서 탈탈 털기도 했
습니다. 어렸을 때 논두렁을 걸으면 내 걸음에 놀란 개구리가 폴
짝 뛰었습니다. 폴짝 뛴 개구리 따라 미꾸라지 잡는다고 논물에
들어갔습니다. 논을 헤집어놓고, 걸음아 날 살려라, 하고 달리기
도 했습니다. 신나게 달리고 나서는 시냇물에 첨벙 들었다가 나
오기도 했습니다. 혼자서도 쏠쏠하게 재밌었지만 누구랑 함께 조
잘거릴 때는 재미가 더했습니다. 흙이 신발을 붙들 듯이 흙길은
어렸을 때를 꽉 붙들었습니다.

집 뒤안(뒤꼍)에는 조그마한 수박밭이 있었습니다. 그곳에서
나온 수박은 더운 여름에 우리 식구와 동네 사람들이 먹기에 넉
넉했습니다. 수박 맛에 뉘(싫증)가 날 즈음 담벼락에 서 있던 몇
그루의 포도나무는 포도를 주렁주렁 달았습니다. 포도가 신맛을

달고 있을 때부터 우리의 손가락은 포도알맹이를 하나씩 따는데
머뭇거리지 않았습니다. 무슨 까닭이었는지 어른들은 신작로(新
作路, 큰길)를 만들었습니다. 큰길이 닦인 뒤로 큰길가에는 수박
밭이 넓게 차지했습니다. 동네 밖 사람들이 일구는 수박밭에는
탱자나무 울타리가 생겨 우리는 수박을 마음대로 따 먹을 수가
없었습니다. 포도나무도 큰길가 수박밭 옆을 차지하고 탱자나무
가 지키는 포도밭이 되어버렸습니다. 우리는 포도도 마음대로 따
먹을 수가 없게 되었습니다. 큰길을 따라 낯선 어른들이 트럭을
타고 와서 수박밭과 포도밭에서 일을 했고, 트럭은 우리가 맛도
보지 못한 수박과 포도를 싣고 덜컥거리며 동네를 떠났습니다.
아쉬운 우리는 트럭을 쫓아갔고, 트럭은 우리 머리와 동네지붕에
흙먼지만 뿌옇게 뒤집어 씌웠습니다.

  높은 사람이 되고 싶은 이들은 신작로에 시멘트나 아스팔트를
깔아준다고 동네 이장처럼 마이크 잡고 떠들었고, 그들이 떠들고
지나가면 집에는 새 고무신이나 팔각 성냥갑이 부엌에 놓이기도
했습니다. 높은 사람이 더 높게 되지 못한 윗동네 신작로는 그대
로였고, 높은 사람이 더 높이 된 우리 동네 신작로엔 아스팔트가
깔렸습니다. 윗동네 아이들은 신작로에서 술래잡기와 비석치기
를 하며 놀았고, 우리 동네 아이들은 큰길에서 쌩쌩 달리는 차가
무서워 놀지를 못했습니다. 윗동네 아이들은 살살이꽃(코스모스)
이 하늘거리는 신작로를 걸으며 학교에 다녔고, 우리 동네 아이
들은 지나다니는 차들의 눈치를 보며 학교에 다녔습니다.

새로 난 아스팔트길을 따라 동네 형들과 누나들은 도시로 떠났고, 동네 사람들도 하나 둘 마을을 떠났습니다. 우리 식구도 큰형을 도시학교로 보내려고 마을을 떠났습니다. 도시 산비탈에서 나는 혼자 돌멩이를 주워서 놀기도 했고, 더 높은 산으로 가서 무덤가에 핀 삐비꽃을 따 먹기도 했습니다. 내가 고등학교를 졸업할 즈음 한가위에 아버지는 식구들을 데리고 옛날 살았던 동네에 갔습니다. 우리 동네 뒷산에는 고조할아버님, 중조할아버님의 산소가 있었지만 우리 동네는 사라졌습니다. 옛 동네에는 높고 넓은 씽씽 도로가 놓여 있었고, 차들은 어렸을 때보다 더 쌩쌩 거리며 달렸습니다.

우리는 길을 따라가지 못할까봐 내남없이 길을 따라 숨가쁘게 달려왔습니다. 걷다가 신발에 묻은 흙을 털 여유도 없고, 걷다가 밭고랑을 살펴볼 틈도 없어졌습니다. 시냇물에 첨벙 빠져볼 겨를도 없었습니다. 길에서 멀찌감치 밀려나는 것이 두려웠습니다. 그 길을 더 편하고 더 빨리 가려고 우리는 뒤늦게 차를 샀습니다. 길이 뚫리지 않으면 마치 죽을 것처럼 달리다가, 길이 막히면 곁길로 빠지고 돌아가는 길을 찾았습니다. 누군가 앞길을 막으면 빵빵거리고, 불(헤드라이트)을 번쩍번쩍 하면서 쉼 없이 길을 찾아 달렸습니다.

사라진 우리 동네 위에는 남들이 부러워하는 씽씽 도로가 났고, 우리는 차가 있어도 그 씽씽 도로(고속도로)에 들어가지 못하며 살고 있습니다. 우리 모두가 살았던 곳이었고, 우리 모두가 가꾸었던 땅이었건만 씽씽 도로는 아무나 들어가는 길이 아니었습니다. 그렇게 반듯하고 반질한 도로에 우리는 들어갈 수 없습니다. 우리는 길을 좇아 따라왔건만 우리는 그 길을 갈 수 없고, 바라만 봅니다. 터벅터벅 걷던 우리의 길은 사라졌고, 우리가 걸을 수 있는 길을 잃어버렸습니다.

인사말은 요로크롬(이렇게)

"아침밥은 챙겨 묵었는가?" 일찍 밭에 나가 일하는데 동네아 저씨가 넌지시 건네는 말입니다. 그저 입에 붙은 '안녕하신가?' 라는 인사말보다 정이 소록소록 배어 있습니다. "땀으로 척척허 니 젖어 불었네. 목 잔 축이고 하씨요" 한참 호미질을 하는데 동 네아주머니가 마음 실어 건네는 말입니다. 판에 박힌 인사말보다 걱정스런 마음이 듬뿍 담겨 있습니다. "상추밭에 거름이 잘 되았 네. 잘 크겠구만" 마을 노인정에 발걸음 하던 옆집 할머니가 힘 보태주며 건네는 말입니다. 겉치레로 하는 말보다 따뜻함이 묻어 있습니다. "아저씨, 동빈이가 학교에서 넘어져 물팍(무릎)에 피났 어요" 학교 끝나고 오던 동빈이 친구 영선이가 학교일을 담아 말 을 건넵니다. 그저 꾸벅하는 인사와 달리 확 와 닿았습니다.

정이 배어 있는 인사말이 반나절을 넉넉하게 만들었습니다. 걱정 담긴 인사말은 한나절을 보드랍게 엮어주었습니다. 따뜻함 이 묻어 있는 인사말이 부지런한 하루를 보내게 했습니다. 소식이 더해진 인사말은 앞으로 할 일을 생각하게 해 주었습니다.

사무실 문을 열고 들어가면서 "벚꽃이 활짝 피어서 웃음이 절로 나와요", "오늘은 하늘이 파래서 무슨 일이든 잘 될 거예요", "얼굴빛이 환합니다. 좋은 일 생길라나?", "히~야, 옷이 잘 어울려요. 멋집니다"라고 인사말을 바꾸시면 어떠실런지요?

인사말만 조금 바꾸어도 하루가 확 달라지니까요. 자연의 흐름을 살피게 되어 늘 새로운 기분이 드니까요. 웃으며 인사를 나누게 되니 밝은 하루가 됩니다. 사람의 좋은 점을 찾게 되니 즐거운 마음을 갖게 됩니다. 옛일보다 앞일을 떠올리니 세상을 넓게 보게 됩니다. 사람을 살리는 인사말로 바꾸니 꿈이 훨씬 가까와지더라니까요.

우리나라 사람들은 죽음을 '돌아갔다'고 합니다. 다른 세상에서 이 세상으로 왔다가 다시 돌아간다는 뜻입니다. 죽음을 희망으로 나타내는 말이 우리말 말고 세상 어디에 있겠습니까? 우리말이 얼마나 속뜻이 깊은지 모릅니다. 우리말은 내세워 자랑할 만합니다. 그런데, 언론에서는 돌아갔다는 말을 잘 쓰지 않습니다.

보통사람이 죽으면 '사망'이라 하고, 좀 배운 사람이 죽으면 '타계'라 하고, 높은 사람이 죽으면 '별세'라고 합니다. 기독교에서는 '소천'이라 하고, 천주교에서는 '선종'이란 말을 씁니다. 죽음을 어려운 말로 나타내면 그 죽음에 이른 사람의 삶이 크고 훌륭해져서 그런지 모릅니다만. (언젠가 휴대전화 문자로 '○○○ 님이 소천 하셨습니다'고 왔는데 나는 한참 동안 나이 드신 그분이 혼자서 청소한 줄 알았습니다)

우리가 사는 곳은 집입니다. 집은 얼마나 아늑하고 포근합니까? 우리말은 듣기만 해도 느낌이 오고, 우리말은 보듬어 사랑할 만합니다. 그런데 집을 돈으로 가늠하면 쓰는 말이 달라집니다. 보통사람이 살면 '주택'이라 하고, 떵떵거리는 사람이 사는 넓은 집은 '저택'이라 합니다. 요새는 콘도, 하우스, 별장, 빌라 이런 말 뿐 아니라 집을 나타내는 말이 엄청나게 많습니다. 우리말을 아끼는(연구하는) 분들이 집은 좋아지는데 그것에 어울리는 낱말을 만들어내지 못 하는가 봅니다.(언젠가 아무개가 집들이한다고 '○○캐슬'로 오라서 갔는데 성(城)은 아니었습니다)

우리가 주로 먹는 것은 밥입니다. 밥은 우리 사는 바탕이고 힘이며, 얼이기도 합니다. 우리말에서는 사는 냄새가 납니다. 우리말은 함께 어울려 살 만합니다. 그런데 우리는 밥이라는 말을 잊어가고 있습니다. 농사꾼이 먹으면 '밥'이라 하고, 좀 배운 사람이 먹으면 '식사'라 하고, 국회의원이 먹으면 '조찬, 오찬, 만찬'이라 하더군요. 요즈음은 보통사람도 "식사하셨어요?"하거나 "식사하러 갑시다"이럽니다. 식사나 조찬, 오찬, 만찬 그렇게 얘기하면 반찬이 더 나오고 밥맛이 더 좋을까요? (어느 모임에서 '조찬강의초대'를 받았는데 그 호텔에서는 떡국에 딸랑 깍두기 하나만 주었습니다)

우리가 늘 하는 일이 놀이입니다. 살면서 놀이가 얼마나 큰 자리를 차지하는지 이제 많은 사람들이 압니다. 공부를 하거나 일을 하다가도 지치면 쉬어야 합니다. 어떻게 쉬느냐가 다음 일을 판가름 낼 때가 많습니다. 그래서 잘 쉬고 잘 놀아야 합니다. 우리말에는 흥이 붙어 있습니다. 우리말은 착하고 즐거운 그대로입니다. 그런데 놀이도 사람에 따라 말이 달라집니다. 아이들이 놀면 '놀이'라 하고, 어른들이 놀면 '오락'이라 하고, 도시사람들이 놀면 '레크리에이션'이라고 합니다. '오락'이나 '레크리에이션'을 하면 더 멋지고 우아하게 노는 것일까요? (주민센터에서 하는 '레크리에이션'에 다녀온 할머니께서 하시는 말씀이 '이야기도 함서 웃을라고 갔는디, 뭘 갈칠라고(가르치려고)만 한께, 속만 부글부글 하다가 왔어' 하더군요.)

갈수록 우리말을 버리고 다른 나라 말을 가져다 쓰려고 합니다. 그러면 더 배운 티가 나서 그럴까요, 더 잘나 보여서 그럴까요? 궁금합니다.

— 월간 『작은책』

귀담아 둔 이야기, 셋!

캐나다에 건너가 사는 동무가 1995년에 들려준 이야깁니다.

캐나다에 산 지 여섯 달쯤 되었을 때, 아이 이가 아파서 치과
에 갔답니다.
아이가 캐나다 말을 못하니까 통역을 불러서 깜짝 놀랐답니다.

"어디가 아파서 왔니?"
"이가 아파서요."
"치과 오는 것이 즐겁니?"
"무서워요."
"왜 무섭니?"
"한국에서 손발을 묶고 치료하기도 하고, 기계 돌아가는 소리
가 들리고, 커다란 주사기도 무서워요."
"여기 의사선생님이 잘 생겼니?"
"우리하고 다르게 생겨서 이상해요."

그렇게 날마다 한 시간씩 아이와 이야기만 하더랍니다. 둘째 날은 이가 어떻게 자라는지에 대해서, 셋째 날은 아픈 이를 치료해야 하는 까닭에 대해서, 넷째 날은 아이가 주로 먹는 것에 대해서, 다섯째 날은 치료방법에 대해서, 그리고 여섯째 날이 되어서야 "이제 이를 치료해도 되겠니?" 묻고, "응" 대답을 듣고 이 치료를 했답니다.

아이는 그 뒤로 먹을 것을 가릴 줄 알고, 이 닦는 것도 게을리하지 않았답니다. 그리고 이가 잘 자라고 있는지 때맞추어 스스로 치과를 가자고 하더랍니다.

제가 한약에 관심을 갖고 약재에 대해 배우던 때입니다.

하루는 선생님과 몸을 바르게 하고, 한가로이 바둑을 두고 있었습니다. 넉넉한 살집에 쉰은 넘어 보이는 아주머니가 아들의 부축을 받으며 들어섰습니다. 뭘 먹지를 못하고 자꾸 토악질을 하지만, 나오는 것은 없고 가슴이 찢어질 듯하다는 것입니다. 선생님은 그분의 낯빛을 찬찬히 살피고 진맥을 했습니다.

그리고 살짝 웃으면서 "그쪽 벽에서 물구나무서고 계세요" 했습니다. "아니, 이렇게 아픈 사람한테 벌을 서라는 것이요? 시방!" 얼굴이 붉으락푸르락 하던 아주머니는 함께 온 아들이 설득하자 물구나무서기를 비롯했습니다. 스승은 아무 일 없었던 듯 다시 바둑을 두었습니다.

얼마 뒤 아주머니는 웩웩거리더니 뭔가를 방바닥에 토해냈습니다.

"이제 나았으니 앞으로 먹을 것은 꼭꼭 씹어 드세요"

"찢어질 것 같은 가슴이 확 풀렸어요. 고맙습니다. 얼마를 드려야 할까요?"

"그 방바닥이나 깨끗이 청소해 놓고 가세요"

그리고 앞으로 먹을거리와 먹는 방법을 일러 주었습니다. 해야 할 생활의 버릇까지 꼼꼼하게 알려주었습니다. 아주머니가 돌아가신 뒤 선생님은 혼잣말을 하십니다. "저 양반, 한 달이 지나면 또 올 거야. 게염(욕심) 부리고 살면 아무리 옳은 길을 가르쳐 줘도 몸으로 옮기지 못하지. 마음을 먼저 바르게 가져야 하는데……"

옛날 『고려사』라는 책에 이보림이라는 사람 이야기가 나옵니다.

벼슬을 얻어 고을을 다스리고 있던 어느 날, 길을 가다가 어떤 여인의 곡소리를 들었습니다. 그 소리를 가만히 듣고 있더니 난데없이 "여봐라, 저 곡하는 여인을 당장 잡아들여라" 사람들은 주검을 앞에 두고 울고 있는 여인을 잡아들이라는 말을 듣고 어리둥절했습니다.

"너는 왜 우느냐?"

"서방이 죽어서 웁니다."

"서방이 어떻게 죽었느냐?" 이렇게 여인을 닦달했습니다.

끝까지 따져서 사실을 밝혀냈더니 그 여인은 샛서방과 짜고 본서방을 죽였다고 실토했습니다. 됨됨이가 바르고 곧은 이보림은 백성의 목소리에만 귀 기울여도 그 마음까지도 알 수 있었던 게지요.

글을 많이 읽어 슬기로운 이보림에게 어떤 사람이 찾아왔습니다.

"남의 말[馬]이 우리 보리밭에 와서 보리 싹을 다 뜯어먹어 버렸는데, 말 임자가 '자기 보리밭에 보리가 익으면 갚아줄 터이니 관에 알리지 마라' 했습니다. 그래서 기다렸는데 보리를 거두고도 보리를 주지 않습니다."

그러자 이보림은 말 임자와 보리 임자를 데려와서, 말 임자는 앉히고 보리 임자는 세워놓고 "지금부터 달음박질을 하는데 못 쫓아가는 자에게 벌을 내릴 것이다" 했습니다. 앉은 채 달리는 말 임자는 이길 수가 없었지요. 말 임자가 말하기를 "저 사람은 서서 달리는데 나더러 왜 앉아서 따라가란 말이오?" "보리밭도 그렇다. 말이 뜯어먹은 보리밭에 싹이 제대로 돋아나 익겠느냐?" 하고서 죄목을 하나하나 일러주었습니다.

"말을 놓아서 남의 보리를 뜯어 먹게 한 것이 첫째 죄요. 관에 알리지 못하게 한 것이 두 번째 죄요. 언약(약속의 우리말)을 어기고 보리를 주지 않은 것이 세 번째 죄니라" 그리고 죄에 따라 볼기를 때리고, 말이 뜯어먹은 만큼 보리를 돌려주게 하였습니다.

캐나다 치과의사에게서 기본과 상식을 익혀야 함을 알았습니다. 기본과 상식을 익히면 스스로 잘 살아갈 수 있겠지요. 한약 스승께 몸에 익히고 마음을 잘 다스려서 웃으며 살아야 함을 배웠습니다. 그러면 언저리 사람들도 즐겁고 앞날도 알 수 있겠지요. 이보림에게서 제 할 일을 바르게 집중해야 함을 깨달았습니다. 그러면 사람마을이 환해지겠지요.

그 좋은 고샅세상 띵게불고(버리고)

"예말이요, 예!"

아침에 집 앞 텃밭에 쭈그리고 앉아 있는데 이웃집 할머니가 먼발치에서 큰 소리로 부릅니다.

"이리 잔 내려와 보씨요."

내려가는 참인데 큰소리가 이어서 들려옵니다.

"쩌그 골목 들어서는 디(데)다 간판 세아났지라?"

손님들이 집 찾기가 너무 힘들다는 푸념을 늘 하곤 합니다. 그렇잖아도 거리를 걷다 보면 '간판공화국'처럼 간판이 많은데, 간판뿐입니까, 별의별 현수막이 곳곳에 걸려 있고 전단지는 벽에 더덕더덕 붙어 있고 혼자 생각할 틈조차 주지 않는 우리의 거리 아닙니까. 광고나 간판을 세운다는 것이 늘 주춤거리게 하는 까닭입니다. 헌데 아는 이가 가게 들어서는 자리에 말도 하지 않고 조그마한 간판을 세워 주었습니다. 할머니는 지금 그 간판 이야기를 하고 있는 듯합니다.

"뭔 헐 짓이 없어서 거그다 힘을 썼으까, 잉!"

"아까침(조금 전)에 내가 나가본께 누가 간판을 꽉 오굴쳐(오그려) 붙었드랑께."

할 수 있을 만큼 큰소리로 말을 하고 계십니다.

"그 간판이 떡을 주라 했으까, 밥을 주라 했으까?!"

이제 사설이 붙습니다.

"천벌을 받을 것이여. 가만히 있는 넘을 뭣 허러 그랬으까."

지나친 표현도 마다하지 않습니다.

"뭔 헐 짓이 없어서 거그다 힘을 썼으까 잉~. 밥묵고 징상스럽게(징그럽게) 할 일도 없었는갑소."

그 짓을 한 사람을 대놓고 나무라고 있습니다.

제가 코앞까지 갔는데도 목소리는 잦아들지 않습니다. 오히려 고개를 골목 쪽으로 돌려서 더 큰 소리로 되풀이합니다.

"근께 뭣 땀시(때문에) 가만히 세워 둔 간판을 자빨쳐부냐(넘어뜨리느냐) 그 말이여!"

이번에는 아랫동네 쪽을 보고 소리 지릅니다.

"암시랑토(아무렇지도) 않은 간판을 워째서 밀어부냐 그 말이란께!"

담장 너머 방에서도 들을 수 있게 한바탕 소리를 지르고 난 뒤 소리 낮추어 가만히 물어봅니다.

"근디, 내가 본께 통 손님이 드나들들 않드만 으짜요?"

"곧 좋아지겠지요. 밭에 나가시는 길인갑습니다."

"막 인나서(일어나서) 밥 묵기 전에 가서 씨 뿌리고 왔는디, 인 자 밥 묵고 또 나서요."

"여그 구기자 심을라고 한 주먹 있는디, 밭두렁에 갖다가 뿌리시씨요."

"아니 지비(당신) 뿌리제. 근디 구기자가 뭣이요?"

"물 끓일 때 넣기도 하는 쬐껀헌(작은) 열매 여는 것 있잖습니까."

"몸에 존 것인갑네. 그람 쪼깨만 줘. 지비는 어따 뿌릴라고 그요(그러요)?"

"여그 목련 밑에랑 쩌그 매화 밑에랑 뿌릴라고 허그만요."

"잉, 거그도 다 흙인께 잘 크겠소. 요새 늙은이들 말고는 씨 뿌리는 사람이 없는디, 지비는 실겁소(알차요) 잉."

"실겁게 살고 잡습니다. 하하하! 언능(얼른) 댕겨 오시씨요. 밭에 가믄 더워도 꼭 모자 쓰시고요."

"오메, 참말로 이라다 해 다 지겠네."

굿은일은 큰 소리로 동네방네 전해지는 고샅! 할머니는 커다란 양푼 하나에 호미를 담고 휘적휘적 갑니다. 가는 길에 텃밭 매는 이웃 사람에게 또 큰 소리로 말합니다.

"뭔 염병할 넘이 쩌 집 간판을 자빨쳐 불어서, 그 말 해준께 쩌 냥반이 구기자 씨라고 주요."

그리고는 도란도란 두 분이 몇 마디 더 나누시고 일하러 가십니다. 나이 드신 분이 구기자를 몰라서 물었겠습니까? 알면서도 씀씀이를 아는지 마땅한 곳에 씨를 뿌리는지 보려고 물었겠지요.

옛날에는 그랬을 것입니다. 동네 궂은일이 생기면 처음 알아챈 사람이 고샅에서 동네방네 큰 소리로 말해서 그 잘못을 깨닫도록 했을 것입니다. 담 밖에서 들리는 그 궂은일을 집안에서 식구끼리 이야기해 보면서 누가 그랬을 것이라고 짐작해보고 그 까닭도 알아보고 더 큰 궂은일이면 담 너머 이웃과 그것을 이야기해보고 잘못한 사람은 넌지시 당사자를 찾아가 내가 어찌어찌해서 그랬으니 어찌어찌하겠다고 말을 하고…….

우리는 그렇게 '고샅세상'을 살아 왔습니다. 지금 우리는 그 좋은 고샅세상 띵게 불고 삽니다. 고샅세상이 참 좋았습니다.

- 월간 『전라도닷컴』

* 이 글은 가게를 하던 어느 날 고샅에서 일어난 일을 적은 것입니다.

부서불랑께

상하이를 가믄 상하이말 쓰는 운동을 한다는디,
　전라도말 잊어불까 무선께(무서우니까) 여그서도 그런 운동을
해야 쓸랑가 몰라.

　고향 말이라는 것이 오죽 좋은가,
　말이 차지고 정감 있제.
　쩍쩍 붙는 말맛 말이여.

　우리 동네는 시골마을처럼 마을방송을 하는디,
　어느 날 아침 일찍 일 할라고 나섰제.

　근디 촌같이 어디서 마이크 소리가 나드라고,
　"후, 후~, 나 마을 통장이요."
　이장이 통장으로 바뀐 것이제.

"우리 마을 앞에 보믄 씽크대 공장이 있는디
그 전봇대 옆에 쓰레기 버리는 디가 있소.
월요일은 쓰레기봉투에 담아 버리드라도, 수요일은 재활용 쓰레기만 버려야 쓰요."
어디 가도 인자 쓰레기 땜시 문제는 문제여.

"근디 요새 쓰레기를 쓰레기봉투에 안 늫고 버리는 사람이 있소.
쓰레기차가 쓰레기를 가져가들 안 허요.
그랑께 분리수거를 잘 허씨요."
여그까지 차분히 이야기 하드라고.

"아침에 내가 나가서 두 차두(자루)나 분리해서 쓰레기봉투 사다가 담아 버렸소."
여그서부터 고생한 것이 생각났던지 목소리가 커지드라고.
"한번만 더 쓰레기를 쓰레기봉투에 안 늫고 버리믄,
누(뉘) 집 것인가 철저히 가려내 불 것이요."

말 하다 봉께(보니까) 화가 인자 겁나 나부렀어.
"멫 번 방송을 혀도 말을 안 들은께
인자 누(뉘) 집 것인지 밝혀지믄
쓰레기 들고 가서
그 집 마당에 콱 부서불랑께 알아서들 허씨요."

그 뒤로 우리는 통장님을 '부서불랑께 선생'으로 부른다요.
꼭 프랑스사람 같지 않소?
부서불랑께 선생!
혀를 굴려서 불러야 쓰요, 부서불랑께 선생!

글고 나서 성질이 가라앉은께 다음 방송을 하는디,
"내일은 우리 마을 늙은이들이 놀러가는 날입니다.
늙은이들이 봄·가을에 두 번 놀러를 간디
내일은 멀리 간께 일찍 나오씨요.
아침 일곱 시 삼십 분에 관광버스가 대진께
적어도 일곱 시 이십 분까지는 꼭 나오씨요.
버스기사님 지달리게 허지 말고."
배려하는 마음씀씀이가 마음을 좋게 만들드라고.

"그라고 우리가 감서 옴서 놀라믄 시간이 부족헌께 꼭 일찍
나오씨요."
신신당부를 하고 난 뒤에,
"지난번 놀러갈 때 덕진댁이 늦게 나와서 우리가 얼매나 애
묵었소.
긍께 이번에 덕진댁은 새복 다섯 시부터 인나서 준비하씨요.
이번에 늦으믄 안 지달리고, 싹 내뿔고 가불랑께."
옛날 일이 생각나서 화가 또 난 것이제.

방송이 끝나고 빵쪼가리를 사러 가는디,

어떤 할머니가 돌돌이(쬐깐한 손수레)를 끌고 나오더니,
쓰레기더미를 뒤져서 자기 쓰레기를 싣고
언능(얼른) 집으로 가더이다.

그 집 담 너머로 들리는 소리,
"덕진댁이랑 나는 이것이 뭔 우세(놀림감)여.
유제(이웃) 여라서(부끄러워서) 인자 어찌께 산다냐?"
부끄러워 할 줄 모르는 요즘 세상에 할머니의 혼잣말이 오래
남으요.

– 월간 『전라도닷컴』

마음 멍석

배롱나무집 할아버지가 계셨습니다. 마을에 큰 일이 생기면 사람들은 그 할아버지를 찾았습니다. 책도 많이 읽고 아는 사람도 많아서 슬기로운 길을 척척 찾아주시기 때문입니다. 아버님은 배롱나무집 할아버지께 이야기 듣는 걸 좋아하고 그분처럼 뒷짐 지고 걷기도 하셨습니다.

우물 옆에 송평댁아짐이 사셨습니다. 동네잔치가 벌어지면 사람들은 그 아짐을 찾았습니다. 먹을거리를 잘 만들고 손놀림도 빨라서 맛있는 상차림을 뚝딱 해주시기 때문입니다. 시집 갈 나이가 된 누이들은 송평댁아짐 집을 자주 들락거렸고, 그분처럼 눌은밥을 맛나게 해 주기도 했습니다.

뒷산 가는 길목에 벙거지아제 오두막이 있었습니다. 울타리가 넘어지거나 쇠스랑 자루가 부러지거나 라디오가 나오지 않으면 그 아제를 찾았습니다. 낡은 것도 뚝딱하면 새 것처럼 되고, 버릴 것도 아제 손만 거치면 쓸 만하게 되었기 때문입니다. 집에 있어야 할 것을 만들려면 그 아제에게 배우기도 하고, 연장을 빌리기도 했습니다. 이제 배롱나무집 할아버지도, 송평댁아짐도, 벙거지아제도 모두 돌아가셨습니다. 그리고 그 자리에 텔레비전이 있습니다.

　- 어, 성도 테레비에 나옵디다.
　똑똑하고 잘난 사람만 나온다고, 이름 짜한 사람들이 입는 것이나 먹는 것, 그들이 사는 것만 보여준다고 텔레비전을 멀리하는 민철이가 왔습니다.

　- 우리 조카 갈치는(가르치는) 선생님이 훌륭하신 양반인디, 테레비에 나오시드만. 그 양반이 뭔 노래를 좋아한 지 테레비 보고 알아붓소.
　동네사람이 〈내 마음의 느낌표〉라는 텔레비전 프로그램에 나왔다고 민철이는 좋아합니다. 우리 같은 사람들이 뭔 책을 보는지, 어떤 마음으로 사는지 살짝이라도 알게 되었다고 합니다.

　- 성! 그 책 잔(좀) 빌려주소. 책 껍닥(표지)에 성이 처억 나왔네.
　책으로 나온 『내 마음의 느낌표』를 뒤적이더니 민철이는 빌려갑니다. 그 안에 소개되는 책을 다 보고야 말겠다는 다짐도 합니다. (그 프로그램에는 동네사람들이 돌아가면서 나와 감명 깊게 읽은 책을 소개합니다.)

– 이 많은 사람을 어찌께 다 알아냈으까? 맹근(만든) 사람들이 발도 넓고 야무진갑소. 술 한 잔씩 해야 속을 털어놨을 것인디, 나온 사람들허고 술을 한 병씩만 묵었어도 솔찬히 묵었겄구만. 운동화 신고 만나러 댕겼으믄 운동화가 다 달아졌겄소.

사람들 만나러 다니는 모습을 혼자 그려 보면서 너스레를 떱니다. 사람 만나는 것처럼 재미난 것이 없다면서.

마음하면 떠오르는 이야기가 두 개 있습니다.

하나, 아주 넉넉하게 살던 사람이 죽으면서 아들에게 커다란 금고 하나만을 덜렁 남겼습니다. 그 아들은 금고 안에 모든 땅문서며 돈이 들어 있다고 생각하고 날마다 놀고먹었습니다. 가진 것을 다 써 버리고 이제 금고 문을 열었습니다. 금고 안에는 아무것도 들어 있지 않았습니다. 그래서 아들은 아버지를 원망하면서 부지런히 먹고 살 길을 찾았습니다. 어느덧 한 가정을 이끌고 유산 없이도 살게 되었습니다. 그때서야 그 아들은 알았습니다. 그 커다란 금고 안에 아무것도 없었어도, 그 금고가 금으로 만들었겠다는 것을.

마음을 한쪽으로만 두는 것이야 어찌하겠습니까? 다른 사람의 마음을 내 마음대로 움직이려하기보다는, 그 사람이 품고 있는 마음을 마당에 내려놓을 수 있도록 멍석을 깔아주어야 하는 것은 아닐까요? 텔레비전 프로그램을 만드는 일도 말입니다. 〈내 마음의 느낌표〉는 그 멍석을 깔아준 프로그램이 아니었는지요.

둘, 먹물 옷 휘날리며 어둑한 밤길을 두 스님이 걷고 있었습니다. 먼 길에 지쳐 언덕에 몸을 누이자 금세 잠이 들었습니다. 흘린 땀만큼 목이 말라서 자다가 눈을 떴습니다. 둘레는 캄캄한 어둠뿐인데, 더듬더듬 물을 찾았습니다. 마침 물이 담긴 바가지가 있어서 달고 맛나게 벌컥벌컥 마셨습니다. 그리고 다시 잠이 들었습니다. 머리 위에 아침햇살 받으며 눈을 뜬 두 스님은 깜짝 놀랐습니다. 앗, 누워 있던 언덕은 무덤이고 집었던 바가지는 해골 바가지였던 것입니다. "모든 것은 다 마음으로 지어내는 것이다"고 말한 원효스님 이야깁니다.

마음에 무엇이 들어 있느냐에 따라 사람이 달라집니다. 그 마음에 다복다복 글을 담고, 차곡차곡 겪은 일을 쌓아서 잘 버무려야 합니다. 맛깔스런 슬기가 만들어지고, 벅찬 사랑이 드러나겠지요. 〈내 마음의 느낌표〉는 그런 슬기와 사랑을 찾는 프로그램이 아닐런지요.

〈내 마음의 느낌표〉가 배롱나무 할아버지처럼 우리가 살아가는데 슬기로운 길을 찾아주면 좋겠습니다. 송평댁아짐처럼 우리에게 맛있는 상차림을 해주면 좋겠습니다. 벙거지아제처럼 낡은 것을 새것으로 만들어주면 좋겠습니다.

* 이 글은 광주문화방송 〈내 마음의 느낌표〉(연출 : 김휘)라는 프로그램에 출연한 뒤, 『MBC 저널』에 쓴 글입니다.

끼끗한* 울림

일을 조금씩 느리게 합니다. 지금 일을 다 해 버리면 내일 꼭 할 일이 없어질 것 같습니다. 조금씩 하니까 여기저기 살피며 꼼꼼하게 되어서 더 좋습니다. 느리게 하니까 손끝 일들에 마음이 스며들어서 기쁨이 더 큽니다.

조금씩 느리게 하는데도 콧등이 촉촉합니다. 목에 모여든 땀이 방울 되어 등줄기를 타고 흐릅니다. 가슴 털에 송골송골 돋던 땀이 배꼽쯤에서 속옷을 적십니다. 배꼽쯤에서 속옷이 젖는 건 배가 나왔다는 뜻입니다. 헉헉거릴까 궁둥이 땅에 붙여 얼참* 쭈그려 쉬기도 합니다. 가수 박상민의 「해바라기」라는 노래를 코로 흥얼거립니다. 멀리 있는 동그란 메도 한번 지긋이 보고 숨도 크게 쉬어 봅니다.

다시 손에 일감을 잡고 움직입니다. 쉬고 난 뒤끝이라 조금 힘들어집니다. 배에 바짝 힘을 주어 몸을 다스립니다. 가수 서영은의 「혼자가 아닌 나」라는 노래를 소리 내어 불러봅니다. 보이지 않은 누군가 다가와서 도와주는 듯 힘이 납니다. 옛날 사람들이 힘든 일을 할 때 노래한 까닭을 알 것 같습니다.

그때, '쩌엉~. 쩌엉~. 쩌엉~.' 하고 소리가 났습니다. 추운 겨울에 거칠고 사나운 바람이 쌩쌩합니다. 그 높바람이 전깃줄을 건드려 나는 소리라고 믿었습니다. 이렇게 꽃이 피고 잎이 날 때는 부드럽고 살랑살랑한 바람이 붑니다. 이 간들바람이 전깃줄을 건드려서 나는 소리일 리가 없습니다. 너무 맑고 깨끗한 소리. '쩌엉~. 쩌엉~. 쩌엉~.' 쉬지도 않고 작은 골짜기를 울려대고 있습니다. 산수유 꽃 노랗게 핀 뒤뜰에서 그 소리에 흠뻑 젖어듭니다. 그 소리를 제 몸에 두르고, 그 소리에 제 마음을 씻어냅니다. '쩌엉~. 쩌엉~. 쩌엉~.' 피아노에서 울리는 높은 '미'처럼 상큼하고 거뜬한 소리입니다. '쩌엉~. 쩌엉~. 쩌엉~.' 막 링 위에 올라간 권투선수의 발놀림처럼 가볍고 날래게 들립니다. 그 울림에 맞추어 휘파람을 불며 몸을 움직입니다. 문득 누가 어디서 내는 소리인지 알고 싶어집니다. 뒷짐 지고 발소리 죽이며 살금살금 소리 찾아 갑니다. 고무신 바닥으로 봄이 주는 폭신한 땅심이 올라옵니다.

저기, 지난겨울 된바람에 꺾여 나간 백합나무 가지 끝에, 어느 녀석이 배를 웅크렸다 폈다를 하며 앉아있습니다. 겨우내 먹을 것을 찾느라 이리저리 맴돌던 녀석입니다. 주워둔 은행을 던져주면 물고 가서, 바위틈에서 고물고물 먹던 녀석입니다. 매실차에서 나온 매실을 던져 놓으면, 어느새 가져가서 씨만 나무 밑에 버려두던 녀석입니다.

배에 온 힘을 주는지 배가 욱신욱신합니다. 그 배가 욱신거릴 때마다 '쩌엉~. 쩌엉~. 쩌엉~.' 소리가 납니다. 산들바람에 길고 보드란 꼬리도 살짝살짝 흔들립니다. 녀석도 살아가면서 그 바탕(원칙)이 있을 겁니다. 어쩌면 나처럼 '조금씩, 느리게'에 그 바탕을 두는지도 모르겠습니다. 잽싸게 잰걸음을 해야 할 때인지, 살콩살콩 뛰어야 할 때인지, 그 마음에 따라 할 겁니다. 그 바탕에 어긋남이 없어야, 계절이 바뀌어도, 해가 바뀌어도 제 자리에서 제 일을 할 겁니다. 제 모습을 갖고 스스로를 만날 것이며, 언저리에 녀석의 아이들도 데려 올 겁니다. 그 바탕에 어긋남이 없을 때, 맑은 소리로 노래하여 사연을 상큼하고 거뜬하게 할 겁니다. 말쑥하고 깨끗한 울림으로 사람과 어울려 환한 마을을 만들 겁니다. 우리 또한 하늘이 준 바탕에다 우리가 스스로 지은 바탕을 더하여 그 바탕에 어긋나지 않게 살아가는 것이 아름답지 않을까요? 참, 다람쥐는 어이하여 '쩌엉~. 쩌엉~. 쩌엉~.' 하는지 아시는 분은 가르쳐 주세요. 네?

* 끼끗하다 : 싱싱하고 길차다(알차게 길다, 나무가 우거져 깊숙하다).
* 얼참 : 잠깐, 순간의 우리말.

고선주와 스니커즈
- 고선주의 시집 『꽃과 악수하는 법』

아침에 할 일을 적어 보았습니다. 할 일이 참 많았습니다. 1.~ 2.~ 3.~……. 해낼 수 없는 것은 가운데에 줄을 그어 뺐습니다. 다섯 개가 남았습니다. 어찌어찌 하다 보니까 다섯 개를 모두 해냈습니다. 스스로 자랑스러워하며 시계를 보니 보름달 뜬 아홉 시입니다. 흐뭇한 마음으로 달을 보며 찰밥을 그리워합니다. 돌아가신 어머님은 아버님이 돌아가신 뒤로 찰밥을 해주지 않으셨습니다. 아버님이 좋아하셨던 것이라 그런다고 했습니다. 나는 간혹 팥죽집에서 한 숟가락쯤 되는 찰밥을 얻어먹으며 허기진 그리움을 달래곤 했습니다.

둥그런 달은 책꽂이를 어슬렁거리게 했고, 나는 고선주의 시집을 집었습니다. 그는 발 딛고 사는 곳에서 꼼꼼하게 둘러보다가 말을 되새김질해 시로 내놓았습니다. 고선주는 아이에게 "꽃, 꽃, 꽃" 했더니 아이는 "껏, 껏, 껏" 한 것을 살필 줄 알았습니다 (그의 시 「꽃」). "고장 난 사람들이/ 고장 난 것들을 들고 우글"거린 것을 살필 줄도 알았습니다(「전파사」). 그의 삶을 우려낸 시는 내 삶의 잣대로 줄을 서기도 했습니다. 우리는 "산비탈인 줄 알면서 푸른 하늘만 보는 나무들"이지만(「나무들이 웃는다」) "네 밥그릇 내줄지언정/남의 밥그릇 뺏지는 말고 살"아야 한다는 것을 깨닫게 했습니다(「동물원에서」). "장갑은 노동의 시작이 아니다. 자본에 굶주린 자들로부터의 착취의 시작"이란 것을 알았다 하더라도(「길 위의 장갑」) 우리는 "그곳에 차마 발길질할 수 없"을 만큼 삶에 물들어 있습니다(「새」).

그러다 내친 김에 고선주 시를 베껴 써 보았습니다. 힘들게 사는 것인지 사는 것이 힘든 것인지 알 수는 없었지만 아무튼 힘들다는 것은 알겠습니다. "손도, 발도 없는 것이 십재만 한 나무를 집 삼는다"며 우리는 배움을 머리가 터질 듯이 끊임없이 집어넣고 있습니다(「벌레에게서 가르침 한 수」). "맹견 대신 폭설이 입도 없으면서 앙칼"짐에 괴로워합니다(「폭설」). 괴로우면 헤아려야 하고, 애가 타면 몸으로 해야겠다는 것을 고선주는 "언제부터인가 나는 내 가슴 속 방죽을 깊이 파내려가고 있었다"고 말했습니다(「가슴 속의 방죽」). 자빠져 고선주의 시를 끼적대다가 늦게야 잠이 들었습니다.

사나흘 귀때기가 시리도록 춥더니 오늘 아침은 버스를 기다릴 만했습니다. 출근시간을 피해 버스를 타는 것은 앉아서 글을 읽기 위함이었는데 눈꺼풀이 자꾸 눈 밑과 뽀뽀를 합니다. 간밤의 고선주 때문입니다. 그때 눈이 번쩍, 다리를 꼬고 앉은 아가씨가 보였습니다. 불쑥 올라온 왼발은 하얀 농구화를 신었습니다. 요즘 말로 하면 스니커즈입니다. 고무 밑창에 흘수선처럼 연분홍빛 줄이 그어져있습니다. 신발은 복사뼈까지 감싸고 있고, 뒤축에서 신발 위쪽 끝까지 파르테논신전의 기둥처럼 연둣빛이 환합니다. 운동화 끈은 맑은 살구 빛으로 깔끔합니다. 걷는 소리를 내지 않고 살금살금 걷기에 딱 알맞겠습니다. 하기야 스니커즈라는 말이 '살금살금 걷는 사람'이라는 뜻이니까요.

스니커즈? 1990년엔가 〈스니커즈〉라는 영화가 있었습니다. 가진 자들의 돈을 컴퓨터로 빼내 자선단체에 기부한다는 내용이었습니다. 분명히 죄를 저지르는 일인데 웃겼고, 사랑이야기가 있는데 야릇했습니다. 로버트 레드포드가 나왔던가? 아무튼 스니커즈 아가씨는 책을 뒤적이며 이곳저곳을 살피고 있었습니다. 그렇게 책에 쏟아붓는 모습이 귀여웠고 옷차림은 말쑥했습니다. 언제든 "네, 알겠습니다"하거나 "그렇게 하겠습니다"할 것 같은, 어디서든 "제가 하겠습니다"나 "부지런히 하겠습니다"할 것 같은 모습, 어디로든 뛰어가서 제 몫을 해낼 기세였습니다.

오늘 내가 버스를 타고서 꼼꼼하게 헤아리게 된 것은 고선주 덕분이고, 오늘 내가 부지런히 살아보겠다고 마음먹은 것은 스니커즈를 신은 아가씨 덕분입니다. 아옹거리고 다옹거리는 곳을 기웃거리지 않으니 조그맣지만 뭔가를 하는구나. 질척거린 곳을 거닐지 않으니 보잘 것 없지만 내 일을 하게 되고 뭔가를 얻는구나. 적지만 푸짐한 날입니다.

설운도와 트러블메이커

일기예보에서 며칠 동안 눈이 많이 오고 춥다고 했습니다. 그래서 어제는 두툼하게 입고 길을 나섰다가 아이쿠, 눈 대신 비가 오는 푸근한 날이어서 걸을 때 땀이 났습니다. 그래서 오늘은 조금 헐겁게 입고 사뿐사뿐 나왔습니다. 이~런, 바람이 쌩쌩 거려 코끝은 찡하고 눈엔 눈물이 고였습니다. 어제는 일기예보를 탓하고 오늘은 내 어리석음을 탓했습니다. 그래도 겨울인데.

지난해 끄트머리에 버스길은 공사를 했습니다. 굴삭기가 아스팔트를 깨고 길을 팠습니다. 길고 큰 관을 묻고 아스팔트를 깔았습니다. 다니기가 힘들어 차들도 사람들도 종종걸음을 쳤습니다. 오늘 보니 다시 아스팔트를 깨고 길을 파서 이번에는 가늘고 낭창낭창한 관을 묻고 있습니다. 차가 비켜가야 하는데 한쪽 길을 막고서 공사를 합니다. 추위에 공사하는 사람들이 안타까워 보이기도 했지만 마음은 투덜대고 있습니다. 이때, 야~호, 타려던 버스가 오도 가도 못하고 서 있습니다. 잽싸게 버스에 올랐습니다.

지난해 끄트머리에는 공사를 탓하며 덜덜 떨면서 버스를 기다렸는데 오늘은 공사 때문에 차를 얼른 탈 수 있었습니다. 때에 따라 달라지는 얄팍한 마음입니다.

버스에는 제법 사람이 많았습니다. 낮인데도 방학이라 젊은이와 늙은이가 섞여 있습니다. 벅찬 하루를 계워내며 재잘거리는 젊은이들, 온갖 시름을 담은 얼굴로 차창 밖만 바라보는 늙은이들이 서로를 모른 체하고 있습니다. 젊은이들과 늙은이들의 몸이 함께 부대끼면서도 서로를 받아들이지 못하고 마음까지 따로 흔들리고 있습니다.

어느 늙은이의 전화소리가 크게 울립니다. 설운도의 「다함께 차차차」라는 노랫소리입니다. '근심을 털어놓고 다함께 차차차, 슬픔을 묻어놓고 다함께 차차차, 차차차, 차차차, 잊자, 잊자 오늘만은 미련을 버리자 울지 말고~' 까지 들었을 때 늙은이는 전화를 받았습니다. 나는 '그래 그렇게, 다함께 차차차' 를 마저 속으로 불렀습니다. 전화 받는 소리는 커서 맨 뒤에 있는 나에게도 다 들렸습니다. 귀가 어두워지고 행동이 느려진 늙은이의 모습입니다.

"지금 버스 안이야. 곧 도착하니까, 조금만 기다려" 전화요금을 걱정하며 할 말만 하고 뚝 끊어버렸던 어머님이 떠올랐습니다. 사람들은 힐끗거렸지만 통화는 짧았습니다. 나는 그 늙은이가 곧 내릴 것이며 누군가를 만나러 간다는 것을 알았습니다. 이것이 요즘 말로 팔꿈치로 슬쩍 찔러서 안다는 '넛지(nudge)' 로구나. 늙으면 나도 저렇게 될 거라고 느끼면서도 곱게 늙어야겠다는 마음이 들었습니다. 그리고 버스 안은 폭풍이 다가오는 찰나처럼 조용했습니다. 제가끔의 일들을 헤아리든지 멍 때리든지 하는가 봅니다. 조금 지나 다른 전화소리가 작게 울렸습니다. 휘파람 소리가 들리더니 곧이어 전자음이 확 머리를 깨우는 소리입니다. 현아와 현승이 부르는 '트러블메이커'라는 노래입니다. 노래가 커질 즈음에 전화를 받습니다. 나는 노랫말은 익히지 못했지만 젊은 가수들의 찌릿하고 끈적한 춤을 떠올렸습니다.

전화 받는 소리는 나직했지만 조용해서 간혹 들리는 낱말이 귀에 척척 박힙니다. "…깜놀, 해품달은 닥본사해야지… 수현은 쩔지 않아? …레알?…" 젊은이는 뭔가에 깜짝 놀랐고(깜놀), '해를 품은 달'(해품달)이라는 드라마를 '닥치고 본방송을 사수'하려 한다는 마음을 알았으며, 김수현이라는 배우가 엄청 잘한다(쩐다)고 칭찬하는 것도 알았습니다. 나는 그 아이가 텔레비전 드라마와 음악에 빠져 있고, 어른들과 이야기를 별로 하지 않는다는 것을 알았습니다. 이것이 바로 흔적으로 상대를 꿰뚫어 본다는 '스눕(snoop)'이로구나. 어른들이 모르게 우리끼리만 알도록 일들을 꾸미고 우리끼리만 아는 낱말을 쓰던 어린 때를 떠올리며 살짝 웃음이 머금어졌습니다. 사람들은 그러려니 하면서도 알아들을 수 없는 말과 거친 막말에 얼굴을 찌푸리며 긴 통화를 듣고 있었습니다. 내 아이는 저러지 않을 것이라고 믿으면서 내 아이도 저럴지 모른다는 마음이 들었습니다.

저릿하고 저미는 만남

한 시간쯤 걸리리라고 보고 시내버스를 탔습니다. 고등학교 때 한 울타리에서 끙끙대며 소리치며 어울렸던 동무들을 만나러 가는 길이었습니다. 그들은 식구끼리 온다고 했고, 나는 찬바람을 가슴에 품고 혼자였습니다. 울릉도에서 보았던 맑은 바다처럼 해질녘의 하늘은 희푸르고 넓었습니다. 구름도 없고 새도 없는 하늘은 외할아버지 동네 우물처럼 어둑해지고 너그러워졌습니다. 백지영은 그 틈에 라디오를 비집고 나와 「그 남자」를 부르며 어둠을 가르고, 사람들의 마음을 헤집고 다녔습니다. 아무도 보지 못하는데 나에겐 백지영이 떠도는 것이 보였습니다.

시내버스 안에서 어느 아주머니는 큰소리로 전화를 했고, 살갑게 앉은 두 아가씨는 나지막하니 두런거렸습니다. 큰소리는 지금 다 와가니 곧 밥을 차려주겠다고 했고, 두런두런은 새로 산 신발이 어떤 옷과 어울리는지 묻고 대답했습니다. 가방을 어깨에 메고 버스를 내리는 사람은 바삐 걸어갔고, 가방을 등에 짊어진

학생은 뛰어갔습니다. 바삐 걸으나 뛰어가나 그들은 모두 제 갈 곳으로 갈 것이라고 헤아렸습니다. 옷이 들어 있을 것 같은 종이 가방을 든 사람은 빨간 목도리로 멋을 냈고, 머리카락을 묶지 않고 나풀거리게 둔 아가씨는 읽던 책을 손에 쥐고 씩씩하게 걸었습니다. 빨간 목도리는 눈에 확 띄었고, 책을 쥔 손은 멍하게 사는 나를 깨어나게 만들었습니다.

시내버스를 타고 있거나 시내버스에서 내리는 사람은 모두 배가 고플 것이고, 곧 배를 채울 것이라는 느낌이 떠올랐을 때 나는 배가 고팠습니다. 그들이 내일도 시내버스를 탈 것이며, 또 내릴 것이라는 느낌이 떠올랐을 때 나는 그들의 가난과 나의 가난이 다르지 않다는 것을 알았습니다. 얼른 타라고 소리치고 길가에 세워둔 차에 욕지거리를 퍼붓는 시내버스 운전사의 가난이 가볍고 초라했습니다. 운전사가 퍼부은 반말을 시내버스 앞길을 막고 차를 세워둔 자동차의 운전사는 듣지 못했을 것이고, 시내버스를 탄 사람들은 들었습니다. 시내버스 운전사의 말은 날카로웠고, 시내버스에 탄 사람들은 얼굴을 찌푸렸습니다. 시내버스 운전사의 입은 신이 나서 막말을 쏟아냈고, 시내버스 운전사의 막말을 아무도 막지 않았습니다.

두 시간이 지나서야 시내버스는 엉덩이에 쥐가 난 나를 떨어뜨리고 뿡뿡거리며 떠났습니다. 뿡뿡거림에 가난이 뭉게뭉게 피어올랐고, 시내버스는 등에 가난을 붙이고 떠났습니다. 나는 뭉게뭉게 피어오른 매연 속에서 떠나가는 시내버스를 바라보았습니다. 건물 사이로 녹지 않은 눈은 15년 만에 신은 구두를 종종거리게 만들었고, 내 눈은 얼지 않은 곳을 찾기에 바빴습니다. 사람들이 다녔던 흔적이 내 눈과 다리를 이끌었고, 나는 코앞도 살피지 못하고 살아가는 사람들의 흔적을 더듬었습니다.

동무들은 웃으면서 복어 탕을 먹고 있었고, 늦은 나는 손을 들어 반가워했습니다. 김 서린 안경이 동무들의 얼굴을 훑으며 지나갔고, 그들의 아이들은 일어서서 고개를 숙였습니다. 만남이 길고 오래된 동무들은 나를 넉넉하고 푼푼하게* 했고, 열두 겹으로 동여매진 마음은 풀어졌습니다.

왜 혼자냐고 묻는 영주 님은 설마 이혼한 것은 아닐 것이라며 가뭇하니 웃었고, 옷차림이 깔끔하여 사람이 달라 보인다고 말한 미선 님의 입술은 야무졌습니다. 이쪽으로 앉으라며 방석을 밀어주는 미경 님의 손은 나이먹지 않았고, 불콰해진 언상의 얼굴은 환해서 복권이라도 당첨된 듯했습니다. 우스갯소리를 고분고분하게 풀어주는 종현에게 미경 님은 '예능을 다큐'로 만든다며 깔깔거렸고, 살짝 웃는 모습이 얼굴에 박혀 있는 성렬이는 그가 웃고 있는 것인지 딴 생각을 하는지 알 수 없었습니다.

제가끔 살아가는 방식이 생겼고, 살아온 말들이 상 위에 가득했습니다. 어리바리한 내 그릇은 작고 거칠어서 상 위에 가득한 말들을 주워 담지 못했고, 나는 어울렸지만 쓸쓸했습니다. 어렸을 때의 추억 한 대목을 말하는 나에게 종현은 '뻥 까지 마라' 며 벌컥 소리를 질렀고, 내 손은 젓가락질을 멈추었습니다. 종현은

자신의 기억과 다른 나의 기억을 나무랐고, 초라해진 나의 기억
은 다급하게 술잔을 들었습니다. 술잔을 쥔 손은 내 입술과 상 위
를 자주 갔다왔다했고, 술병은 서 있기가 힘들었는지 자주 허리
를 숙였다폈다를 했습니다.

술잔은 끌리지 않는 이야기를 하지 말아야 한다고 가르쳤고,
술병은 했던 말을 마음 밭에서 떠나보내야 한다고 일렀습니다.
나는 술잔을 손가락으로 빙빙 돌리며 끌리는 이야기가 무엇일까
를 헤아렸고, 마음 밭에서 말들을 떠나보낸 뒤에 배고파진 마음
밭을 무엇으로 채울 것인가를 헤아렸습니다. 성렬이가 나에게만
밀어준 접시에는 주꾸미가 담겨 있었고, 나는 주섬주섬 먹었습니
다. 그릇이 비어갈 때쯤 종현이는 너만 혼자 먹는 것이 무엇이냐
고 물었고, 그 물음에는 아까 벌컥 했던 소리가 묻어 있었습니다.
주꾸미 접시와 벌컥 했던 소리는 멀지 않았고, 젓가락질에서 술
잔으로 옮겨가던 오른손은 멈칫했습니다.

얼큰해진 어른들 사이에서 아이들은 휴대전화기를 가지고 얌
전했고, 방 안에 떠도는 산소들까지 얼큰해졌을 때 성렬은 음악
을 들으며 맥주를 마시자고 했습니다. 맥줏집에는 88서울올림픽
이 열릴 즈음 사라졌던 디제이가 있었고, 종현은 고등학교 때 즐
겨듣던 노래를 신청했습니다. 손님이 드물어 디제이는 우리가 신
청한 노래를 쭉 틀어주었고, 노래가 나오자 종현은 아내의 허리
쪽으로 팔을 두르고 노래를 들었습니다. 무언가를 떠올리는 종현
은 지긋했고, 무언가를 말하는 언상은 꾸밈이 없었습니다. 무언

가에 웃음 짓는 성렬은 느긋했고, 무언가를 떠드는 나는 가여웠습니다. 만남으로 아프지만 만나고 싶고, 만남으로 깨닫지만 벅찼습니다. 오늘의 만남은 그렇게 저릿하게* 저미어* 왔습니다.

* 푼푼하다 : 모자람이 없이 넉넉하다.
* 저릿하다 : 어느 순간 약간 흥분되고 떨리다.
* 저미다 : 1) 작은 조각으로 얇게 베어 내다. 2) 칼로 도려내듯 쓰리고 아프다.

1974년 여름

― 엄니, 외갓집 곳간 초가지붕을 걷어 낸께 좋드만.

― 뭣이 그래야? 쓰레뜨(슬레이트)로 지붕 올린께 더워서 곳간
에 들어가기도 싫드만.

― 새마을운동*이 잘살자고 허는 것이제라. 신발에 흙 안 묻히
게 허는 것이기도 하고.

― 흙 안 묻히고 어찌께 농사를 지은다냐? 글고 그것이 어디
공짜냐? 다 빚이제. 우리가 나가서 얼매나 울력*을 해댔냐?

― 잘살라믄 그 정도는 해야제라. 가만히 누웠는디 주둥이
*(입)에 감 떨어지는 것 봤소? 하기사, 재주는 곰이 부리고, 돈은
되놈이 받는다고. 곰이 재주부리는 그 틈에, 바구니 돌려서 돈 번
놈은 따로 있기는 하드만요. 약삭빠르게 살어야 잘 산디.

― 나쁜 짓거리 한 것은 오래 못 가드라. 나쁜 짓거리 허믄, 지
가 벌을 받든지 자식새끼들이 벌을 받든지 하드라. 이모네가 새

냉장고 샀다고 해서 헌 냉장고 뺏어다 집에 놓고, 전화기도 들여놓은께, 우리가 이 동네서 질로(가장) 부자 같다. 너도 좋지야?

– 좋기는 뭣이 좋다고 그요? 냉장고 있은께, 동네 아그들 얼음 잔(좀) 얻어 묵을라고, 한낮에 더운디 줄서서 오고, 전화 놔 둔께, 담 너머로 이 집 저 집 전화 받으라고 악쓰니라고 정신이 하나도 없구만. 근디, 옆집에 새로 이사 온 미자라는 아가씨는 키도 크고 늘씬하고 이쁘기조차 하드만.

– 니가 언제 봤냐? 여우같이 생겼드만.
– 엊저녁에 전화 와서 부른께 전화 받으러 왔드만. 더운께 반바지만 입었는디, 살도 흐카니* 좋습디다.
– 글 안해도 느그 성이, 그 집 이사 온 날부터 미자 이야기만 해 싼다. 그 집이 어디서 사업을 하다 말았묵었는가, 살림은 번지르르한디, 이런 촌구석 상하방 얻어서 이사 온 것이, 으째 잔 이상하드만.
– 사람들도 겁나 세련 되았고 말씨도 서울말 비슷허니 허드만요. 손도 생전 물 한 방울 안 묻혀본 것 맨치로 반들반들 허고.

– 너는 행여나 미자헌티 눈도 꿈뻑 허지 마라. 느그 성이 이 여자 저 여자 찔벅거리는(찔러보는) 것도 아조 징글징글 헌께.
– 아부지는 오늘도 늦으실랑갑소.

따르릉.

- 전화 받어라.

- 여보세요?

- ······.

- 예, 아부지.

- ······.

- 예, 미자를요?

- ······.

- 예, 알겠습니다.

- 뭔 전화냐?

- 아부지가 자진개 빵구 났다고 잔 늦은디, 물 잔 끓여 놓으라 구민요. 싱추랑 쑥갓이랑 뜯어놓고, 고추도 따 놓고, 된장도 쌈 싸묵게 무쳐 놓으라구만요.

- 이 더운 밤에 또 누구랑 같이 온다고 그라시냐?

- 미자랑 온다고 그란디, 밥을 아직 안 잡쉈다고······.

- 뭣이여야? 느그 아부지가 미자랑 자진개를 같이 타고 온다고? 영감탱이가 노망났는갑다. 젊은 색시랑 뭣하러 같이 오끄나, 촌구석에서 금방 소문 날 것인디.

- 오는 길에 같이 온다 그 말씀이것제라. 뒷밭에 가서 상추랑 뜯어 오께라.

- 큰아들 지랄 발광허는 것도 속 뒤집어지고 복창* 터진디*, 영감탱이 할라 엠벵을 헌갑구만. 밥은 뭔 놈의 밥! 미자 즈그집 옆에 두고 우리 집서 먼 밥을 처묵은다고.

- 새복(새벽)에 비가 잔 뿌려서 그란가, 상추도 쑤욱 커부렇고 쑥갓도 냄시가 아조 좋구만요. 물을 디라고(데우라고) 그랬는디, 불은 지피셨소?

- 뭔 물을 디어야? 물 딜라믄 니가 쩌 모깃불 갖다가 때라. 나는 다방 크네기(아가씨)같은 것 한티는 밥 못 차려준다.

- 엄니도 참… 담 너머로 다 드키겠소(들리겠소). 살살 말하시오. 그라고, 이웃인디, 뭣 할라고 그라고 미워하요? 때릉때릉 헌 것 본께, 아부지 오신갑구만. 손님은 손님인께, 얼굴 잔 피씨오.

- 손님? 아~나(이 말을 달리 표현할 방법이 없네), 손님! 절로 터진 주댕이(입)라고 함부로 씨불거리지 마라. 너도 고추 달았다고 미자가 온다헌께 좋냐?

- 엄니도 참. 벨 말씀을 다 허요. 어, 엄니, 아부지가 혼자 오신디.

- 오다가 미자 즈그 집에 떨치고 왔는갑다.

- 아부지, 미자랑 온담서, 으째 혼자 오시오? 물도 디어놓고, 상추랑 쑥갓도 씻쳐 놓고, 엄니가 된장도 맛나게 무쳐 놨는디.

- 여있다. 미자. 이 여름을 날라믄 미자를 푹 삶아서 묵어야제.

- 예? 이것이 미자다요?

- 그래, 이것이 미자여, 소 거시기……. 언능(얼른) 삶아라, 묵게. 막걸리는 냉장고에 시헌허니 넣어놓고, 씻치고 오마.

* 새마을운동 : 1970년, 당시 대통령이던 박정희가 주도한 생활환경개선과 소득증
  대를 위한 지역 사회 개발 운동.
* 울력 : 여러 사람이 힘을 더해 일함.
* 주둥이, 주둥아리 : 짐승의 입이나 새의 부리를 속되게 부르는 말.
* 흐카다 : '하얗다'의 전라도 말.
* 복창 : 몸 안에 신진대사가 잘 안되어 몸이 붓는 현상.
* 복창 터진다 : 애가 끊어질 듯하다.

但 莫 憎 愛
(다만 단, 아닐 막, 미움 증, 사랑 애)

洞 然 明 白
(밝을 통, 그럴 연, 밝을 명, 흰 백)

다만 미워하고 사랑하지
않으면 밝고 환해지리라

마음에 들어 사랑하고
마음에 들지 않아 미워하니
마음의 잣대를 버려
밝고 맑아지리라

아따, 엿가락처럼 늘어지는
내 잔소리 들어보소

– 만수엄마! 뭣 하러 맨날 방을 치우고 있소?

– 와따메, 애기들이 여그저그 어질러 놓은께 치우제라.

– 할 일도 징상스럽게 없는갑소. 기냥 냅둬. 아그들이 놀면서
어질기도 하고 그라제. 즈그들 보고 치우라고 하믄 될 것인디.

– 워메, 냅 두믄 방이 뭣이 되겠소? 새끼들이 하라는 공부는
안 허고.

– 역불로(억지로) 하라고 한다고 안 되는 공부가 되겠는가?

– 성님은 어찌께 애기들 공부하게 맹글었소?

– 애기나 어른이나 똑같어. 아그들이 읽었으믄 하는 책을 방
에다 어질러났제. 작은아그한테는 만화로 된 한자 책을 던져놓
고, 큰아그한테는 만화로 된 역사책을 던져놨는디.

– 던져만 놓으믄 읽읍디여?

– 발길에 채이게 놔 뒀는디, 처음엔 소 닭보데끼 허고 안 읽었
제. 가만히 뒤 본께, 때작때작 하기도 하고, 간혹 읽음서 웃기도

하고 그라드만.

  - 다 읽은 것은 아니구만.
  - 아니여, 더 들어봐. 쪼깨씩 읽은께 애가 터지드만. 그래서
이야기를 할 때 책 내용을 살살 꺼내봤제. 그란께 아그들이 책을
더 찬찬히 보드라고.
  - 그라다가 다 읽었구만요?!
  - 잉, 그 뒤로 만화로 된 과학, 생활지혜, 이런 것을 갖다놓고,
쫌 지나서는 수준을 높여서 책을 널어놨제.
  - 왓~따, 성님은 영리허요.

  - 무엇보다 중요한 것은 책 내용을 항꾸네(함께) 이야기 해 봐
야 써. 우리 집 가믄 '식구독서통장'이 있어. 헌 공책에다가 엄마
가 읽은 책, 아부지가 읽은 책, 동빈이가 읽은 책, 동인이가 읽은
책을 다 적어넣제. 한 쪽(페이지)에 한 권씩만 적어. 처음엔 제목
하고 쓴 사람 이름만 적드만. 근디 시간이 흐른께 그 밑에다 책에
서 본 좋은 글귀를 적기도 하고, 즈그들이 느낀 것을 적기도 하
고, 내용을 적기도 하고 그러드라고.
  - 음마, 그것이 자동으로 논술공부가 된 것 아니요?
  - 그라제. 서로 써놓은 것을 보고 킥킥거리기도 하고, 이야기
도 해보고 그라드만. 그것이 쌓인께 낸중엔 글을 솔찬히(상당히)
볼 만하게 쓰드만.

  - 우리 아그들은 테레비 보고 컴퓨터 하니라고 책을 쳐다도

안본다.

- 우리 아그들도 그랬제. 독서통장 채워넣는 재미를 붙인께, 닥치는 대로 책을 보드만. 자연스럽게 테레비나 컴퓨터하고는 멀어지더라고. 또 때 맞춰서 테레비도 고장이 나주고 말이여, 하하하.

- 성님도 테레비 안 보요?

- 나도 책을 보게 된께, 그것은 재미없드라고.

- 애기들 학원도 안보내제라?

- 아니여, 피아노하고 운동은 보내제. 학원 댕김서 억지로 생각을 집어넣어주는 것보다 스스로 보고 느끼는 것이 더 나은 것 같드만. 그라고 그것을 식구대로 앉거서(앉아서) 이야기허고 글로도 써보고 헌께 재미지드만.

- 애기들이 일기도 쓰요?

- 잉, 우리 집은 자기 일기장 따로 있고, 온 식구가 쓰는 일기장이 또 있어, 그것이 서로 생각을 알아가는 좋은 방법이드라고.

- 성님네 베랑박(벽)에는 뭣이 많이 붙어 있든디 고것들이 다 뭣이다요?

- 아그들도 알아야 할 것은 알아야 쓴께, 우리 집 돈 들어가는 것부터 묵을 것 맹그는 법, 기억해야 할 것, 나이 때에 맞춰 앞으로 하고 싶은 일, 몇 월 며칠에 해야 할 일, 영어노래 가사, 역사 연대표, 아조 시시콜콜허니 다 적어놓제. 베랑박에다 적어놓으믄 왔다갔다 함서 자꼬 본께 잊어묵들 않제.

– 그랑께 성님은 몇 년이 지나도 도배 안하고 살구만, 하하하.

– 큰 달력 뿍 찢어서 뒤집어 거그다 써서 붙여놓은께 도배할 일이 없네, 하하하.

– 성님이 부럽소.

– 부럽기는? 돈 많다고 행복하든가? 돈 많으믄 편하기는 하제만, 그 돈 지키고 불릴라고 얼마나 몸부림을 친가, 행복은 어디서 또로로 굴러오는 것이 아니여, 내가 맹글어 가는 것이제. 권력 가졌다고 행복하든가? 품(모양)은 날랑가 몰겄네마는, 욕 얻어묵고 챙피 당하고, 그런지도 모르고 버티고 있드만. 그란디, 머리 속에 차곡차곡 쌓아서 재미지게 살믄 하루하루가 오지제(좋제). 아그들을 지체 높은 대학 보낼 것 아니믄 애써서 고생시키지 마. 즈그들이 깨달으믄 하지 마라고 해도 공부에 파고든께.

– 그래도 걱정이 된디.

– 뭣할라고 걱정을 헌가, 걱정할 시간 있으믄 지금부터 하나씩 몸으로 옮겨야제. 그라고 방 치우지마, 즈그들보고 치우라고.

– 성님 말이 백 번 옳기는 헌디, 그것이 언능(얼른) 되아질랑가 몰겄소.

– 아, 시방(지금)부터 하란께.

– 월간 『샘터』 2008년 11월호

날씨는 다 똑같다네

"으째 이라고 땀을 흠뻑 흘리시는가? 낯갗이 번들번들허니 좋구만."

"몸이 잔 거시기허다 헌께 광훈이아재가 자진게(자전거)를 줘서 요새 고 녀석 모시고 댕긴디, 아조 좋구만요."

"광훈이아재?"

우리는 어느 일에 전문가처럼 오랫동안 온 힘을 쏟아붓는 사람을 동생이더라도 '아재'라고 부르곤 합니다.

"날이 풀어진께 자진게 타고 댕긴디, 두꺼운 옷 벗어내불데끼, 쓸데없는 살도 떨어져나가고, 가지려고 하는 마음도 쏘옥 벗어져부요. 마음 편허게 자진게 탈 수 있는 길이 있으믄 더 좋겄는디."

"광훈이아재 자진게가 이 봄에 사람 하나 맹근갑네. 좋은 맘으로 한 가지 일에 애쓰는 사람이 잘 되야쓸 것인디. 아무튼 몸이 질인께 몸 살림을 잘 혀야 써."

"성! 어지께 누가 안 찾아왔습디여?"

"어지께? 이~잉, 전화도 오고 찾아오기도 했어. 이번 선거에 나섰다고 도와주라등만."

"사람 몸을 고치는 의사도 6년을 갈고 닦고, 그러고 나서도 인턴이다 뭣이다 함서 또 배운디, 하물며 나라의 백 년을 내다보고 이끌어야 할 사람들이 기냥 뚝딱 해서 출마해분께, 가심(가슴)이 아프요."

"나름대로 맘 궁글려서 굳게 묵고 나왔겄제. 준비하고 맹글어 갖고 나오믄 더 좋은디, 고것이 잘 안 되는 모냥(모양)이여. '저 사람은 참 잘 하겄다' 하믄, 그런 사람은 안 나온단 말이여."

"괜찮은 사람이 안 나올라고 헌 것은 제도에 뭔 문제가 있는 것이 아니까요? 우리 같은 사람은 투표하는 것밖에는 뭔 방법이 없는디."

"그란께 말이시. 뽑힐라고 나온 사람인께, 우리가 좋은 말을 보태서 엇나가지 않도록 해야제. 잘하는 일은 '잘한다, 잘한다' 하면서 늘 힘을 불어넣어 줘야제."

선거이야기는 늘 재미있게 하는데도, 선거에 나온 사람이야기는 늘 걱정이 앞섭니다.

"날이 따땃해진께 슬슬 팔 걷어붙여서 일 해야겄구만요."

"할 일이 태산이드라도 하나씩 하나씩 해 나가믄 되는 것이여. 나무도 가을부터 이파리 떨어뜨림서 1년을 준비하는디, 사람 사는 일은 더 많은 준비를 해야겄제."

"준비도 하고 일도 해야 쓴디, 도통 뭣을 해야 할지 모르겄구만요."

"뭔 일이든 먼저 손수 해 볼라고 해야제, 달라 들어 하려고 하지 않고 편한 것만 찾은게, 할 일을 못 허고, 준비도 못허는 것이제. 일로써 공부를 삼고, 일로써 마음을 닦아보시게. 날이 으째 따땃해진지 아시는가?"

"갑자기 뭔 소리다요?"

"날씨는 다 똑같다네. 사람이 덥게 입으믄 더운 것이고, 춥게 입으믄 추운 것이제. 그러니, 나랏일 허는 사람도 '아재' 같은 사람을 뽑아야 헌다는 것이여."

"??? 아~하!!?"

− 『샘터』에 원고를 보냈으나 『샘터』에 실리지는 못한 글입니다.

모과 따러 갔다가
지천(꾸지람)만 들었네

더 앞서가야 살아남는 사회를 돌아 나와, 전통찻집을 연 지 열 번째 겨울. 겨울엔 모과차만한 보약이 없다는 사람들의 성화에 발품 내어 형님 댁에 모과를 따러 갔습니다. 약초 캐러 다닐 때 만난 형님인데 '형님! 아우!' 하며 의좋게 지낸 지 15년은 되었습니다.

"성! 마을을 딱 들어선께, 성네 집 모과가 질(가장) 먼저 손짓하요."

다짜고짜 모과 얘기로 인사를 대신합니다.

"보기좋제? 고추밭에는 뻘간 고추가 제 멋이데끼 동네엔 누런 모과가 딱 버티고 있어야 가을 맛이제."

철이 들 무렵 세상을 싸돌아다니던 몇 년을 빼고는 줄곧 농사만 짓는 형님은 늘 그렇듯 반갑게 맞아줍니다.

"팔이 아프담서 어찌께 모과를 썰라고?"

"성이 썰어 줘야제."

"아니, 손 안대고 코 풀어 불라고?"
"힘 있을 때 인심 팍팍 쓰시오. 성이 인심 쓰믄 자식들이 다 잘 될 것인께."
"자식들이야, 즈그 할 나름이제."

봄에는 꽃 말려서 차 만든답시고 형님 앞장 세워 산을 뒤지고, 여름 될라 하면 앵두, 보리수로 차 담근다고 형님과 마을 돌아다니고, 겨울이면 겨울이라고 형님 성가시게 합니다.

"근디, 올해 석류 값이 좋드만. 석류를 많이 심어서 돈을 잔(좀) 벌제, 으째서 밭에다 푸성귀만 심어쌌소?"
"이 사람이 낯짝 부닥치자마자 돈타령부터 허네. 뭐든지 많이 맹글믄 머리 어지러운 것이여. 남으믄 내다 팔랑께 걱정, 안 팔리믄 묵도 못허고 썩은께 걱정, 많이 팔리믄 더 맹글어야 헌께 걱정. 그러다 일도 못 허고, 한 숨 쉬다 세월 다 보내불제"
더 가지려고 몸부림치는 사람을 싫어하는 형님께 괜한 소리만 보태고 말았습니다.

"요새 같은 깝깝헌 시상에 돈이라도 있어야 든든헌디, 성은 으째 답답한 소리만 허요?"
"돈타령함서 무장 지랄을 떠네. 나 묵고 살 것 있으믄 되제. 잔 남으믄 나눠 묵어서 내 맘 따땃하믄 되고. 더 좋으믄 유제(이

옷)랑 어울리믄 되고. 시상을 가만 디다(들여다) 봐봐. 나 배 터지
도록 묵고, 내 아그들 손발 까딱 않고 살게 할라고 본께, 남의 몫
뺏어서 차곡차곡 쌓고, 그랄라고 보믄 유제랑 욕하고 쌈하게 되
제. 그것이 어디, 사는 것이여? 아귀다툼이제. 지옥이 따로 있가
니, 내 배만 채울라 허다 보믄 그것이 지옥이제."

형님께 미안한 마음을 줄이려다가 어찌할 나위 없이 지천(꾸
지람)만 들었습니다. 배운 것은 짧아도 깨달은 것은 어지간한 잘
난쟁이 뺨칩니다.

"오메, 성인(聖人) 났소, 성인! 사다리 어딨소? 모과나 땁시다."
"헛간에 나무사다리 뱅글어 놨네. 키가 아조 뗼싹(무척) 큰께
조심히 들고 나오소."

"언제 이라고 사다리를 튼튼허게 맹글어 놨다요? 부지런도 허
요."
"뭐든 멀리 보고 채비를 단단히 해야제. 부지런 떰서 내 할 일
차분차분 허믄 잘 되는 것이여, 그래야 '다음에' 뭘 할 것인가,
'누가' 할 것인가, 다 보이는 것이여. 어른이 딱 쩌잡고(붙들고)
큰 틀을 짜서 가닥을 쳐 나가야제. 김장허고 차 담그는 것이 다
채비를 허는 것이제. 글고 한 해를 마무리 험서 돌아보는 것이 꼭
있어야 써. 하루하루도 마무리 지으믄, 꼭 앉거서(앉아서) 돌아보
고 고칠 것은 고쳐야 허데끼. 그래야 꾸물꾸물 걸어오는 새해를
'얼씨구나, 좋~다' 하고 맞이하제. 앞으로 어찌끄롬 살아야 할랑

가 알겄제?"

"성이 젙(곁)에 있은께, 차말로 좋소. 때 되믄 이라고 좋은 것
얻어 묵고, 귀한 소리 얻어 듣고. 동네마다 성 같은 사람이 있어
야 헌디. 요새는 그런 사람이 없단 말이요."
"음마, 오늘 큰 차타고 와서 나를 둥둥 띄운 것 본께, 우리 집
을 홀라당 훑어가불라고 맘 묵고 왔는겝이여."

돌아오는 길에 형 같은 사람을 곰곰 찾아봅니다. 억지로라도.
모과차를 잡수고 모두 좋은 사람이 되면 좋겠습니다. 형님 같은
사람!!

– 월간 『샘터』 2010년 1월호

둥근 해는 날마다 뜬다네

"성! 눈이 겁나 오요. 시상이 하얘지겄네."

마음이 흔들리거나 속상하면, 늘 그렇듯이 형님에게 전화를 합니다. 쏟아붓고 싶은 넋두리가 넘쳐나는데도 입에서는 두루뭉술한 말만 나옵니다.

"음마, 눈 온께 맘이 싱숭생숭헌갑네. 언능(얼른) 건너오시게."

어떤 경우에도 사람을 깎아내리질 않는 형님은 오늘도 늦은 밤이지만 반갑게 오라 합니다.

"통화한 지가 언젠디, 인자 오시는가?"

"눈이 쌓이고 쌓여서 길이 미끄런께, 씽씽달구지(자동차) 놔두고 걸어 오니라고 늦었제라."

"대문 들어섬서 뭐 안 보이든가?"

"깜깜해서 암것도 안 보이든디."

"똥그란 것 두 개 못 봤어? 자네 기다리다 내 눈알 두 개가 튀어나가 대문에 걸쳐졌을 것인디."

웃음소리 안쪽에는 벌써 고소한 냄새와 오붓한 모습이 가득합니다.

"추운께 이것부터 한 잔 묵어."

"뜨끈허니 좋은디, 맛도 기멕히요."

큰 주전자를 열어 거름망을 살펴보니 국화, 둥굴레, 뽕잎, 오가피가 들어 있습니다. 맛을 보니 평소 잘 알고 지내던 성룡 스님이 덖어준 차도 들어갔나 봅니다. 밤새 이야기 풀어놓으면 이 큰 주전자도 그리 넉넉하신 않을 겁니다. 형님은 봄이든 여름이든 약초와 산나물을 잘 덖어서(가마솥에 열을 가해 순간에 수분을 빼내는 방법) 두었다가 차로 우려먹기도 하고 음식에 넣어 먹기도 합니다.

"하고 잡은(싶은) 말이 많었는디, 성 얼굴 본께 겉이고 속이고 개안해져부요."

"하고 잡다고 말을 막 뱉어 내불믄 정치판같이 시끄라서 어찌께 산당가. 어지럽고 짜증난 것, 저 눈 속에 다 묻어불어야제. 끌어안고 낑낑대며 살다가는 병치레만 생기네. 책을 많이 보기만 허믄 속이 시끌시끌해진다네. 긍께, 책을 본 뒤엔 꼭 생각을 하라고. 생각허고 나믄 할 말만 남는 것이여."

꼭꼭 묻어두었던 귀한 말이 마음을 새롭게 깨워주고, 정성 묻

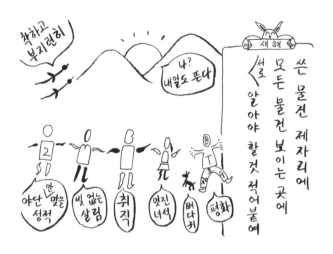

은 달콤한 차는 몸을 힘차게 세워줍니다.

"힘들어 하지 말어."

"넘들은 나이 묵음서 여유가 생긴다는디, 나는 한 해 넘어갈 때마다 팍팍허기만 허니."

"뭐든 할 수 있는 것부터 허고, 쉬운 것부터 해야 세상이 보드랍게 되제. 걷지도 못헌 것이 날기만 할라 하믄 쓰겠는가? 애랬을 때 '쓴 물건을 제자리에 두라'고 배웠잖아. 그것만 잘해도 얼마나 힘을 아낄 수 있는디. 그 작은 힘 모트믄(모으면) 큰일에 보탤 수 있다네. 또, 집 안에 물건을 다 보이는 데다가 놔둬 봐. 구석에 처박거나 감춰두지 말고. 그래서 쓸모없는 것은 나누거나 버려야제. 글고 나믄 쓸모없는 것을 사지도 않게 되는 것이여.

또, 식구들이 서로 알아야 할 것은 적어서 잘 보이는 데다 놔둬야제. 그러면 생활비를 줄일 수가 있다네. 새해맞이 마음 묶기는 거 창할 것 없어. 글고, 둥근 해는 날마다 뜬다네."

희끄무레한 빛이 창에 서리고 나서야 엉덩이를 떼었습니다. 마음을 어르고 달래준 형님의 말씀이, 몸을 푹신하고 힘차게 해준 형님의 먹을거리가, 새해로 가는 발걸음에 힘을 줍니다. 새해에는 형님이 말씀하신 세 가지를 꼭 해봐야겠습니다.

– 월간 『샘터』 2010년 2월호

형님네 바가지가 많은 까닭은?

"성! 날이 푹(따뜻)해졌은께 가만가만 나들이합시다요?"

"눈 우게(위에) 바람이라고, 아직 눈이 안 녹아서 바람이 찰 것 인디."

"싸목싸목(가만가만) 걸음서 올 한 해를 가늠해봐야제라. 너무 오랫동안 방구들 짊어지고 있는 것 같구만요."

큰 추위가 지났는가 싶어 근질거리는 엉덩이를 들어 형님을 찾았습니다. 형님은 아늑한 곳간에서 봄여름에 쓸 물건들을 만들고 계셨습니다. 역시 게으름과 거리를 두고 사십니다.

"밖에 나온께 좋제라. 쩌그 눈밭에 노랗게 핀 것이 복수초 아니요?"

"잉, 맞구면. 지난해에는 안 보이드만. 올해는 상큼허니 피었네. 눈도 많이 오고, 날도 솔찬히(꽤) 추웠은께, 올 농사는 잘 되겠구만"

"목련 꽃망울도 겁나 많고, 매화 꽃망울도 가득허요. 보름쯤

지나믄 솎아서 차(茶) 맹그러야겄제라."

"올해는 그늘에 잘 몰려서(말려서) 더 맛나게 허고, 향을 살리
자고. 꿀에 재워둔 목련차가 지난 가을엔 아주 인기였제. 목이 까
끌거리는 데에는 역시 목련차더구만."

가을걷이가 끝나고, 빚어놓은 술에 매화 우려 놓은 것을 곁들
이니, 옛 선비들 부럽지 않았습니다. 한두 번 잡숴보신 분들은 저
녁이면 하루가 멀다 하고 오시기도 했습니다.

"테레비에 북극 빙하 녹아내린 것 봤어? 그렇게 녹아불믄 바
닷물이 싱거워져서 고기들이 잘 살아질랑가 몰겄어?"

"삶도 싱거운디 바닷물까지 싱거워지믄, 맹숭맹숭 터벅터벅
하늘만 봐야겄구만이라우."

"나무도 허벌나게 비어분께(베어버리니) 동물들도 살 곳을 잃
어불고, 햇빛이 너무 쎄져불어서, 세상이 다 말라 비트러져불랑
가도 모르제."

"자연과 항꾸네(함께) 살어야 쓴디, 사람들이 너무 무작스럽
제라, 잉?"

"긍께, 으째서 지금만 생각허는지 몰라, 자식이 살고 그 자식
의 자식이 산다는 것을 잊어분 모냥이여."

"그것이 욕심이제라, 방송에서도 '나만 아니믄 돼' 하면서 '복
불복'을 외치니 좋은 사람들도 다 그렇게 따라허고, 무조건 '부자

만 되라'고 허니 모다(모두) 부자 될라고만 달음박질치니, 원……"

　텔레비전은 겨울 한가한 틈에만 보니까 오늘은 방송 이야기를 많이 나눕니다.
　"높은 사람이 되었든, 방송이 되었든, 상식이 통하고 옳은 것을 갈쳐줘야 쓴디, 너무 눈앞에 욕심만 보듬고 사니, 큰일이여! 날마다 한숨이 바가지로 쏟아져 나와서 그 한숨을 어디다 둬야 쓸랑가 몰겄네."
　"그랑께 성네 집에 바가지가 많구만요, 하하하."

　돌아오는 길에, 자연을 깔아뭉개지 않아야겠구나, 나부터 잘 해야겠구나, 마음먹었습니다. 노란 복수초는 무척 예쁩니다.

– 월간 『샘터』 2010년 3월호

숭늉 그릇 비우듯 마음도 싸악

'소야촌(素野村)'은 씨 뿌리기 앞서 하얗게 펼쳐진 들판, 거두어들인 뒤에 펼쳐지는 하얀 들판을 말합니다. 가꾸고 싶은 꿈이기도 하고 제가 하는 작은 찻집의 이름이기도 하지요, 몸이 먼저 알아보는 '버섯죽', 어머니 가난이 깃든 '손수제비'는 옛날처럼 그대로 하고 있습니다. 밥을 잡숫고 나면 맛있게 만든 차와 과일을 드립니다. 오늘은 가까이 사는 형님이 첫 손님으로 오셨습니다.

"성! 여그까지 뭔 일이다요? 봄비에 푸성귀도 쏙 올라오고, 논일 헐 때도 되았는디."

"자네헌테 부엌일 좀 배울라고 왔제. 여그 씀바귀 쪼께 가져왔응께, 맛나게 무치소."

잎이 가느다란 것이 갓 올라온 씀바귀입니다. 잎 끝에 톱니가 부드러워서 먹기 좋을 듯합니다.

"손님 오셨네. 내가 뭣을 도와주까?"

저는 형님께 차례차례 손님 이야기를 풀어놓습니다.

"저분은 언저리를 잘 살피고 발걸음이 느긋하시잖아요? 그러니 반찬을 정갈하니 놓고, 차분히 이야기해드리믄 됩니다. 마음이 넉넉해서 배려가 있고 꼼꼼하신 분일 겁니다."

그런가 하면 큰 목소리로 인사를 하고, 성큼성큼 들어오시는 분이 계십니다.

"저분은 반찬을 많이 드리세요. 그리고 엄나무술(엄나무를 넣어 만든 청주의 한 가지)도 호리병에 좀 드리고요. 세상을 즐겁게 사시고, 서로 나누기를 좋아하시는 분일 겁니다."

또 환한 얼굴로 웃음을 머금은 분이 "저… ○○을 만나러 왔는데요, 예약되었나요?"합니다.

"저분은 예의바르게 모시면 됩니다. 알뜰살뜰하고 어떤 일이든 책임지고 하고, 머리에 든 것도 많고, 마음에 찬 것도 많으실 겁니다."

그렇게 손님들이 오셔서 오순도순 이야기를 나누며 음식을 드십니다.

"아직 자리도 남았는디 손님을 그만 받을랑가?"

"오늘 낮은 열두 양반만 모실라고 음식을 꼭 그만큼만 장만했어요. 욕심부리믄, 몸이 지치고 정성도 떨어진께. 그라고 성하고 이야기도 해야제."

가난한 아우의 살림살이가 늘 안타까운 형님이십니다. 형님이

부엌일 배우러 오셨겠습니까? 장사는 어떻게 잘 되는지 살피러
오셨겠지요.

"밥집 가서 뭐 묵을 때, 몸가짐 잘 해야겠네. 겉만 이라고 훑
어보고도 다 알어분께. 근디 싫은 사람은 안 오는가?"
"으째 안 오겠소. 손님들을 좋은 쪽으로만 봐야제. 나쁜 쪽으
로 보다 보믄 한없고, 내 속만 상하제. 인자 누룽지 맹급시다."

"나는 밥 묵은 뒤에 자네가 맹근 오디차나 앵두차가 맛나든
디?"
"오늘은 추적추적 비가 온께 누룽지로 숭늉을 맹글라고요. 그
래야 속도 따땃해져서, 새롭고 좋은 생각이 불끈불끈 솟제라."
"숭늉하믄, 우리 외할머니의 뭉툭한 손길이 떠오른단 말이시.

겨울에는 숭늉을 식지 말라고 놋그릇에 담아주고, 여름에는 시원
하라고 사기그릇에 담아주셨제."

"성은 호강함서 컸네."
"그랬제. 어렸을 때 입이 짧아서 뭣을 안 묵었는디, 외할머니
숭늉 땜시 속도 개운해지고, 이도 안 썩드랑께. 우리 민족만 가지
고 있는 것이 뭔지 안가? 젓가락허고, 숭늉이라네. 숭늉 그릇 비
우데끼, 마음도 싹 비움서 살어야 쓸 것인디."

그날, 형님은 숭늉을 세 그릇이나 비우셨습니다. 아마도, 마음
이 너무 가득 차서 세 번이나 비워야 했던 모양입니다.

– 월간 『샘터』 2010년 4월호

집안에 탈은 없으시지요?

"성이 와서 도와준게 오늘은 일이 잔(좀) 쉬웠구만요. 술 한잔 하실라요?"

찻집에 단체손님이 와서 봄 농사에 바쁜 형님에게 손을 빌렸습니다. 형님은 손님이 많다하니 기분이 좋다며 두말없이 도와주셨습니다.

"손님이 오늘처럼 많아서 니가 많이 벌믄 좋겠다. 언능(얼른) 빚을 털어야제. 빚만 없어도 살아야. 아까 부엌에서 이것저것 주워 묵었은께, 남은 음식에 술이나 쪼깨 묵자고."

"그래도 밥은 지대로 묵어야제라."

"많이 묵으믄 똥이나 맹글제."

단출하게 음식을 차리고 차(茶)를 냈습니다. 형님은 입이 짧아서 많이 드시지도 않지만, 필요한 것보다 많이 갖는 것을 아주 꺼리십니다.

"술 한 잔에 차 한 잔이라. 이라고 묵는 맛이 질(제일)이여. 술도 많이 안 묵게 되고, 이야기도 흐트러지지 않고. 그란디 이 차는 뭣이데?"

"성이 몸도 무겁고 자주 붓는다고 헌께, 창출(국화과 식물 뿌리)하고 진피(귤껍질)를 우려내봤는디, 입에 맞으요?"

"쓸쓸하고 매운 맛이 없는디, 뭣을 더 넣었는가?"

"먹기가 사나운께, 볶은 보리랑 둥굴레하고 결명자도 같이 우려냈제라."

트림을 자주 하고 이를 닦을 때 헛구역질을 한다는 형님께 '맞춤 차'를 냈습니다. 형님은 그 차를 먹을거나 술보다도 더 알뜰하고 값지게 잡수십니다. 술 한 잔은 꼭 세 번으로 나누어 마시고, 차는 한 잔 가득 입에 머금었다가 마십니다. 물끄러미 형님을 보면 늘 닮고 싶어집니다.

"이라다가 니는 한약방 해도 되겠다. 하하하."

"갈 때 좀 싸드리께, 간혹 잡수씨요. 돌팔인께 너무 믿지는 말고."

"근디, 아까 연둣빛 웃옷 입은 사람이 중국산으로 맹그냐고 물은께, 으째서 씨익 웃기만 하고 말았냐?"

"바쁜디 어찌께 하나하나 묻는 말에 대답한다요."

"그래도 니는 중국산 안 쓴다고 딱 부러지게 말해야제. 그 손님이 말도 거칠게 허고, 영 마음에 걸리드만."

"이 짓을 10년 하다본께, 벼라별(별의별) 손님을 다 보제라. 뭐든지 마음에 달린 것 아니겠소? 내가 왕후장상(王侯將相)의 음식을 묵은다 생각하믄 왕후장상이 되고, 이것을 묵으믄 보약이 되겠다 허믄 보약이 되제라."

"그러긴 헌디, 그 사람이 나가서 느그 집 헐뜯을까 무사서(무서워서) 그라제."

"성님은 헐뜯는 사람 믿소, 북돋아주는 사람 믿소? 생각이 쫌이라도 있는 사람은 점잖고 부지런한 사람을 믿제라. 생각을 안 하는 사람은 큰 목소리로 우김질하는 사람을 믿고."

사람은 아는 만큼 잣대를 들이대고, 그 잣대로 상대를 대하는데, 그 잣대는 금방 자신에게 되돌아옵니다. 그래서 모르면 가만히 있다가 나중에 배우고 익힐 일입니다.

"아까침에 그 아그(아이)들 땜시 정신이 바다로 출장 가불드만. 아그들 셋이 온 집을 다 쑤시고 댕긴게 영락없이 무당집 굿판이 되불드라고. 결국 국그릇 엎어불었제?!"

"부모들이 하찮은 것이라도 꼼꼼히 가르쳐야 허고, 스스로 모범이 되어야 헌디. 요새는 똑똑하고 부자만 되라고 가르친께, 사람 노릇은 쩌그 시궁창에 쥐새끼헌테 띵게불고(던져 버리고)."

"아이한테 떡을 주지 말고 사랑을 줘야 헌디."

주섬주섬 손님들 뒷이야기 하다가도 우리와 우리 아이들 생각에 뜨끔뜨끔해합니다. 집안에 탈은 없으시지요?

– 월간 『샘터』 2010년 4월호

미리 준비하면 못할 것이 없어야

"편찮으신 어머님은 요새 좀 어쩌십니까?"

팔십을 바라보는 형님 어머니가 누워만 계셔서 마음에 영 걸립니다.

"어머니를 보살펴드린다고 해도 어머니께서 우리를 돌보는 정성만큼 해 드리지 못해서 그런지, 차도가 없구만."

무엇을 먹거나 어디를 가거나 어머님 생각을 놓지 않는 형님이지만, 세월의 흐름을 막지 못하겠다고 먼 산만 바라보십니다.

"꽃차 맹글라믄 꽃도 따고 말려야 헌디, 어머님이 못 도와주시니 올해는 어쩔랑가 몰겄소."

꽃을 좋아하시는 형님의 어머님 덕에 꽃차 만들기를 비롯했고, 어머님의 가르침에 좋은 꽃차를 얻을 수 있었는데, 어머님 하시는 것을 꼼꼼히 배워두지 못한 것이 아쉽습니다.

"올해는 날씨까지 이렇게 어지러워서 꽃도 제대로 피지 못하고, 피었어도 여물어지지 않아서 깝깝허네. 무슨 꽃이 어디서 피는지도 어머니가 더 잘 아시는디."

어머님이 이렇게 편찮아지실지 모르고, 미리미리 배워두지 않은 형님과 저는 푸념만 하고 말았습니다. 그리고 우선, 그동안 꽃차 만들기를 했던 것을 떠올려 정리하고 기록해보기로 하였습니다.

푸성귀 씨앗을 뿌리고 나서 싹이 우거지게 돋아나면, 튼튼하게 잘 자라도록 솎아서 하나씩 옮겨 심듯이, 꽃을 딸 때도 솎아서 따야 합니다. 그러면 알찬 열매를 딸 수가 있고 식물도 좋아하지요. 꽃차의 재료로는 막 피어나는 것을 따야 합니다. 많이 핀 것은 꽃에 벌레가 들어 있을 수 있고, 미처 피지 않은 것은 그 향과 맛이 덜합니다.

꽃은 아침 해가 뜨기 전에 따야 합니다. 꽃이 이슬을 머금고 있을 때가 땅의 힘을 가장 많이 머금고 있을 때이고, 꽃이 잠에서 깨어난 뒤에 따면, 그들도 독을 뿜기 시작하기 때문입니다. 딴 꽃들은 얼개미(체)에 쫙 깔아서 그늘에서 말려야 합니다. 물론 보관하기 전에는 쨍쨍한 햇볕에 삼사십 분을 말려야 하고요. 간수할 때는 단단히 묶어 두어야 하고, 냉동을 해야 좋습니다. 꽃잎은 언저리에 있는 향을 쉽게 받아들이니까, 냄새가 센 김치나 생선을 함께 놔두면 꽃 향은 그냥 사라지고 맙니다.

"꽃차 맹그는 것을 이만큼만 정리해도 어디냐. 나머지는 경험

이 보태져야제. 미리 준비해야 된다는 평범한 진리를 우리는 늘 기냥 지나치고 있제." 형님과 어머님 이야기를 나누다 보니 돌아가신 어머님 생각이 떠오릅니다. 따뜻한 밥 제대로 차려드리지 못하고 좋은 구경 시켜드리지 못했습니다. 아니, 마음을 편안하게 해드리지 못한 것이 더 큽니다.

"테레비 틀믄 맛난 것 맹그는 것부터 묵는 것까지 다 보여주고, 전 세계 어디든지 다 보여준께, 묵은 거나 마찬가지고, 가본 것이나 다름없다. 묵어야만 맛이고 가봐야만 멋이겄냐?"는 말씀으로 아들을 위로해주셨는데……. 계실 때 잘해드려야 했는데 제 삶이 어지럽기만 합니다. 올해의 봄처럼.

오늘도 자랑스럽지는 않아도 부끄럽지 않은 하루를 엮어보렵니다. 제가 예쁘게 살면 세상도 예뻐지리라 믿으면서. 그리고 형님 어머님께서 하셨던 말씀, "미리 준비해 놓으믄 못할 것이 없어야"와 어머님이 하셨던 말씀, "욕심대로 살지 말어라. 힘들믄 쉬고"를 크게 써서 벽에 붙여 놓으렵니다.

– 월간 『샘터』 2010년 6월호

사람은 기억 속에, 슬기는 생활 속에

"영춘이 아재(아저씨) 돌아가셨을 때, 자네가 품을 팔아줘서 동네 어른들도 대견해하고, 일손도 덜어서 좋드만, 고생했네"

"내가 뭐 헌 것이 있다고 그라요. 아재 은혜를 생각하믄 암것도 아니제라"

영춘이 아재는 외가가 있는 동네에서 오랫동안 이장을 하셨습니다. 그 마을에서 태어나 그 마을에서만 사시다가 그 마을에서 돌아가신 영춘이 아재는 어진 마음으로 덕을 쌓아 오신 마을의 어른이었습니다.

"아재는 배운 것도 없이 혼자서 공부를 했제. 마을 궂은일은 쫓아 댕김서 했고, 누가 어렵다고 하믄 팔 걷어붙여 도와주었제."

"스스로 터득한 것은 이웃에게 꼼꼼하게 갈쳐주기도 하고, 뭐든지 미리미리 준비를 해놓아서 마을에 뭔 일이 생겨도 걱정이 없었제."

여기저기서 아재 이야기가 끊임이 없습니다. 모두가 본받아야 할 그분의 삶과 슬기를 말씀하십니다. 때로는 웃음이 터지고, 때로는 눈물짓게 만드는 아재 이야기.

"아재가 돌아가시니, 이제 또 조상의 슬기가 하나 묻혀버린 것 같구만. 사람은 기억 속에 남고, 슬기는 삶 속에 남아야 헌디, 자꼬 슬기가 묻히는 것 같아 맘이 안 좋네."

아재는 오랫동안 병석에 누워 계시다가, 잠자는 듯이 돌아가셨습니다. 마을회관에서 장례를 치렀으며, 마을 사람들이 모두 상주처럼 문상객을 맞았고, 모두 내 일처럼 일손을 보탰습니다.

"오래 아픈 데 효자 없다고 해도, 자식들이 효자라서 극진히 모신 것이 마을의 모범이 되어서 좋드만."

"아재가 덕이 있으니 자식들도 누구 하나 빠지지 않고 올바르게 자리 잡았제라. 옛날엔 장례를 치르면 그 마을의 손맛을 다 본다고 했는디, 이번에 집집마다 음식을 하나씩 내오니 보기에 참 좋드만요."

마당에 불을 피워 솥을 걸어서 사람들이 언제든지 따뜻한 국을 먹게 하고, 솥뚜껑에 기름 둘러 전을 부치는 손길도 다 아름다워 보였습니다. 연기 때문에 우는지, 슬픔 때문에 우는지 모르게 모두 훌쩍거리면서 돌아가신 분의 삶을 되짚어보고, 그 사람됨을 본받고자 하는 이야기들도 아른아른하니 가슴을 적시기도 했습니다.

"자식들 편하자고 음식을 사다가 대접하지 않고, 달랑 돈 봉투 하나로 아재의 고마움을 갚음하지 않아서 뿌듯허드만"

"그냥 돈만 냈으면 그 고마움이 쉽게 가라앉았을 것인디, 몸으로 때우고 아재 이야기를 사람들과 나누니 맘이 쫌 오래가구만요."

"아재 같으신 분들이 오래 사셔서 우리에게 생활의 슬기도 더 갈쳐주고 제대로 사는 모습도 보여줘야 헌디, 안타까움이 많소."
"긍께, 우리라도 좋게 좋게 살아야 쓸 것인디, 내일 산에까지 항꾸네(함께) 갈 것이제?"
"아재한테 배운 것이 한두 가지가 아닌디, 마지막 가시는 길을 따라야제라."
몸으로 아재의 은혜를 갚으면서, 막걸리 잔 기울이며 아재의 덕을 나누면서 정말 사람답게 살 것을 다짐해봅니다.

– 월간 『샘터』 2010년 7월호

지켜봐주기만 하여도

그 아이의 아버지는 잔디밭에 앉아 소리를 지르기도 하고 손뼉을 치기도 합니다. 시간이 한참 흘러도 아이 하는 양을 살피면서 "잘한다"고 외치며 웃습니다. 하도 그리하고 있으니 무슨 사연이 있는 것 같기도 합니다. 그 아이는 이쪽 나무 그늘에 앉은 아버지를 보며, 저쪽 나무 그늘에서 여러 가지 몸짓을 하기도 하고 노래를 하기도 합니다. 얇은 목도리 같은 것으로 몸을 치장하기도 하고 울기조차 합니다.

'참 이상한 사람이다' 는 생각이 들어 가까이 다가갔습니다. 아이는 누구를 흉내 내기도 하고, 어떤 상황을 만들어 이야기를 하기도 합니다. 썩 잘하지 않는데도 아버지는 흥을 내어 보아주고 들어줍니다. 한 시간이 넘어설 쯤에야 그 아버지가 제게 물었습니다.
"그 집에서는 무엇을 맛나게 하나요?"
"간단히 드시기엔 수제비가 좋습니다."
녹차를 섞은 밀가루에, 삶은 시금치로 만든 물과 맨드라미꽃을 우려낸 물로 반죽을 하여 붉으락푸르락한 수제비를 만들었습니다. 국물 맛이 시원하라고 조개와 잘게 썬 미역을 넣기도 했습니다. 음식을 앞에 놓고 부녀의 이야기가 이어집니다.

"목소리가 좋고 오래가려면 바다에서 나온 음식을 많이 묵어야 한단다."

"아버지, 나 많이 좋아졌어요?"

"지난주보다는 두 배나 잘해불구만. 눈동자를 사람에게 둬야 할 때와 먼 산을 바라봐야 할 때를 구별하면 좋겠구나."

십 년 전쯤, 조용한 시골에서 찻집을 하던 때의 일입니다. 그 아버지와 딸은 주말이면 찾아와 그렇게 노닐다가 갔습니다. 언젠가부터 오지 않아서 그러려니 했고, 저도 그곳을 떠나 광주에 터를 잡았습니다. 햇살이 따가워지고 살구가 떨어지던 어느 날, 아주 예쁜 아가씨가 우리 집에 찾아왔습니다.

"아저씨, 저 기억하시겠어요?"

"누구시더라?!"

그때 그 아이는 연극무대에 서서 연기를 하는 배우가 되어 나타났습니다. 그리고 아버지 이야기를 해주었습니다.

"노래를 하는 사람이나 노래를 만드는 사람이, 우리를 가르치려고 노래를 하거나 만들지는 않는다고 아버지는 말씀하셨습니다. 아버지는 저에게 연기를 가르쳐주시지 않았습니다. 가르쳐주실 수도 없었고요. 가르침으로 느낌을 가질 수는 없는 것이지요. 그러나 아버지는 저에게 연기를 할 수 있는 기회를 자주 주었고, 하고 싶

은 연기를 하도록 이끌어주셨습니다. 웃기는 연기를 할 때는 같이 웃어주고, 우는 연기를 할 때는 같이 울고, 연기가 끝나면 손뼉을 쳐주었습니다. 노래를 할 때면 같이 흥얼거리고 노래가 끝나면 지난번보다 잘했다고 칭찬해주셨습니다. 아버지와 떨어져 서울로 간 뒤에도, 아버지의 손뼉과 칭찬은 늘 귓가에 들렸습니다. 아버지는 그렇게 저를 끊임없이 북돋아주고, 믿어주셨습니다."

스승은 가르쳐주는 것이 아니라 이끌어주는 것이구나, 무슨 일이든 철학이 스며 있어야 이루어내는구나, 칭찬과 믿음은 무엇보다도 큰 힘이 되는구나, 하는 것을 알게 되었습니다. 살구가 떨어지면 장마가 온다고 합니다. 하얀 치자 꽃이 피면 큰물이 진다고 합니다. 큰물이 지기 전에 비설거지하느라 몸을 이리저리 놀리면서 오늘 깨달은 것을 구시렁거립니다.

– 월간 『샘터』 2010년 8월호

앵두차 향기로운 계절에

연둣빛 봄이 사그라지고 햇살이 따가울 때쯤, 앵두를 따러 메에 오릅니다. 이때의 산은 꼭 '메'라 불러야 제 맛이 납니다. 산이라 하면 어쩐지 높아서 오르기 힘든 느낌이 들지만, 메라 하면 푸근하고 도란거릴 수 있는 느낌이니까요. 지난봄의 끝자락에 어김없이 메를 더트며(더듬으며) 올랐습니다.

"올해는 가지가 휘어지도록 앵두가 열렸네. 좋은 일이 많을랑갑네"

송평댁 왼손엔 떡이 들려 있고, 모정양반 오른손엔 막걸리가 들렸습니다. 두 분은 아무 말도 없이 나무 그늘에 먹을 거리를 펴 놓습니다. 바로 두 분이 돌보는 앵두나무에서 해마다 앵두를 따다 차를 담급니다.

"어지께(어제) 싸우셨당가요?"
"저 냥반하고 말을 섞으믄 내가 성을 갈제."

"말 안 허고 워치케 산다요?"

"어야, 털보! 그 짝에 김치 잔(좀) 주소."

송평댁은 지난가을 오른팔을 다쳐 손놀림이 쉽지 않고, 모정 양반은 어려서 다친 왼팔에 가짜 팔을 달고 있습니다.

"내일이 장날인디, 장에 내다 폴(팔) 것은 손질해놓으셨나요?"

"푸성귀는 양동댁이 갖다 폰다(판다)고 해서 이만 원에 넘겼고, 고추모종이랑 가지모종은 평장양반 아들이 싹 들고 갔는디, 끝물이라 삼만 원만 받았어. 장에 가믄 더 받을 것인디."

텃밭 농사지어서 겨우겨우 살아가는 부부는 씽씽달구지(자동차)가 없어서 장에도 쉽게 나가질 못합니다.

"등에다 뭣을 그라고 지고 오셨는가?"

"한약 찌꺼기를 가져왔구만요. 앵두나무헌테 늘 뺏어만 간 것 같아서 줄라고."

자식 하나밖에 없는 가난한 부부지만 산소를 정원처럼 예쁘게 가꾸고 계십니다. 산소 옆에 앵두나무, 매실나무를 심어 열매를 따고, 그 밑으로 펼쳐진 밭을 경작해 살아가는 분들이지요.

"우리 할아버지가 이라고 터를 닦아놓지 않았으믄 굶고 살았을 것이여. 높은 곳에 자리를 잡아놓아서 이 땅을 살라고 헌 사람도 없고, 평생을 벌어 묵고 살구만."

"어른들 머리 쓰는 것 반만 따라갔어도 잘살 것인디, 막걸리 통 속에 묻혀 살다 간 시아버지와 몸 성하지 않다고 뒹굴거림서 산 영감 믿다 호강 한번 못 해 보네."

모정양반은 듣기 싫은지 얼른 무덤가로 가서 웃자란 풀들을 한 손으로 뜯어냅니다.

"바구니 채우고 나믄 집에 가서 밥 묵고 가소. 언제 밥이라도 한 끼 믹이고 싶었는디. 오늘이 딱 좋구만. 어지께 삼식이네 잔치 헌다고 혀서 고기도 있은께."

"두 분이 푸짐하게 두고두고 잡숴야제. 제가 숟꾸락 얹어불믄 겁나 묵어분디."

"내년에도 털보 봄서 오진 꼴을 봐야 쓸 것인디. 그때까지 살 아질랑가? 자꾸 저 양반이 시름시름 헌당께."

봄나들이 다녀온 그때 담가놓은 앵두차가 빨갛게 예쁘게도 자리를 잡았습니다. 덤으로 얻어온 보리수로 담가놓은 차는 말갛게 그들의 마음을 담고 있습니다. 두 분처럼 착하고 부지런한 사람이 웃음 짓는 세상이기를 바라봅니다. 땡볕이 내리붓다가, 소나기가 쏟아지는 여름입니다.

— 월간 『샘터』 2010년 9월호

스스로 터득해야제

"요로크롬 바람이 불어도 돌탑이 흔들리지도 않네. 성님은 재주가 메주여. 비가 한둘 구름 쏟아져서 돌탑이 깨깟허니 이쁘요."

"내 손주의 손주 때는 저 돌탑도 문화재 되겠제? 하하하."

아까시나무 우거진 언덕을 넘어서는 마을 어귀에서 형님이 쌓아놓은 돌탑 꼭대기가 어슴푸레 보입니다. 형님은 돌아가신 아버님께 물려받은 돌밭을 20년째 일구고 계십니다. 밭일을 하고 내려올 때마다 돌을 손수레에 싣고 내려와 돌탑을 네 개째 쌓고 있습니다. "성은 참 대단허요, 잉! 어찌케 저 독(돌)밭을 옥수수밭으로 싸악 바꿔불었소? 그래도 시암(샘터) 아래 논을 보른 맘이 잔(좀) 짠해지제라?"

"에끼, 이 사람. 그 논은 큰성(형) 것이제. 아부지가 그 논을 농사도 안 짓는 큰성 주고, 나헌티 산 밑 돌밭을 줄 때는 서운했제만……"

형님의 아버지는 부지런하고 손이 빨랐습니다. 남의 땅을 빌려서 일구는 소작농이었으나 큰아들이 군대 다녀온 뒤로는 어느

새 너른 들판과 산을 가진 부자가 되었습니다. 사람들이 농사짓
기 꺼리는 산을 개간하여 밭을 만들고, 소출이 적은 논도 한두 해
형님의 아버지 손을 거치면 금세 옥토(沃土)가 되었습니다. "성도
아부지 닮아서 맥가이버제. 언저리에 널려 있는 것으로 연장 맹
글어 뭔 일이든 척척 해내는 것 보믄."

"내가 뭘 헐 줄 알간디? 모다 어깨 너머로 보고 배운 것이제.
내가 헐 줄 안 것은 암것도 없어. 울 아부지가 갈쳤고(가르쳤고),
산이 갈치고 들이 갈치제."

형님은 아버지를 도와 정말 훌륭한 농사꾼이 되었습니다. 그
런데 아버지는 고향을 떠난 큰형님에겐 마을의 가운데에 있는 좋
은 샘터 논을 물려주시고, 형님에겐 산자락에 붙은 돌투성이 커
다란 밭을 물려주었습니다.

"그때, 울 아부지가 입에 붙이고 하신 말씀이 있제. '뭐든 배움으로 그치지 말고, 스스로 터득해야제. 그라믄 낸중에 저 독밭이 황금이 될 것이여' 한때는 그 소리만 들으믄 피가 끓고 열이 올라서 산을 헤집고 다녔제."

형님은 돌밭에 우두커니 앉아 있는 시간이 잦아졌고, 돌 옮기는 방법을 찾아냈습니다. 큰 돌은 정원석으로 팔고, 수레로 옮길 수 있는 돌은 탑을 쌓았습니다. 밭의 모양새를 다듬고, 흙을 공부하여 가장 알맞은 작물을 심었습니다.

"막다른 길에 들어섰다는 맘이 든께, 아조 죽겠드만. 그라고 힘들고 어려워진께 생각이 팍팍 돌고, 손이 짝짝 움직이드랑께. 느그 형수 겁나 고생했어야."

그런 어려움을 이겨낸 형님과 형수님의 이마엔 슬기로운 주름살이 멋지게 생겼습니다. "갈 때, 손님상에 내놓을 해콩 거둬 놨은께 싣고 가그라. 고구마는 아직 안 여물었은께 다음에 비 온 뒤에 싣고 가."

"비 온 뒤에?"

"그려, 감자나 고구마는 비 온 뒤에 캐야 혀. 그래야 줄기만 잡아채도 고구마가 또로록 따라 올라오제. 뭐든 때맞추어 하믄 쉽다 그 말이여."

스스로 터득하여 그 응용이 한없는 형님은 으뜸가는 농사꾼입니다. 으뜸 농사꾼이 지은 작물로 밥을 짓는 저는 행복합니다.

— 월간 『샘터』 2010년 10월호

방구들 지고 책이나 볼까나

"성! 산소에 갑시다. 뭔 일로 성이 방구들을 지고 계시네."

"왔능가? 겨울이 스무 날은 일찍 오신 것 같아서 따땃허니 쉬고 있네."

"해가 짧아졌은께 싸게싸게(얼른얼른) 가서 애기사과도 따야제."

"애기사과는 뻘가니(빨갛게) 익어서 물러질까미 다 따놨네."

제주도에는 한가위에 앞서 음력 8월 1일이면 모둠벌초의 날이 있답니다. 이날은 고향을 떠난 사람들도 모두 돌아와 무덤의 풀을 베어서 깨끗이 한다는군요. 우리 집안에서는 한가위가 지난 음력 8월 20일쯤, 산소를 돌아보고 겨울나기를 마련한답니다. 잘 익은 애기사과로 차를 담가놓는 것도 그때 합니다.

"돌아가신 법정 스님 책을 잔뜩 쌓아놨네!"

"올 겨울엔 궁둥이 붙이고 앉거서 애껴(아껴)감서 스님 마음 받을라고 그라제. 스님 책은 인자 더 찍도 안 헌다 헌께, 큰맘 묵고 사부렀네. 애기들도 읽으믄 쓰겄고."

"겨우내 읽고 나서 봄 되믄 머리 깎는다 할까 무섭소."

"머리 깎는 것이 무섭당가? 깎아야 할 것 같으믄 깎는 것이제. 신소리*하들 말고 애기사과차나 맛나게 담그소. 추울 때 글 읽음서 뻘건 애기사과차를 달달하게 묵으믄 아조 좋드만."

가을걷이도 덜 끝났는데 형님은 겨울을 미리 그려보고 계십니다. 쓰일 곳이 없는 물건을 골라 잘 쓸 사람에게 보내주는 형님의 마음은 아마 미리 그려보는 마음에서 나오나 봅니다. 문득 '가질수록 행복과 멀어진다'는 법정 스님의 말씀이 떠오릅니다.

"방바닥이 따땃헌 거 본께 벌써 불을 땠는갑소."

"장작을 더 패야 쓰겄어. 추위가 길어질 것 같은께. 안 그르믄 설에는 방바닥이 훈짐(훈김)만 쐬게 생겼네."

"천둥번개에 자빠진(쓰러진) 나무가 많을 것인께, 내가 힘 좀 쓸라요."

"자네가? 차라리 마당에 버꾸(개 이름)한테 도끼를 맡기고 말제."

주섬주섬 신발을 꿰고 마당에 서는 형님의 모습이 썩 즐거워 보이지 않았습니다. 올 농사가 신통치 않아서 거둘 것도 적은 데다 마음먹은 일들이 풀어지지 않아서인 모양입니다. 뒷짐을 지고 말없이 걷는 모습이 터덜터덜합니다.

"아까침에 옴서(오면서) 본께 호박들이 물러져서 호박농사 베레부렀든디(망쳤던데)."

"비가 겁나 와서 그라제. 자네 좋아하는 호박죽 얻어묵기가 하늘에 별 따기일 것이네."

"호박죽이 없으믄 찹쌀 넣고 고사리죽이라도 묵으믄 되제."

"요새 누가 고사리로 죽을 쒀 묵은당가?"

"뭔 소리요? 사람들이 몸에 좋다허믄 눈 뒤집혀 달라 들어 벨(별) 것이라도 다 묵은디."

억지스런 말에도 형님 입가엔 웃음이 돌지 않습니다. 산소 일을 할 때도, 애기사과를 씻을 때도 말이 없었습니다. 들으라고 하는 소린지 혼잣말인지 모를 말씀만 귓가에 남았습니다. "옛날엔 사람이 바탕이고 근본이었제. 지금은 돈이 편해야 사람이 편한

사회가 되부렀어. 긍께 눈 찔끈 감고 돈 벌 궁리를 해야제."

집에 돌아와서 '형님은 아무리 투덜거려도, 아주 작은 일에서
부터 미리미리 준비하고 실천하는 멋진 분'이라는 생각을 했습
니다. 그때 전화기에서 화난 목소리가 들려왔습니다.

"자네가 법정 스님 책 두 권이나 갖고 가불었제! 보는 책을 가
져가는 놈이 어딨다냐!"

– 월간 『샘터』 2010년 11월호

* 신소리 : 남의 말을 슬쩍 엉뚱한 말로 재치 있게 받아넘기는 말.

겨울엔 하얀 바탕을

"다들 모이셨소? 늦은 감을 좀 따느라 내가 늦어부렀소."

"갑자기 찬바람이 분께 성님이 풀방구리*에 쥐 드나들 듯* 몹시 비쁘시겠구만요."

가을걷이가 끝나고 조금 느긋해질 때면 몇몇이 모입니다. 맛나게 먹어본 먹을거리를 하나씩 내놓기도 하고, 우리의 가슴을 친 노래를 들려주기도 하고, 삶을 바르게 이끈 글 한 토막을 나누기도 합니다. 그날에는 언제부턴가 말을 함부로 하지 않고 서로 올려줍니다.

"오늘은 겨울 끄트머리에 먹었던 호박죽을 만들어드리겠습니다. 입맛이 까칠해지고 (세상)살이가 먹먹할 때, 뭔가 단것을 먹으면 차분해지면서 새 힘이 돋지요. 찹쌀가루를 흩뿌려 넣은 호박죽은 아마 그럴 때 먹으라고 있는 것 같습니다."

충청도에서 와서 터를 잡은 콩 선생이 늙은 호박 한 덩이를 꺼냅니다. 딱딱한 호박껍질을 벗기며 지난여름 이야기로 너스레를 떨며 웃음을 만들어냅니다.

"정직하고 평화롭게 살 수만 있다면 오죽 좋겠어요. 그런 노래가 있는디요. 요번 가을에 대한민국을 누빈 '넬라 판타지아'가 바로 그것입니다. 각시가 텔레비전을 보면서 눈물 콧물 찍어내는 것을 보고 내가 연습을 했답니다. 큼큼~. 넬라판타지아~ 요베도 운몬도 주스또~"

성악을 전공하지 않았고 거침없이 외국어를 하는 것도 아니지만, 고도선생은 부드럽게 노래를 불러줍니다. 그리고 노랫말과 함께 한참을 가르쳐주기도 합니다. 알아먹지 못했지만.

"요새는 겨울이 되어도 하는 일은 봄 여름 가을 다 똑같지요. 여그 촌에서는 계절마다 하는 일이 다 달라요. 봄은 부지런히 손발을 움직여 뿌려야 하고, 여름은 소리 없이 자연과 서로 북돋아주어야 하고, 가을엔 거두고 채운 뒤 나누어야 하고, 겨울엔 다 함께 모여서 배운 뒤 익혀야 한답니다. 돌아가신 아버님 글을 정리하다가 주워 배운 것은 회사후소(繪事後素)입니다. 그림을 그릴라치믄 하얀 바탕을 펼쳐놔야 한다는 것이지요."

형님은 살면서 느끼고 배운 것을 가만가만 이야기해줍니다. 잊고 살았던 것, 미처 하지 못한 것을 손에 쥐어줍니다.

"성! 성이 사투리 쫙 빼불고 말한께 이름 짜한 강사 같드만. 내년에 강사로 직업을 바꾸어야 쓰겄소. 촌에서 애면글면허들* 말고."

"사람마다 묵을 콩이 따로 있어야. 맡은 일, 해야 할 일을 잘 해야제. 남의 밥그릇 쳐다보믄 배 아프고, 남의 밥그릇 뺏어불믄 욕 묵제."

"언제 그라고 노래를 배워부렀는가? 노래는 역시 가슴으로 불러야 느낌이 팍 오제. 하모니카 솜씨는 녹슬지 않았구만. 나는 잘하는 것이 없은께 늘 부럽기만 해."

"자네는 계획을 잘 세우잖어. 우리가 이라고 모이는 것도 모두 자네 덕분이제. 내년부터는 은퇴를 준비하자고 턱 허니 던져 놓은께, 우리가 해야 할 긴 숙제가 또 생긴 것 아니여!"

몇 년 전만 해도 소가 살던 외양간에서 우리는 밤새우며 한 해를 마무리했습니다. 외양간에서 소의 흔적을 더듬으며 술 따르면서 한 해를 보냈다는 말입니다. 올해는 사랑방에서! 바꾸니 뿌듯합니다.

— 월간 『샘터』 2010년 12월호

* 풀방구리 : 풀을 담아 놓은 작은 질그릇.
* 풀방구리에 쥐 드나들 듯 : 자꾸 들락날락하는 모양.
* 애면글면하다 : 몹시 힘에 겨운 일을 이루려고 갖은 애를 쓰다.

앞날은 맹글어가는 것이여

"싸악 거둬들인 논밭은 흐카고(하얗고), 열매 맺던 나무는 께
(옷) 할딱 벗어불고, 인자 저 뒷산만 파랗구만."

"우리가 살아오고 있는 땅을 지긋이 보고 있으믄 가슴이 찡허
지 않소?"

"찡할 것도 퍽이나 없는갑네. 자네야 간혹 본께 찡하기도 하겄
네만, 나는 징하디 징합구만(징그럽구만). 지긋이 볼 틈도 없고."

오늘은 형님 맘을 잘못 짚은 모양입니다. 마을 한 바퀴를 돌다
시피 하고 산으로 접어들었습니다. 가을걷이를 끝내고 한가해지
면 뒷산을 더듬고 올라갑니다. 지나간 한 해를 돌아보고 다가올
한 해를 그려보기에 딱 좋습니다. 오랫동안 함께했던 개가 죽어
서인지, 올 농사를 끝내고 이리저리 돈 갚고 나니 손에 쥔 것이
없어서인지, 형님은 발을 내딛자마자 투덜거립니다.

"쌀쌀(천천히) 좀 가씨요."

"그 쪼끔 올랐다고 헥헥거린가!"

"날마다 움직이는 양반하고, 가뭄에 콩 나듯 나댕기는 사람하고 같소?"

"살 날이 구만리 같은 사람이 농사꾼만 못하게 기신기신* 오르다니 그 몸을 어디다 쓰겠는가, 버꾸(개 이름) 밥그륵에나 넣어부소(밥그릇에나 넣어버리소)."

총총걸음으로 따라가도 형님의 발뒤꿈치를 보기가 힘듭니다. 눈 온 날 강아지마냥 형님은 나무 사이를 헤집기도 하고, 한갓지게 흙을 뒤적거리기도 합니다. 산이 좋아서 그런다기보다 지나온 한 해를 값으로 따져보니 열이 나서 식히나 봅니다.

"절집 늙은 개 법당 돌아댕기데끼(돌아다니듯이) 그라고 어슬렁거리다가는 해지기 전에 못 내려가겄네."

"여그서 마을도 잔 돌아보고 허리춤에 묶어둔 물도 한 모금 합시다."

"느릅나무 껍딱(껍질)에다 삼백초랑 결명자까지 넣고, 진득허니* 달인 물인께, 벌컥거리지 말고 입에 머금었다가 삼키고 머금었다가 삼키고 그러소."

집이 멀찌감치 바라보일 즈음에서야 형님은 걸음을 멈춥니다. 돌들이 짜락짜락 깔렸던 곳을 형님이 호미 하나 들고 밭 서너 두럭 만들어놓은 따비밭입니다. 형님이 농사가 뭣인지 알기 시작한 곳이라고 합니다.

"밭에 지렁이처럼 흙 속에서만 꿈틀거리고 살아왔는디, 으째 이렇게 헛헛한 느낌이 드는지 몰겄어. 밭두렁에 오줌 누다가도 어디 산삼이라도 안 걸리나 요행만 바라고."

"요새 성님이 나이 묵었다고 생각헌께 마음이 급헌 것이제. 농사를 장 보데끼(보듯이) 그날 그날 헤아리믄 안 되제."

"자꼬 '몸이라도 성해야 쓴다' 허는 것 보믄 새가슴 되어 분 것이 맞어. 어디 기댈 데도 없고."

"성님이 늘 나한테 갈친(가르친) 것이 뭔지 아시오? 첫째는 오 년, 십 년 뒤는 넘겨짚는 것이 아니고 맹글어가는 것이라고 했제. '여름이 겁나 덥겄다' 가 아니라 '더워서 벌레가 많이 생길 것인 께 거름을 많이 해놔야 쓴다' 였제. 더울 것이라고 푸념만 하지 말고, 미리 채비를 해 두라는 말이었제. 둘째는 허물을 알았으믄 곧

바로 고치라고 했제. 근디 잘못이란 것이 마음의 여유가 없으믄 잘 찾아지지 않은께, 사는 곳에서 뚝 떨어져서 살펴보라고 했고, 찾는 것도 대충이 아니라 정확하게 찾으라고 했제, 안 그랬소?"

뒷산을 내려오는 내내 형님은 아무 말이 없습니다. 그저 날아가는 새를 바라보고 숨쉬기를 크게 할 뿐입니다. 아마도 형님은 잘못을 더듬어 마음을 움켜지는 것이겠지요. 희망이 가득한 새해를 만들어보는 것이겠지요.

– 월간 『샘터』 2011년 1월호

---

* 기신기신 : 1) 게으르거나 기운이 없어 느릿느릿 자꾸 힘없이 행동하는 모양.
  2) 굼뜨게 눈치를 보며 자꾸 반기지 않는 데를 찾아다니는 모양.
* 진득하다 : 1) 성질이나 행동이 검질기게(끈덕지고 질기다) 끈기가 있다. 2) 잘 끊어지지 아니할 정도로 녹진하고(녹녹하면서 끈끈하다) 차지다.

삶은 돌려막는 것이 아니여

올해는 느지막하니 첫눈이 흠뻑 쏟아졌습니다. 어지러운 맘과 어수선한 일을 눈 속에라도 묻으려고 형님한테 갑니다. 형님 마을을 가려면 고개를 하나 넘어야 합니다. 씽씽달구지(자동차)가 눈길에 어떻게 고개를 넘을까 걱정이 쌓입니다. 엉금엉금 고갯길을 들어서는데 형님이 목도리며 장갑을 끼고 칼바람 맞으며 서 계십니다.

"거그다 세우고 내리소, 걸어가게."
"여그까지 마중 나오셨소. 이라고 추운디 언제 걸어갈라고 그요?"
"이랄 때 걸어서 넘어가 보제. 언제 그라겠는가? 길이 미끄라서 위험하기도 하고."
주섬주섬 사는 이야기 하나씩 입에 달고 걷습니다. 숨을 턱턱거리며 고개를 오르니 마을이 눈발 속에 희끄무레하니 보입니다.

"뒤를 돌아봐. 벌써 쩌그 발자국은 눈에 덮여서 안 보이제? 우리가 악착같이 살아올 때는 시간을 잊고 살제만, 시간이 흐르고 나믄 그 흔적도 없어진단 말이시"

"살아온 날들이 답답한 것을 어찌께 알았소?"

"자네만 그런 것이 아니여. 사람들이 말은 안 해도 다 그러제"

솔바람 소리가 윙윙거립니다. 뒤뚱거리다가 발끝만 보고 찬찬히 걷습니다. 썩 잘 살아온 것이 아니라서 마음 한편이 울먹입니다. 코끝이 찡하고 눈물이 찔끔거리는 것이 꼭 추위 때문은 아니었습니다.

"옛날에 생각 없는 임금이 나라 안이 시끄러운께 대충 핑계 대고, 이웃나라를 쳐들어갔제. 긍께 우선은 나라 안이 싸움하니라고 하나로 뭉쳤는디, 결국 두 나라 모두 전쟁 치르다 망해 불었제."

"내 속 시끄럽다고 괜스리 성 괴롭히러 온 것을 단박에(한번에) 눈치채부렀구만."

"사랑도 마찬가지여. 둘이 좋네좋네 하다가 한쪽이 떠나불었다고, 당장 새 사람 찾아 연애하믄 그것이 제대로 된 사랑이 되등가?"

제가 그러고 있었습니다. 이쪽 일을 하다가 막히면, 이쪽 일은 마무리도 하지 않고 다른 일을 시작하여 잊어버렸습니다. 또 새로 한 일이 잘되지 않고 흐지부지 되어버리면, 새 일마저도 또 다른 일을 만들어 덮어버리고 있었습니다.

"아프면 아파하고, 눈물이 나면 울고, 힘들면 힘들어함서 그 아픔을 이겨내는 방법을 찾아야 한단 말이시. 아픔을 감추려고 다른 일로 돌려 막으믄 안 되아."

"자꼬 아픈 것이 아른아른헌께, 언능(얼른) 잊어불고 딴 일에 빠져불라고 그라제."

"그런다고 잊히는 것이 아니여. 왜 아픈지를 찾지 않으믄 도로아미타불이랑께. 카드 돌려 막데끼(막듯이) 삶이나 일은 돌려 막는 것이 아니라네!"

형님께 삶의 훈수를 듣다가 어느새 대문을 밀고 형님 집에 들어섰습니다. 형수는 봄에 오디로 담근 술에다가, 북어 찢어 넣은 국도 끓이고, 말린 고사리 조물조물하여 술상을 봐 놨습니다. 덤으로 과꽃과 맨드라미 말린 꽃차도 함께 됐습니다. 술 한 잔에 안주 삼아 차 한 잔을 하며 긴 밤 줄여 가는데 형수도 한 말씀 보탭니다.

　"성님이 아침에 오늘 해야 할 일, 오늘 하고 싶은 일을 미루는 것은 행복을 미루는 것이라고 잔소리합디다" 형수가 일어서면서 "지(제) 일은 제대로 허들 않고 미루면서"라고 덧붙였던 같기도 하고.

– 월간 『샘터』 2011년 2월호

사는 것은 몸으로 느끼는 것이여

"내가 갸를 업어 키웠어. 즈그 엄니가 일 나가고 없으믄 빈 젖
을 얼매나 물렸는디."

"그랬제. 쎄빠지게(힘들게) 일하고 온 즈그 엄니는 젖이 탱탱
불어서 난리고. 이짝은 빈 젖꼭지가 뻘게서 난리고. 갸가 즈 엄니
낯짝을 보믄 얼매나 서럽게 울던지. 꼭 뚜들겨 팬 것처럼 말이
여."

"고것이 인자 출세해서 온다 헌께 참말로 오지네(흐뭇하네)."
아마도 이번에 고향에 오는 종현이아재 이야기를 하나 봅니다.

"방바닥이 두루두루 따땃합니까? 운산댁 아짐은 걸을만 하십
니까, 언제 나오셨데요?"

"나는 나온 지가 칠십 년도 훌쩍 넘었네. 무르팍을 살살 움직
인께, 돌아댕길 만허시."

마을회관을 들르면서 형님은 손바닥으로 방바닥 안부를 먼저
묻습니다. 지난번 눈 올 때 미끄러져 다친 걸 걱정하는 소리에 운

산 할머니는 웃음엣소리로 받아넘깁니다.

"종현이 고놈이 하도 나가자고만 헌께, 자진개(자전거) 뒤에 태우고 마을을 얼매나 돌았는지 몰라. 여그 내 종아리 알 백(박) 힌 것은 다 고놈 때문이여."

"음메, 늙어서 종아리에 알이 하나도 없구만. 종현이 갸는 내가 뭣 잔(좀) 묵을라 하믄 하도(어찌나) 엥알엥알혀서 입속에 들어간 것도 빼서 주고 했제."

"오메, 이미 그때 '사탕키스'를 했구만. 즈그 각시가 들으믄 깜짝 놀라겄네. 이참에 종현이 오믄 톡톡히 얻어묵어야 쓰겄소."

어르신들 이야기를 한참 듣고 있던 형님은 슬며시 마을이야기를 꺼냅니다.

"판술이형님 댁을 비워둔 지가 오래되아서, 무화과나무가 고샅까지 뻗어불고, 풀이 우 해지믄(우거지면) 댕기기 사나운께, 어찌께 잔(좀) 했으믄 쓰겄는디라?"

"텃밭은 자네가 일궈 묵고, 마당이랑 깨깟허니 해불어. 무화과랑 감이랑도 자네가 따 묵고, 판술이한테는 내가 전화해서 약조를 받을 것인께"

풀어야 할 일들을 하나씩 꺼내어 어르신들의 말씀을 듣습니다.

"우리 동네도 생태마을이 되았은께, 봄 되믄 체험학습 한다고 쪼깬한(작은) 애기들이 몰려 올 것인디, 으찌크롬(어떻게) 할까요?"

"아, 이장이랑 젊은 사람들이 해불소. 젊어봐야 환갑이네만. 계획은 이장이 잘 짜고, 잔일은 성기가 잘하고 뒤처리는 영식이가 잘 하제. 우리 집은 늙은이만 산께, 돈으로 추렴을 헐라네. 글고 면에선가 군에서 돈을 보태준다고 허든디?"

"돈은 나왔는디 일할 사람이 없어서 글제라. 남한테 돈 주고 맽겨분 것이 으짜겠습니까? 성기형님도 골골하고, 영식이형님도 손주 봐준다고 나댕긴께."

"그람 그렇게 하소. 늙은이들 데꼬(데리고) 뭔 일을 하겄는가?!"

서로의 살림살이도 살펴보고 낌새도 채면서 마을이 갈 길을 집습니다. 마을회관을 나서며 제가 형님께 말했습니다.

"형님은 어르신들하고 말을 재미지게 함서 일의 가닥을 잡어

부네."

"옛날에는 다 그랬제. 밥 한 숟꾸락(숟가락)이라도 더 잡순 어른들을 얕잡아 보믄 안 되아. 저 양반들이 살아온 것이 지혜여. 오래오래 사신 것만 해도 나는 고마운 마음이 팍팍 일어나네."

"근디, 종현이란 사람은 아조 잘 되았는갑습니다?"

"잉, 똥꾸멍 쫙 찢어지게 가난해서 한 번만 더 닦으믄 피가 줄줄 흐르게 생겼는디, 모질고 끈덕지게 살아서 돈을 벌었제. 지난번 마을 이름표를 단 큼지막한 독댕이(돌)도 종현이가 돈 내서 세웠어. 고향 떠난 지 30년 만에 온다 헌께, 어른들이 무지허게 좋아들 허시구만."

빈집 늘어가는 고샅길을 걸으면서 사람들이 공동체니 민주사회니 떠드는 것이 바로 우리 사는 마을에서 나오는 것이구나 했습니다. 허물어진 돌담 사이에 울긋불긋한 감잎 한 장이 참 예뻐 보였습니다.

– 월간 『샘터』 2011년 3월호

일 맹글어 오고, 말 물어 오고

"추위가 덜 가셨는디, 낫을 갈고 그러시오? 풀이라 하믄 기계로 비어도(베도) 쓸 것인디."

"기계가 할 일 따로 있고, 낫이 할 일 따로 있제. 다 제 몫이 있는 것이여. 날이 인자 푹해졌은께, 슬슬 움직여봐야제. 근디, 이 새복(새벽)에 뭔 잔치 있다고 오셨는가? 아무 일도 없는디."

"해가 몽실몽실 올랐는디, 새복이라니요? 겨울 티 벗을랑께, 밥상에 올릴 것도 없고, 어찌께 일 년을 버텨야 쓸랑가 걱정도 되고."

조그마한 저수지 물빛은 푸르기만 합니다. 논둑이나 밭둑은 아직 잿빛에 묻혀 봄기운이 덜 올라왔습니다. 살짝살짝 움직이는 물결 위를 타고 올라오는 바람이 차갑습니다. 그 바람 타고 산비탈 감나무 밭까지 옷깃을 풀었다 여몄다 하면서 올라갔습니다.

"감나무 밑에 눈이 아직도 조금씩 남았는디, 푸릇푸릇 돋아나는 것은 뭣이다요?"

"우리 동네에서 질로(가장) 먼저 봄을 알리는 '곰밤부리' 아니
여? 겨울 지남서 입맛이 깔끄러울 때 된장끼 늫고 조물조물해서
묵으믄 좋제. 책에는 별꽃이라고 나오드만."

"아, 추운 겨울에 토깽이(토끼) 눈물만한 햇빛 받고 큰다는 것
이구만요."

"잉, 햇볕이든 바람이든 뭐든지 쪼깨씩(조금씩) 모아서 자라
는 것이제."

형님은 불쑥 크는 것을 삼가니까 '조금씩'이나 '차츰차츰'이
란 말을 좋아합니다. 늘 무엇이든 갑자기 손에 쥐면 사람노릇 팽
개친다고 말합니다. 그것이 돈이든 권력이든. 어느새 곰밤부리를
한 바구니 가득 채웠습니다. 웃자라서 손이 닿지 않는 감나무 가
지를 대나무 매단 낫으로 척척 쳐낼 동안, 저는 쑥을 조금 뜯었습
니다.

"그 감나무는 으째서 톱으로 썰어부요? 아깝게. 오래된 것 같
은디."

"반듯하게 잘 자라기는 했는디, 열매를 못 맺은께 썰어부러야
제. 저렇게 웃자란 것은 가지를 쳐내야제. 그렇지 않으믄 옆에 나
무들조차 열매를 지대로(제대로) 못 맺제. 나온 가지라고 다 제
노릇하는 것은 아니여. 혼자 잘나서 주댕이(주둥이)로만 떠지껄
여 옆 사람조차 일 못하게 하는 것과 똑같네."

"성님은 분명 일을 하신디, 내 귀에는 다 철학(?)으로 들리요."

"철학이 뭐 별 것이당가, 우리가 사는 것을 어려운 말로 하믄 그것이 철학이제!"

땅이 녹으면서 내려오는 발길이 무겁습니다. 물 묻은 바가지에 깨 엉겨 붙듯이 신발에는 흙이 붙어 터덜터덜합니다. 풀밭에다 애써 신발을 문지르고 왔지만 마당에는 발자국이 남아 있습니다. 마당 한쪽 지금은 쓰지 않는 펌프 옆에서 신발을 닦는 동안, 형수는 금세 밥을 차렸습니다.

"일도 못하는 사람이 뭣 하러 따라갔소? 신발 베레(버려), 옷 베레, 마당 베레, 일만 맹글어 갖고 왔구만. '뒤치다꺼리' 하다가 '속 치다꺼리'는 인제 하까? 언능(얼른) 씻고 와서 밥이나 잡수 씨요."

"구경도 일이제라. 눈 뜨고 삼서(살면서) 볼 것 봐야 허고, 입 벌리고 삼서 묵을 것 묵어야제라."

형수의 손을 거친 곰밤부리는 양파랑 버무려져 맛있는 나물이 되었고, 텃밭에서 자란 아랫도리 붉은 시금치와 갓 올라온 쑥은 된장국이 되었습니다. 형님은 옛 아버지들이 그랬듯 밥상머리 가르침을 하십니다.

"아버지는 가난을 대물림 안 할라고 입 앙당물고(앙다물고) 살았어도, 집에 찾아오신 분들은 굶기지를 안 하셨제. 게염(욕심) 안 부리고 거들먹거리지 않고 살믄 되아야" 형수님도 옛 어머니들이 그랬듯 퉁바리(퉁명스러운 핀잔)를 놓습니다.

"어떤 놈은 일 맹글어 오고, 어떤 놈은 말 맹글어 오고, 처자식 생각은 않고 혼자 '에헴' 하고 댕기제. 말이나 못함사(못한다 면야)."

– 월간 『샘터』 2011년 4월호

새끼들 묵고살 것을 해놔야제

"성수(형수)는 어디 가고 성이 짓가심(배추 같은 푸성귀)을 다 듬으요?"

"날 푹(따뜻)해졌은께 봄동으로 겉절이나 조물조물 해 묵으까 하고 캤는디, 느그 성수는 쩌그 들어가서 들은 척도 안 하고, 나 와 보지도 안 한다."

'쩌그'는 몇 해 동안 '텃밭 비닐하우스를 만들어 달라'는 말을 입에 달고 다녔던 형수의 꿈이 이루어진 곳입니다. 스무 평이 나 됨직한 그곳에는 형님이 서툰 붓글씨로 '세심고(洗心庫)'라는 문패도 어엿하게 붙여놨습니다. 들어가 보니 형수는 그곳에서 뭔가를 꼼지락꼼지락합니다.

"지붕은 비닐이어도 문패랑 척 걸어놓은께 선비가 시 읊던 정자 같구만!"

"여그는 술 묵고 띵가띵가 하는 한량들 정자가 아니여, 저 '고' 자가 '곳간 고' 자(字)랑께."

"완~마, 노래도 나오구만. 의자랑 탁자도 갖다놓고, 세심고가
천국이네!"

"뻗치믄(힘들면) 들어와서 쉬라고 한 살림 차려놨제. 서방님
도 팍팍할 때 와서 쉬씨요. 개나리랑 동백이랑 항꾸네(함께) 노래
도 듣고, 저것들도 노래를 들으믄 좋아한다드만."

"거름 냄시가 왕둥(가득)해서 들어가기도 껄쩍지근(꺼림칙)하
구만."

"요새 뭣 좀 심을라고 거름해서 글제. 쫌 지나믄 암시랑토(아
무렇지도) 않을 것이오."

어차피 가지치기해야 할 개나리를 잘라다가 막대기처럼 꽂아
두었고, 옛날 고픈 배 움켜잡고 모내기할 때 꽃을 보며 입맛 다셨
다는 밥태기나무(이팝나무)도 꺾꽂이해 두었습니다.

형수는 빼빼 마른 유자 씨와 어렵게 구한 동백 씨를 심고 있습
니다.

"개나리는 크믄 동네 길에다 줄줄이 심을라고 했제. 봄 되아
서 길섶에 개나리가 노랗게 피믄 좋드랑께. 동백은 키워서 산소
에 동그랗게 심을라고. 지난겨울이 얼마나 추웠던지, 산소에 동
백이 얼어 죽어부렀드랑께. 애랬을 때 논일 시작하믄, 밥태기꽃
이 하얗게 피어서, 보기만 해도 힘이 나고 그랬제. 밥태기나무는
'불끈 나무'여. 저것이 땔싹(아주) 크믄 논 옆에다 심을라고 해놨
제라" 까닭을 하나씩 읊어주니 얼른 알아먹습니다.

"나이가 아직 이팔청춘인갑소. 개나리는 그렇다 치고, 동백이 랑 밥태기가 어느 세월에 크겠소? 그렇게 클라믄 산소에 누워 계 시는 어르신들이 '어서 오니라' 하겠는디?"

"이렇게 소갈머리가 없은께, 농투성이 성님 똥구녁이나 쫓아 댕기제. 내가 못 하믄 우리 자석(자식)들이 허믄 되아. 서양에 거 시기도 내일 지구가 망하드라도 사과나무 심는다고 했담서. 저것 들이 굼실굼실 싹을 틔우믄 얼매나 이쁘다고. 나는 그것만 봐도 오지제(흐뭇하제). 지금 내가 이만치 사는 것은 다 조상님이 맹글 어줬은께 그런 것이여. 나도 새끼들 할 일이랑 묵고살 것을 해놔 야제."

형수의 좋은 상상이 앞날을 밝고 재미지게 만듭니다. 오늘만 사는 것이 아니니 내일모레도 생각하면서 살아야겠습니다. 나만

사는 것이 아니니 자녀와 손자, 이웃도 생각하면서 살아야겠습니다. 그때 형님이 큰 소리로 부릅니다.

"곳간에서 살림 차렸다냐? 때가 되았으믄 밥을 묵어야제."

"저 영감탱이가 손모가지 멀쩡히 있음서 밥 한 끼를 안 차려 묵을라 하네. 평생 차려줬은께 한 번이라도 차려 묵어야 쓸 것 아니여? 노는 꼴을 못 본당께."

그래도 '세심고'에서는 형수와 형님이 좋아하는 노래가 흐릅니다. '연분홍 치마가 봄바람에 휘날리더라~'

– 월간 『샘터』 2011년 5월호

인자 늙어부렀어, 늙어부렀당께

"어르신들이 여그 나와 계시네요?"

"날이 폭(따뜻)해져서 볕이 좋은께, 해바라기 하러 나왔네. 집 구석에 박혀 있으믄 시름시름이나 하제. 시상(세상) 좋아져서 웅크리고 뚱니(이) 잡을 일도 없고."

바위 위에 초가지붕을 얹어서 '모가정(茅家亭)'이라 불렀던 곳에 나이 많으신 할머니 세 분이 앉아 계셨습니다. 이제는 초가지붕은 없고 바위만 덩그러니 마을을 바라보고 있습니다. 그 옆에는 마을사람이 함께 가꾸는 텃밭이 있습니다. 그 텃밭은 언제부턴가 농사에서 손을 뗀 할머니들의 몫이 되었습니다.

"털보도 이리 와서 저짝을 봐봐. 모가정에서 이렇게 마을을 보믄, 우리 마을만큼 좋은 곳이 없제. 얼매나 이쁘게 생겼는가, 옴팍허니."

"감골댁이 다른 디(데)를 안 돌아댕겨서(돌아다녀서) 우리 마을이 질로(가장) 좋아 보이는 것이제. 묵고살 것이 없을 때, 나는 일에다 취미를 붙여 쩌~ 들판에서 쩌~그 산밭까지 싸대고 다녀서 보기만 해도 지긋지긋허네. 이쁘기는? 개 콧구멍 흥얼거리는 소리 허네."

"음마, 이서댁이 한여름에 피는 목화맨키로 아직 젊구만. 미운 정 서룬(서러운) 정을 품고 있는 것 본께. 늙을라믄 아직 멀었구만. 오래 살겄네, 오래 살겄어."

노닥노닥 이야기를 나누는 세 할머니는 티격태격하면서 오랫동안 함께 살아오신 분들입니다. 일찍 남편들을 여의었지만 서로 도우면서 자식을 키워낸 동무들입니다.

"털보! 폴시기(지난번) 시한(겨울) 끄트머리(끝)에 따다놓은 꽃망울은 윗목에 잘 말려놨은께, 가져가소. 그 꽃차 우려 묵는 사람은 복 받을 것이네. 내가 아침저녁으로 천지신명께 빌면서 몰렸은께(말렸으니까). 하하하."

"암만이라우. 이서댁 누님이 맹근 꽃차는 늘 일등품이제라. 그것 묵은 사람들은 다 힘이 불끈불끈해져서 뭔 일이든 대박이 터지고, 새끼들도 줄줄이 나온다 합디다. 하하하."

"털보가 털이 희끗희끗해진께 인자 우리 보고 누님이라고 하네. 쫌 지나믄 '해라' 하게 생겼구만. 봄꽃 같은 인생, 같이 늙어간디 누님이믄 으짜고 형님이믄 으짜겄어?"

"시시껄렁한 소리 그만하고 풀이나 매! 저녁에 비 떨어질랑가 허리가 욱신욱신하구만."

밭을 뿍뿍 기어 다니면서 넷이서 밭을 맵니다. 해창댁 할머니가 밭을 갈면 황소도 밭 갈다가 도망갔다는 전설(?)이 있습니다. 이서댁 할머니 밭가는 솜씨에는 밭두렁이 춤을 췄다는 전설(?)이 있습니다. 한참 동안 그 전설이야기를 하셨지만, 지금은 제자리만 맴맴 돌며 김을 맵니다. 세월이 흐른 것입니다.

"한여름 매미마냥 으째 이라고 맴맴거리며 돌고만 있으까?"

"게으른 일꾼 밭고랑 세듯 하네. 싸게싸게(얼른얼른) 해야 쓴디. 풀 매다가 달맞이 하겠네."

"쫑긋쫑긋 크는 것이 손주 손바닥인지 알어? 그것이 풀이여, 풀! 긍께 호미질을 팍팍 해야제. 호미질 한 번하고 하늘 보고, 호미질 한 번 하고 한숨 쉬고, 언제 할 것이여?"

"사돈 남 말하고 자빠졌네. 그러는 이녁(당신)은 얼매나 했는디?"

"그라다 쌈 나겄소. 누님들이라 아직도 쌈할 힘이 있구만요. 오늘은 이만큼만 하십시다."

호미 챙겨서 씽씽달구지(자동차)를 탔습니다. 차 안에서도 세 할머니는 이야기를 이어갑니다.

"보리시절 좋으믄 감자가 알이 작고, 보리가 늦되믄 감자가 굵은 것이여. 일은 사람이 해도 농사는 하늘이 짓는 것이제."

"세상 탓하지 말어. 사람도 씨앗 같아서 돌밭에 띵게도(던져도) 좋은 놈은 쑥쑥 크고, 기름진 땅에 떨어져도 못 된 놈은 비실비실 하제. 남의 것 탐 안 내고 내 손으로 벌어묵으믄 되아."

"살고 보니 헛되고 헛되드만. 잘나고 돈 많고 똑똑해도 갈 곳은 저 북망산천(北邙山川) 한 곳뿐이제."

– 월간 『샘터』 2011년 6월호

어울려서 살고 혼자서 걸으랑께

"날도 꾸무럭한데 다들 어디 가셨데요? 마을이 텅 비었네요."

"잔치한다고 싹(모두) 나갔제. 나는 몸이 으슬으슬하고 쿨럭 거린께 집 지키고 있네. 같이 놀 사람 없은께, 산에 가서 나물이나 끊어 오소."

"봄도 지났는디, 묵을 나물이 있을까요?"

"봄은 봄대로 묵고, 여름 오믄 여름대로 묵는 것이 나물이여."

일흔이 넘었어도 얼굴이 뽀얀 낭랑 할머니가 평상을 닦고 계십니다. 가랑잎이 떨어져도 울고, 옆집 고양이가 죽어도 눈가가 촉촉해지는 열여덟 청춘같이 산다고 붙여진 이름이 '낭랑' 할머니입니다. 나물 캘 때는 망태기가 딱 좋은데 요새는 만드는 사람이 없다며 낭랑 할머니는 커다란 비닐봉지에 구멍을 뚫어서 건넵니다.

"머구대(머위)랑 취랑 구별할 줄 알제?"

"딱 그 두 가지만 안디. 어디에 뭣이 많이 나는 줄 알아야 언능 다녀올 것인디."

"고사리는 김씨 문중 묏등 옆에가 많고, 취는 영생이네 깔끄막(비탈 언덕) 감나무밭 옆에 많은디, 나도 산에 올라간 지가 10년은 넘어서 요새는 어디가 뭣이 많이 있는지 몰것네(모르겠네). 여그저그 둘러봐. 산 깊이 들어가지는 말고. 그란다고 사람들이 댕기는(다니는) 길로만 가믄 암(아무)것도 못 얻어 재미없을 것이네. 남들 하데끼(하듯이) 하믄 남들만큼도 못 얻는 법이여."

혼자서 이런저런 생각하는 '틈'을 갖는 일은 참 좋습니다. 살아온 길과 살아갈 길의 가닥을 추려 보다가 땀에 젖어 앉았습니다. 날이 우중충해지더니 빗방울이 떨어집니다. 마을에서 피어오르는 연기를 보다가 낭랑 할머니처럼 갑자기 눈물이 납니다. 착하고 부지런히 살면 행복해진다고 했는데, 팍팍한 삶을 보니 조금 착하고 덜 부지런한 모양입니다. 터벅터벅 산을 내려오니 형님이 와 계십니다.

"혼자서 산에 갔는가? 길 안 잃어불고 잘 찾아왔네."

"제가 뭐 댓(대여섯) 살 먹은 어린앱니까? 길을 잃게. 잔치가 일찍 끝났는갑네요."

"잉, 비 올라고 끄물거린께 일찍 끝냈제. 뭣을 솔찬히(꽤) 훑어왔네."

"혼자 싸돌아 댕길만하드만요. 무쟈게 재밌어요. 나물을 구별할 줄만 알믄 해 저문지 모르겠던디요."

"아예 여그 와서 사소. 그래야 배우제. 재미진 일 함서 살어야
제, 언제까지 아등바등할랑가? 낭랑 할머니가 자네 비 맞았을 것
이라고 아궁이에 불 때드만."

무너져가는 집 부엌에서 낭랑 할머니는 솥에 물을 붓고 불을
때고 계십니다. 솥뚜껑에는 얇게 펴진 밀가루반죽 두 덩이가 노
릇거리고 있습니다.
"여그서 주무시지도 않음서 불을 때시네요?"
"자네 몸 말리라고 이라고 불 때제. 아랫목에 가서 허리 지지
믄 좋아. 시장할 것인께 빈대떡 한 입 잡숫고. 물 끓었은께 취나
물 가져오소. 살짝 데치게. 묵을 만큼만 데치고 나머지는 방 윗목
(윗목)에서 말려. 말린 머구대하고 취는 기침할 때 달여서 묵으믄
좋아."

할머니 시킨 대로 마늘 찧고, 들깨 빻고, 된장 참기름 쳐서 데
친 취와 머위를 무쳤습니다.
"일을 잘하네. 종갓집에 시집가도 쓰겄네."
"나이든 머시매(사내)를 며느리 삼을라는(삼으려는) 종갓집이
있을까요. 헛손질하는 것 같은디요."
"내가 그릇을 깨도 우리 시어머니는 '새 그릇 살 돈 벌랑갑다'
하면서 북돋아주고, 부엌 앞에서 자빠져도 '물 나를 때 문턱에서
한 번 쉬어' 그람서(그러면서) 봐주고 그랬제. 살아생전 야단이라
고는 안 쳤어. 자꾸 갈쳐주고, 치켜 세워주고, '잘한다 잘한다' 했
제. 그런께 없는 힘도 생기고, 할 일도 찾아서 해지드랑께. 이쁨

받을라고."

그 말에 낭랑 할머니가 낳은 6남매가 모두 행복하게 잘사는 까닭을 알 것 같았습니다. 착하고 부지런히만 살 것이 아니라 남을 북돋아주고 세워줘야 한다는 것을 알았습니다.

– 월간 『샘터』 2011년 7월호

누군가 베푼 걸 니가 받는 것이여

"어머니, 아버지, 저 왔어요. 풀이 한 자가 넘게 자라서 집(무덤) 찾기도 힘드네."

"뭣하러 왔냐? 죽었는디 온 지를 알겠냐, 간 지를 알겠냐?"

"매실도 열렸는가 보고, 꽃피었는디 풀에 가려서 안 보이까미(안 보일까봐) 왔제."

살아 계셨을 때처럼 이야기를 나눕니다. 농사짓지 않는 빈 논에 우거진 풀을 본 뒤 예초기를 빌려 산소를 찾았습니다. 그곳에 가면 돌아가신 어른들의 소리가 들립니다. 저는 혼잣말을 좋알거리곤 합니다.

매화나무 세 그루는 심은 지 3년이 되었는데 지난봄에 꽃이 꽤 피었습니다. 매실을 따고 보니 한 바구니도 채 안 되었습니다. 어머님은 매실을 조청에다 재었습니다. 배앓이할 때도 먹이고 술 먹은 뒤끝에도 주었습니다. 칼집을 내 방망이로 살살 두드려 얼은 매실은 설탕에 잰 뒤 고추장, 참기름, 통깨를 버무려 여름 반찬으로 내셨습니다. 씨앗은 삶아서 매끄럽게 한 뒤 그늘에서 곰팡이 안 피게 잘 말려 베개 속에 넣었습니다.

보리수나무는 키가 껑충해졌습니다. 내년에는 열매를 많이 얻을 듯합니다. 어머님은 보리수도 재어뒀다가 설사를 하거나 기침이 잦으면 주었습니다. 여름에 목이 마를 때는 보리수액에다 삼백초 달인 물을 섞어 주었습니다. 어머님 좋아하시던 감나무도 부쩍 자랐습니다. 아기 주먹만 한 감을 따면 홍시를 만들어 얼렸다가 출출할 때나 가슴이 벌떡거릴 때 먹어야겠습니다. 어머님처럼.

"힘들믄 혼자 끙끙거리지 말고, 손을 내밀어라. 그래야 누군가 니 손을 잡아줄 수 있제. 가만 있으믄 아무도 몰라야. 병은 알리고 빚은 숨기라고 했잖아."
어머님은 척 하니 제 마음을 읽고 계십니다.
"혼자서 어찌께 버텨볼라 헌디 뜻대로 안 되네. 걸레 빨아 뿍뿍 기어 다니며 방을 닦으믄 영락없이 엄니 모습이고, 손으로 글씨를 쓰믄 아부지가 써 놓은 것하고 똑같아요."
어머님을 닮아 슬렁거리고 아버님을 닮아 책상에서만 꿈틀거리니 사는 것이 뻔해서 투덜거립니다.
"세상이 니 맘대로 되믄 모두 웃고 살지야. 부모는 떠났는디, 넌 아직도 부모를 못 보내고 있구나. 그 나이 묵도록 혼자 일어서지 못해서 마음이 짠하다."
속말을 털어놓을 곳도 없고 내 속을 알아줄 사람도 없으니 늘 여기 와서 풀어놓습니다.

예초기로 풀을 한참 베고 나니 땀이 흥건해졌습니다. 얼굴에 잔뜩 흐르는 것이 땀인지 눈물인지 모르겠습니다. 손은 덜덜 떨려서 떡집에서 사온 인절미와 송편을 입으로 가져가는 것이 쉽지 않습니다. 아버님은 인절미를 좋아하셨고, 어머님은 송편을 좋아하셨습니다.

"여름인디 송편을 가져왔구나. 송편이 크기도 같고 모양도 똑같네. 송편 만들 때 아이들 잘 사라고 둥글둥글 맹글고 바르게 크라고 반듯하게 빚었제."
손끝이 매운 어머님은 무슨 일을 해도 야무졌습니다.
"요새는 떡집에서 사시사철 맹글어요. 기계가 알아서 해내지요."
어머님이 살지 않았던 세상을 알 수 있도록 풀어줍니다. 살아 계실 때 그렇게 해 드렸으면 좋았을 텐데.

"인절미는 배가 허전할 때 든든하게 해주제. 속이 든든해야 일이 잘 풀리는 법이다."
아버님은 먹는 것으로 모든 일을 시작하셨습니다. 먹고 나서 책을 보고, 길을 나서기 전에도 먹고, 손님이 와도 먼저 먹고 나서 이야기를 하고. 먹어야 머리도 잘 돌고, 먹어야 밖에서 군것질을 하지 않고, 배가 차야 이야기도 잘 풀린다고 하셨습니다.

"영감은 쓸데없는 소리를 하요? 속이 허전해야 악착같이 사는 법인디."

어머님은 꿈이 맨 앞자리고 꿈에 따라 일하고 일한 뒤에 먹으라고 하셨습니다. 속이 비어야 멀리 보고, 생각도 깊어지고 넓어지며, 일을 하고 나서 먹어야 맛있다고 하셨습니다. 서로 달라서 한 밥상에서 드실 때가 거의 없었습니다. 돌아가셨어도·어머니와 아버지는 저를 두고 티격태격하십니다. 떡 한 조각을 꾸역꾸역 입에 밀어 넣는데 자꾸 목이 멥니다.

"지금 그만큼이라도 묵고사는 것은 어떤 사람이 베푼 것을 니가 돌려받고 있는 것이란다."

세상에 혼자 하는 일 없고, 저절로 되는 일은 없다고 하셨습니다.

"그~럼, 조상이든 이웃이든 베푼 것이 있어서 니가 받아먹는 것이여. 그러니 한 가지라도, 아무리 작은 것이라도 고마워하며 살아라. 눈에 보이는 것만 고마운 것이 아니란다. 니 입에 열이 들어가면 하나는 나누어야지. 니 배만 채우믄 안 된다. 아가!"

이웃이 즐거우면 내가 즐겁고, 이웃이 편하면 내가 편하다고 하셨습니다. 낯선 사람이라도 함께 버스를 타면 이웃이고, 모르는 사람이라도 같이 이야기를 하면 이웃이라고 하셨습니다.

이렇게 여름이 영글어갑니다. 그때, 형님이 오셨습니다.

"또 혼자 청승 떨고 자빠졌냐? 더위에 그만 훌쩍거리고 막걸리나 한 사발 해라."

- 월간 『샘터』 2011년 8월호

갈라 묵고 쥐감서 살어

"여그 평상에 앉아들 계시네? 벼가 물을 묵고 쑥쑥 잘 크구만요. 모내기할 때 물이 없어서 맘고생들 하셨는디, 인자 한시름 놓으셨네요."

"더울 때는 이라고 노닥거려야제. 비 한두 줄기 내리고 구름 나믄 그 틈에 논매러 한 번씩 나가고. 비가 사정없이 쏟아질 때는 가심(가슴)이 통게통게(두근두근)하드만, 쫌 낫네."

당산나무 아래 옹기종기 모인 어르신들이 제가끔 부채를 들고 계십니다.

"가뭄 들 때 생각하믄 지금은 오지제라(뿌듯하지요)?"

"자네가 가뭄을 아는가? 가뭄 들믄 아무리 물을 대도 갈라진 논바닥 틈으로 물만 쏙쏙 빠지제, 낯바닥은 해가 태우고, 속 창시(창자)는 가뭄이 태운다고. 그라다가 어느 순간이 오믄, 물이 골고루 퍼지고 논에 물이 고이기 시작하제. '인자 되았다, 인자 되았다'를 얼매나 쫑알거리는지 몰라. 뭣이든 하다 보믄 고이는 것이여. 배우는 것도 그라고 연애질도 그라고."

아무리 가르쳐도 일을 배우지 못하던 영만 아재가 책만 보다가 출세한 이야기며, 정미소집 나이 든 딸을 어린 상춘이가 기어코 색시 만들어버린 이야기를 하면서 어르신들은 깔깔거리며 웃습니다.

"자네 논두렁 돌아댕김서 개구리나 잡을랑가? 쑥도 잔(좀) 뜯어오고."

"느닷없이 개구리를 잡아서 어디다 쓰실라고요? 묵을 것 천지인디 개구리 구워 잡수게요?"

"해창 양반이 울타리 쳐놓고 닭친다네(기른다네). 닭한테는 개구리 삶아주는 것이여. 씨암탉한테 개구리를 푹 삶아서 살만 발라주믄 주먹만 한 달걀을 쑹쑹 낳았제."

"에끼, 닭 똥구멍이 얼매나 한다고 주먹만 한 달걀을 낳아? 새살(잔소리)을 떨어도 웬만큼 떠씨요. 개구리를 삶으믄 그 냄시가 얼매나 고소한지 동네 개들이 다 달라들제. 그라믄 개구리 뼈하고 국물은 개들 차지가 되아."

한참을 마당에서 닭치던 시절을 나눕니다. 살쾡이 어슬렁거렸어도 병아리 쫑쫑대던 때를 그리워합니다.

"없어진 줄 알았는디, 농약 안 한께 개구리가 생겼드라고. 털보 왔은께, 저녁에 닭으로 보신하면서 모깃불 피워야쓴께, 쑥도 비어(베어) 오고. 오는 길에 쩌 길가테(길가에) 복숭아 따서 냇가에 담가놓고, 하진이네 수박도 두어 통 따다가 냇가에 담가 놓으믄 쓰겠네."

"이 더위에 개구리는 어찌께 잡으까? 땀으로 목간(목욕)하겄구만. 언제 다 할까라우?"

"엄살 까고 있네. 여그서 자네가 질로 젊은디, 이 늙다리가 돌아댕기까? 일은 해 있을 때 해야제. 묵는 것은 아무리 깜깜해도 주댕이(입)로 잘 들어가제만."

볶아대고 다그쳐서, 햇볕에 낫 들고 망태 걸쳤습니다. 먼저 살짝 익은 복숭아를 따고, 수박을 따서 개울물에 담갔습니다. 버드나무 그늘 아래 개울물은 시원했습니다. 개구리는 좀체 보이지 않았고 풀 벤 자리에서 쑥 찾기도 쉽지 않았습니다.

"나는 닭을 두 마리나 잡았는디, 자네는 고작 개구리 시(세) 마리여? 닭대가리 세어 보소. 닭들이 입맛만 베레부렀다(버렸다)고

하것네. 놉(품팔이 일꾼)을 잘못 얻어서 닭 농사 망치구만. 개구
리는 전시회나 해야쓰겠네."

"백숙에서 한약 달인 냄새가 나네요. 맛나겄는디."

"놈(남) 입속에 넣을라믄 귀하게 해야 써. 가진 것 있어서 나누
믄 좋고, 없으믄 정성을 나누는 것이여. 나누믄 다 자식들이 얻어
묵는 것잉께. 행여라도 남의 것 욕심내지 말고, 자네도 이웃하고
갈라(나눠) 묵고, 줘감서 살어."

– 월간 『샘터』 2011년 9월호

고향은 떠난 것이 아니고
품은 것이여

"이 사람이 누구여, 털보 아닌가? 어렸을 때는 자네가 울보였는디, 안 죽고 살아있은께 만나는구만. 낯바닥을 쪼께(좀) 자주 보여주제. 하기사 부모 돌아가시믄 고향도 멀어지제."

"평장 어르신, 기체후일향만강(氣體候一向萬康)하신지요? 늦더위에도 소리 내어 글을 읽으시니, 멀리서도 어르신인 줄 알겠습니다. 고향은 어르신 목소리가 지키고 있습니다."

"귀가 잘 안 들리니 소리만 커졌네. 요새는 명절이어도 사람들이 철새처럼 후다닥 왔다 가기 바쁜디, 고향에 발걸음을 차분히 하니 반갑네. 아직도 '기체만강'을 말하는 것은 자네뿐이구만. 다들 날짜 따라 살제만, 날씨 따라 살아야제. 돈 좇아 살믄 한 없어(끝이 없어). 행복 좇아 살아야제."

아버님 선배이신 평장 어르신은 여든이 넘었는데도 굳세고 튼튼하십니다. 어렸을 때 저에게 글과 놀이를 가르쳐주신 분입니다. 배운 것에 반의반도 따르지 못하고 살아서 찾아뵙기가 늘 답답하고 딱하기만 했습니다.

"저기 큰 저수지가 있던 곳이 생각나신가? 그 저수지가 저 아래 논을 다 먹여 살렸지. 그 논들 아래에는 바닷물 줄기가 굽이굽이 들어왔제. 알다시피 지금은 바다를 막아서 그 물로 농사를 지으니, 저수지가 필요 없어 묻어버렸고, 바닷물 줄기도 없어져 버렸지만. 그 큰 저수지에 날아오던 수많은 철새도 사라지고, 철새를 따라 갔는지 사람들도 떠나고, 무덤과 무덤을 지키는 노인들만 남았네."

"할아버지의 할아버지가 여러 사람들과 이곳에 터를 잡은 까닭은 어렸을 때 많이 들었지요. 길이 새로 나서 집들이 많이 없어졌습니다. 모정 양반 살던 곳은 큼지막한 소막(외양간)이 들어섰구만요."

"요새는 사람 살던 곳을 일도 안 하는 소를 가둬서 키워. 다 먹을라고 하는 짓이긴 한디. 저 짝(쪽)으로 가세."

부지런했던 모정 양반의 집터에 턱하니 먹잇감으로만 키우는 소가 자리 잡은 것이 못마땅해서인지 서둘러 지나칩니다.

"이 나무는 자네 큰집 작은아버지 태어났을 때 심었는디, 이 나무처럼 쭉 뻗어 잘 자라서 군수도 했제. 그때는 아들이 태어나면 소나무와 잣나무를 심고, 딸이 태어나면 오동나무와 꽃나무를 심었다네. 자네는 자식 낳고 어디다 나무를 심었는가?"

"어디 땅뙈기가 있어야 심지요. 돈 벌면 한 마지기라도 사서 어머님 아버님 묘도 쓰고, 소나무도 심고 꽃나무도 골고루 심으라고 합니다. 그런 날이 올랑가 몰겠습니다."

"올 것이네. 속 깊은 자네 아비 닮고, 꼼지락대던 자네 에미 닮았으믄 꼭 올 것이여."

어르신은 마을 이곳저곳을 다니며 모처럼 만난 젊은(?) 후손에게 역사를 알려주십니다. 마을의 역사가 잊힐까, 조상의 역사가 잊힐까 걱정이신 모양입니다. 옛날 누가 어떻게 살았다는 시시콜콜한 이야기도 곁들입니다. 젊었을 때 말이 적고 듬직했던 모습이 아닙니다.

"여기는 자네가 어렸을 때 어머니를 기다리며 울던 곳이여. 자네만 여기서 운 것이 아니고, 이 마을 사람들은 한번쯤 여기 서서 울었제. 누군가를 떠나보내고, 누군가를 애타게 기다리면서 여기로 왔지. 그래서 송평 양반이 여기다 솟대도 세우고 했다네. 지금 이 바위는 약을 팔아서 큰 부자가 된 김 씨네에서 갖다 놓은 것이여. 솟대 세우고 바위가 들어선 뒤로는 마을에 한동안 떠나는 사람도 없고 기다리는 사람도 없었는디. 지금은 떠날 사람도 없고 기다릴 사람도 없네. 허허."

　고향은 아무 까닭도 없이 쭉 빠져드는 것인가 봅니다. 문득 떠오르고 문득 다가와서 내 삶을 어루만지는 것인가 봅니다. 고향은 지나간 시간이 아니라 앞으로 살아갈 시간인 듯도 합니다. 올해는 고향을 느긋하게 거닐며 추억 하나씩 건져서 삶을 반듯하게, 반들거리게 해야겠습니다. 차를 마실 때 어르신은 말씀하셨습니다.

　"고향은 떠난 것이 아니고 품은 것이여. 저 들이 산과 물을 품듯이. 들은 산과 물을 품어서 우리가 먹을 양식을 만들제."

　　　　　　　　　　　　　　　　　　　－ 월간 『샘터』 2011년 10월호

인자 왼손을 부려묵어

"밭을 자크르르하게(말끔하게) 갈아놓으셨네. 황토 빛이 번들 번들해서 흙 떠다가 국 끓여 묵어도 쓰겠구만. 살면서 이라고 한 번씩 깨깟(깨끗)하니 닦아야 쓴디."

"회사후소(繪事後素)라고 안 혔는가, 바탕을 하얗게 해놔야 그림도 쓸 만허게 그리제. 배추 심을라고 밭을 쫙 펴놨네. 자네는 올여름에 땀을 됫박으로 흘렀제? 가을이 푸짐하겠네."

"됫박으로 땀 흘려 푸짐할 것 같으믄 양동이로 땀 받아서 벌써 경주 최 부자 되아부렀제. 뭔 놈의 땀은 뻘뻘 흘렀는디 맘묵은 대로 되지는 않드만요. 그저 내가 해야 할 일만 부지런히 하고, 그 안에서 혼자 시시덕거리고만 살라요. 뭘 바라고 하겠습니까?"

"음~마, 한가위 쇠더니 어른 되았네. 두레박으로 물 길어 올리데끼(올리듯이) 한 가지씩 건지면서 어른 되는 것이여. 감나무에 걸린 까치밥 몇 개 따오소. 막걸리나 한 사발 하게."

가을걷이도 바쁜데 형님은 밭갈이를 예쁘게 해놨습니다. 도와주는 일손 없이 기계와 둘이서 이랑과 고랑을 반듯하게 일궜습니다. 늘어난 까치 때문인지 까치밥을 많이도 남겼습니다.

"감나무에 까치밥만 있는 줄 알았더니, 아예 따지를 않았구만
요. 올겨울에는 감나무 밑에 배 터져 죽은 까치들이 수두룩하겠
는디."
"짐승들은 게염(욕심) 안 부려. 묵을 만큼만 묵제. 묵어서 배
터진 까치는 아직 못 봤네. 일손이 없으니께 못 땄제. 놉(품팔이
일꾼) 얻어서 따 봐야 돈도 안 되고. 자네라도 와서 따제 그랬는
가?"
한 바구니 따온 감 앞에서 형님이 칼을 듭니다.

"감을 으째 왼손으로 깎으요? 오른손을 다쳤소? 손 비까미(베
일까) 조마조마하요. 칼 이리 주씨요. 내가 깎으께. 글고 감을 껍
딱째(껍질째) 묵어야제. 아까운 껍딱을 비어 내불믄 뭔 맛이다
요?"
"맞어, 감을 껍딱째 묵어야 한디. 떨떠름한 맛도 나고 꼭꼭 씹
으믄 단맛도 나고, 사람 사는 것도 그런 것인디, 내가 도시 사람
들 따라가 부렀네. 지난여름에 말이시, 내가 팽나무 밑 평상에 누
워서 낮잠을 잘라고 하는디……"

그때 형님은 한뉘(평생)를 오른손 부리면서 살았다고 느꼈답
니다. 오른손과 왼손을 펴고 찬찬히 보니까 손이 다르더랍니다.
오른손은 거칠어져서 우둘투둘하고 왼손은 조금 덜 꺼칠하더라
는 것입니다. 그래서 왼손으로 글씨도 써보고 왼손으로 밥도 먹

어보았답니다.

"물건들이 오른손잡이 쓰기 좋게 만들어져서 짝잽이(왼손잡이)가 얼매나 힘든지 알겠드라고. 왼손을 쓰다 보니까 내가 살아가는 것이 다 옳은 것이 아니드라고. 나만 옳은지 알았제. 세상살이라는 것이 이런 사람 저런 사람이 어울려서 함께 사는 것이드랑께. 근디 왼손으로 해봤을 때, 언제가 질로(가장) 까탈스러운지 아는가?"

"성(형)은 독일 같은 디(데)서 철학하고 온 안다니* 박사 같어. 어디 가서 씨알도 안 멕히는 이런 소리 하지 마씨요. 미쳤다고 헌께. 나나 된께 들어주제. 근디 언제가 질로 힘듭디여?"

"그것이 말하기가 그런디, 새벽에 인나서(일어나서) 응아 하러 가잖어. 다 싸고 나서 거시기를 왼손으로 해보는디, 보이지를 않은께 요것이 딱딱 안 맞드라고."

"손에다 묻혀부렀구만! 오메, 나이 들어서 고것이 뭔 짓이여, 막걸리 맛이 뚝 떨어져부네."

"깨깟허니 씻었는께 걱정 말어. 한 보름을 그렇게 하다가, 어느 날은 마음을 모타서(모아서) 밑을 닦은디, 딱 되아불드라고. 그날은 하루 내내 기분이 영판(아주) 좋드라고. 혼자 실실 웃음이 나고. 동네 사람들은 모른디, 그날 내가 닭을 한 마리 삶아서 냈다는 거 아니여. 하하하."

"별의별 일로 도가 트시는구만. 인자 하산해도 쓰겄소."

그런데 말입니다. 문득문득 연필이며 젓가락을 왼손에 쥐어보는 나를 보고 깜짝 놀랐습니다. 늘 어슷비슷한 하루, 헤아리지 못하고 지내던 하루가 달라졌습니다. 드디어 오늘 아침엔 화장실에서 왼손을 써보리라 마음먹습니다.

– 월간 『샘터』 2011년 11월호

* 안다니 : 무엇이든지 잘 아는 체하는 사람.

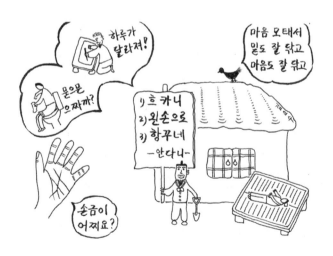

생각은 둥둥, 몸은 덩실덩실

사람들이 가꾸고 거둬 간 빈 논에 까치가 입놀림만 하다가 돌아갑니다. 사람들에게 열매를 내준 감나무는 정(情)만 몇 알 달고 있습니다. 마을은 하나같이 거무튀튀한 기와를 뒤집어쓴 채 바짝 누워 있고, 뒷산에는 짙푸른 소나무만 제자리를 지키고 서 있습니다. 헛간 앞에는 봄 여름 가을에 들판을 누볐던 농기계들이 목욕하고 깔끔하게 들어앉았습니다.

"뭣 할라고 도시에서 버린 책꽂이를 실어 오라고 했소? 줏으러 댕기니라고 발품깨나 팔았소. 취미를 책 모으기로 바꿨는갑네. 지금도 겁나 많구만."

"애썼네. 바쁜 농사일도 끝났고 놀믄 뭐 할 것인가. 여그 덕구할매 집터가 놀고 있은께. 천막을 쳐서 책꽂이를 쭉 놔두고 거그다 동네 사람들이 안 쓰는 물건을 놔 둘라고 그라네. 지난여름 끝에 덕구 할매가 홍시 맛도 못 보고 돌아가셨는디, 자손들이 인자 아무도 안 산께 집을 허물었어. 근디 그 오막살이에서 짐이 겁나 나왔제. 젊어서 쓰던 것부터 자식들이 편히 살라고 사다준 것이 포장도 안 뜯은 채로 나오드라고. 사람들이 아까워하기에 내가 주워놨네. 곰곰 헤아려본께 그것들을 쓸 만한 사람들이 있겠드라고.”

덕구 할매가 얼마나 알뜰하게 살았는지 이웃을 보살폈는지를 이야기하면서 형님은 망치질을 멈추지 않았습니다. 하루는 터를 반듯하게 닦고, 하루는 기둥을 세우고, 하루는 천장과 기둥에 천막을 쳐서 비가림막을 하고 나니 오늘이 나흘째, 동네 사람들이 조금씩 도와주어서 어느덧 헛간 같은 모습이 되었습니다.

“영락없는 고물상이네. 여그다 쌓아놓는다고 누가 알고 와서 가져가겠소? 괜히 헛짓거리 함서 힘만 팔리는 것이 아니요? 차라리 점빵을 차리는 것이 낫겠는디.”
“우리 동네에도 집집마다 파묻혀 있는 살림이 겁나 많을 것이네. 아까워서 쓰도 못하고 쟁여만(쌓아만) 놓은 것도 있을 것이고, 눈에 안 보여서 쓰지 못한 것도 있을 것이여. 오래 머무를수록 짐은 늘어나는 법인께, 이참에 돌아댕김서 안 쓰는 살림을 걷어서 필요한 사람들 가져가라고 할라네. 집에 있어도 안 쓰믄 내 것이 아닌께 자네도 집을 뒤져서 안 쓰는 살림을 내놔. 쟁여놨다가 버리믄 남들도 못 쓴께, 아깝더라도 쓸 만한 것을 내놓게나.”

옛것을 사러 다니는 사람도 있으니 팔 것은 팔아 동네일할 때 보태고, 동네 사람들한테 필요한 것은 나눠준다는 것입니다. 동

네에 체험학습 하러 온 사람들한테도 알려서 나누는 일을 함께
하겠다는 것입니다.

"그러다가 몸 상하믄 어쩔라고 그라요? 뭔 일이든지 한가락
했으믄 숨을 쉬었다가 다음 일을 하고 그래야제. 안 그랗게 맨날
형수가 고시랑거리제. 사람들 만나서 놀러도 댕기도 애기들도 챙
기고 맛난 것도 묵으러 댕기고."
"호강에 초친 소리하고 자빠졌네. 몸이란 것이 편타고 느끼는
순간, 늙는 것이고 죽은 것이나 다름없어. 편한 것이 뭣이당가,
나 기쁘고 이웃이 즐거우믄 되제. 놈(남) 못할 짓 시킴서 내 배만
채우믄 쓰겠는가? 생각은 둥둥 떠다녀야 하고 몸은 덩실덩실 일
해야제. 얼매나 산다고 드러누워 띵가띵가 하겠는가."

형님은 그렇게 『샘터』에 쓸 마지막 말을 뱉고 있었습니다. 어쭙잖은 이야기를 2년 동안 실어준 『샘터』가 고맙고 미욱한 글을 읽어주신 분들이 고맙습니다. 착하고 부지런히 살겠습니다.

– 월간 『샘터』 2011년 12월호

鈍 筆 勝 聰

(무딜 둔, 붓 필, 이길 승, 귀 밝을 총)

굼뜨고 서툰 글씨라 하더라도
적어두면 기억력 좋은 총명함도 이긴다

聰 明 不 如 鈍 筆

(귀 밝을 총, 밝을 명, 아닐 불, 같을 여, 무딜 둔, 붓 필)

적지 않은 총명은 적은 둔필만 못하다

어쭙잖은 적바림(메모)
슬기로운 머리보다 낫네

미녀와 야수

〈미녀와 야수〉는 다다이즘을 했던 프랑스의 장 콕토가 1940
년대에 흑백 영화로 만든 적이 있답니다. 저는 보지 못했습니다.
다다이즘(dadaism)이란 버릇처럼 해왔던 것을 버리고, 어린애처
럼 본능대로 하는 예술을 말한답니다. 다다(dada)는 프랑스 말로
어린이들이 타고 노는 나무로 만든 말이랍니다. 〈미녀와 야수〉라
는 만화영화도 있는데 디즈니가 요즘 감각에 걸맞게 식구들이 다
같이 즐길 수 있도록 만든 영화랍니다. 이 영화를 본 것 같으나
뚜렷하게 떠오른 것은 없습니다. 서양에서는 〈미녀와 야수〉라는
이야기가 우리나라의 흥부전이나 춘향전처럼 꽤 족보 있는 이야
기인 모양입니다.

미녀가 아버지께 장미를 꺾어다 달라고 합니다

어느 이야기나 그렇지만 '하고 싶다' 와 '갖고 싶다' 는 게염
(욕심)에서 비롯합니다. 미녀는 아름다움을 장미에 견주고 싶었

던 모양입니다. 이야기가 예스럽게 비롯되는 것 같지만 꼭 그렇지 않습니다. 사람들은 누구나 누군가와 견주려는 마음을 가지고 있습니다. 내가 하는 것이 옳은지 잘 하는 것인지 두리번거립니다. 일을 하다가도 내가 제대로 하고 있는 것일까, 하면서 옆을 슬쩍이라도 보지 않습니까? 그러한 보통 사람의 마음을 확 끄집어냈습니다. 으레 가져온 이야기가 아니라는 말입니다. 우리 언저리에 흔히 있는 이야기입니다.

그 장미는 야수의 성에만 있습니다

이야기가 샛길로 빠지지 않게 딱 묶어 두었습니다. 흐름을 옴 짝딜싹 못하게 가두는 것 같지만 우리 삶 또한 그러합니다. 스스로 둘러친 울타리에서 빠져나가지 못하고 갇혀서 삽니다. 몸만 갇힌 것이 아니라 헤아림도 갇혀서 벗어나지 못하고 허우적거리고 있습니다. 가정(假定)이 절대 터무니없는 것이 아니라는 것입니다. 이런 울타리는 이야기 속이나 우리의 삶 속 곳곳에 둘러져 있습니다.

아버지는 장미를 꺾으러 야수의 성에 갔다가 잡히고
목숨 대신에 미녀를 야수에게 시집보냅니다

딸을 사랑하는 아버지의 마음이 얼마나 괴로웠을까요, 아버지의 목숨을 구하려는 딸의 마음은 또 얼마나 애잔했을까요. 딸을 목숨과 바꾸다니, 유교가 흐르는 대한민국의 마음으로는 이해 못합니다. 아니, 심청을 파는 심 봉사가 있었으니 이해할 수도 있겠습니다. 목숨 앞에 맞닥뜨려 보십시오. 그 아비의 마음 뼛속으로 스밉니다.

안절부절하며 서성거리다가 목숨 대신 야수에게 보낼 딸이 보이면 아버지는 부둥켜안고 울고불고, 그러다 하염없이 먼 곳만 바라보고, 또 한숨 쉬다가 딸을 보냈을 것입니다. 아버지를 떠나는 딸이라고 편했을까요, 아버지에게 남길 편지를 썼다가 지우고 썼다가 지우기를 되풀이 하면서 마음을 가라앉혔을 것이고, 부둥켜안은 아버지의 등을 얼마나 어루만졌을까요. 자다가 벌떡 일어나 눈물 흘렸을 것이고 먹다가도 울컥 목이 메어 화장실을 가지 않았을까요. 떠날 가방을 챙기면서 옷에 떨어진 눈물을 얼마나 털어냈고, 떠나는 날 닫히지 않은 문을 돌아보고 또 돌아보면서 떠났을 것입니다.

> 미녀는 야수의 성(城)에서 눈물로 살아가다가 문뜩,
> '내가 무엇인데, 이러는가?'
> 깨달음 한 방으로 야수를 가엾게 여깁니다

미녀는 휘휘한* 야수의 성에서 무서움에 소름 돋고, 눅눅한 방에서 떨고만 있지 않았을까요. 달이 뜨면 달을 보고 훌쩍이고, 바람 스치면 바람 속에서 아버지의 내음 묻어날까 킁킁거리다 글썽이고, 그러다 문뜩! '문득'이 아닙니다. 문득보다 센 '문뜩'입니다. 문뜩도 표준어니 낯선 낱말이라고 고개 갸웃거리지 마십시오.

'나는 여기 왜 있는가'와 '나는 무엇인가'를 뇌이고 뇌이다가 알게 됐을 것입니다. 내가 무엇이지? 내가 왜 야수를 싫어하지? 우리 같으면 '어차피'여서 '마지못해' 살았겠지만 미녀는 '나는 아무것도 아니'라는 것을 탁! 깨달은 것입니다. 딱, 한방이 온 것이지요. 탁! 한방의 깨달음.

그러한 한방은 파도처럼 멀리서부터 굴려서 오는 것이 아닙니다. 그 하나만 헤아리고 있으면 마음속에서 헤매다가 몸속에서 확 달려 나와 머리를 꽝하고 때리는 것입니다. 꽝하던 그 얼참! 얼참이란 낯선 낱말을 보고 또 갸웃거리지 마십시오. '순간'의 우리말입니다. 바로 그 '얼참'이 가슴에 꽂힌 것입니다.

야수가 왕자가 됩니다. 마법에서 풀린 것이지요.
미녀와 야수, 아니 미녀와 왕자는 행복하게 살았습니다

는 이야기입니다. 그럼 야수, 아니 왕자는 편하게 잘 살았겠느냐, 아닙니다. 그 잘난 왕자가 사납고 우락부락한 야수로 살았던 그 숱한 밤과 낮, 왕자 또한 몸 고생은 말할 것도 없고 마음고생이 이만저만이 아니었을 것입니다. 똑똑하고 잘 생긴 왕자가 야수라는 틀 속에서 말할 수 없었던 그 답답한 세월을 떠올리니 내 가슴이 다 미어집니다. 내 가슴이 미어진다고 내가 왕자처럼 잘났다는 것은 아닙니다. 그 남자 마음을 알겠다는 것입니다.

간혹 사람들이 '우리 부부는 미녀와 야수입니다'고 말하는 사람들이 있습니다. 그 말을 듣고 사람들은 까르르 웃습니다. 아마 남편은 엄청 못생긴 머슴 같고(잘생긴 머슴이 없다는 것이 아닙니다), 아내는 텔레비전에 나오는 연예인처럼 예쁘기 때문일 것입니다(모든 연예인이 예쁘다는 것은 아닙니다). 나는 그런 소개를 들으면 그 부부가 그 말을 하기까지 마음고생, 몸 고생이 먼저 떠오릅니다. 고생 끝에 활짝 핀 흐뭇함은 더 아름답고 깊으니까. 미녀와 야수, 결코 쉽게 말할 것이 아니더군요.

* 휘휘하다 : 무서운 느낌이 들 정도로 쓸쓸하고 고요하다.

도시의 밤거리

도시를 세운다는 것, 우리는 건물을 짓고 길을 내는 것쯤으로 헤아립니다. 먼저 사람들이 모여들고 그 뒤에 경제활동을 하고 문화가 만들어지고, 규칙을 만들면서 도시가 되었을 텐데. 살아가다가 살아가는데 편리하려고 건물을 짓고 길을 냈을 텐데 말입니다.

그런데 사람들은 어떻게 하는 것이 편하다는 것을 알아버리고 난 뒤에는, 사람이 모여서 도시가 된 것이 아니고, 도시를 만든 뒤 사람이 모이게 되었습니다. 건물과 도로를 먼저 냈더라도 사람이 살아가는 냄새 정도는 피우고, 서로 즐겁게 살아갈 수 있는 방법을 찾아야 합니다. 무작정 건물 짓고 길을 내서 들어와 살라 하는 것은 반찬 없이 맨 밥만 먹는 기분입니다.

뭐, 그런 말들을 나누면서 차를 마셨습니다. 표정 없는 사람들이 지나가고 죽은듯한 건물들이 우두커니 서있는 상무지구 거리를 보면서 나는 떨떠름했습니다. 상무지구는 사람들이 어떻게 하는 것이 편하다는 것을 알아버린 뒤에 만들어진 도시입니다. 으레 '~지구'라는 말이 붙는 동네는 계획된 도시입니다. 이야기가 무르익을 쯤 우리는 헤어졌습니다. 날이 푹해져서 걸을만했고, 나는 손을 주머니에 넣지 않았습니다. 상무지구 밤길에는 밸런타인데이라고 초콜릿을 든 사람들이 웅성거렸고 차들은 바삐 움직였습니다.

갑자기 기운 센 젊은이가 앞뒤로 흔드는 내 팔을 잡고 '쉬어가시겠냐'고 물었고, 나는 그 말을 알아듣지 못했습니다. 그가 팔을 놓은 뒤에 쉬다가 집에 가는 사람을 붙잡고 또 쉬어가라니 하며 픽 웃었습니다. 조금 더 걸어가자 이번에는 갸름하고 잘생긴 젊은이가 '필요하십니까?'라고 물었을 때도 나는 그 말이 뭔 말인지 몰랐습니다. 신호등이 내 발걸음을 붙잡고 세웠을 때에야 비로소 젊은이들의 눈빛이 내 아랫도리를 보고 있었다는 것을 알았습니다.

묵직했던 그들의 손이 느껴졌고, 어리둥절하던 내 머리는 깜깜한 하늘로 들려졌습니다. 수염을 깎았으니 나는 순진해 보였을 테고 젊어 보였을 것입니다. 아니면 돈이 많아 보였던지. 저들에게 붙잡히면 어떡하지? 서둘러 시내버스를 탔습니다. 늦은 시간임에도 시내버스는 사람들이 많았고, 저마다 스마트 폰을 들여다보고 있었습니다. 한 학생은 서 있으면서도 한 손으로 손잡이를 잡고, 다른 손으로 스마트 폰을 자연스럽게 다루고 있었습니다. 스마트 폰 다루는 솜씨가 물이 올라 어느 경지에 다다른 듯합니다.

문득 나는 내가 학생이었을 때 걸었던 아롱다롱하고 야릇한 불빛이 반짝이던 대인동이 떠올랐고 그 언저리에서 살았던 동창의 이야기가 떠올랐습니다. 그런 이야기는 세월이 흘러도 잊히지 않습니다. 그 동무가 학교에서 끝나고 밤늦게 집에 돌아가는데 화장기 짙은 누나가 교복 입은 녀석을 꽉 붙들었던 모양입니다. '야, 좀 쉬었다 갈래?' 담배연기를 뿜으며 물었을 때, '저 학생인데요'라고 했답니다. '학생은 좆 없데?' 거기까지 듣고서 한참을 웃었던 기억입니다.

그 이야기를 하고나서 녀석은 물었습니다. '그 누나들 얼마나 억세고 끈질긴 줄 알아? 그런데 한마디만 하면 탁 떨치고 가버린다?!' 그 한마디가 뭐냐고 다그치며 묻는 나에게 녀석은 그 답을 이틀인가 사흘인가 지나도 가르쳐 주지 않았습니다. '너는 그 쪽에 갈 일이 없잖아' 하면서. 나중에 녀석이 말해준 답이 뭔 줄 아십니까? '어쩔까요, 누나? 돈이 없는데'였습니다.

사람 많은 시내버스에서 나는 그때를 떠올려 혼자 실실거리며 웃었고, 사람들은 나를 힐끗거렸습니다. 나는 부끄러워 고개를 숙였지만 계속 낄낄거렸습니다. 사람들은 아까 내가 그 기운 센 젊은이 쳐다보듯 나를 보았고, 내가 그 갸름하고 잘생긴 젊은이 바라보듯 나를 보았습니다.

배에 힘주기

눈을 떠보니 어둠이 가셨습니다. 해가 살짝 올라오고 있었습니다. 밤에 뒤척였습니다. 자다가 깨기도 했습니다. 뒤척이고 깨기를 두세 번 하고 나니 늦게 일어나 산책하지 못한 날이었습니다. 산책하지 못한 날은 창밖을 물끄러미 봅니다.

물끄러미는 '우두커니'와 '한곳만'을 보는 것을 말하는데 나는 여기에 '오랫동안'이란 뜻을 보탭니다. '우두커니' 해가 밝아오는 모습을 보다가 앞산이 밝아지는 '한곳만' 봅니다. 그지없이 '오랫동안'. 딱히 다른 생각은 하지 않습니다. 그저 그렇게 서 있는 것으로 깊이 자지 못한 시달림을 바꾸고, 산책하지 못한 게으름을 바꿀 뿐입니다.

그리고 늘 그렇듯 화장실에 앉아 신문을 펼칩니다. 신문이라고 해봐야 물끄러미 비워놓은 마음에 부아*만 채우겠지만 오래된 버릇입니다. 어서 신문 보는 이 버릇도 털어내야겠다는 마음을 다집니다. 세상이 딱히 궁금하지도 않고 궁금할 것도 없는데 괜스레 몸에 배어있습니다.

신문을 보지 않아도 오늘의 이야기는 시내버스의 라디오에서 음악이 나오는 사이사이에 다 말해줍니다. 시내버스는 내가 듣고자 하지 않아도 라디오를 튼다. 어느 라디오 방송을 들을 것인가는 물론 버스운전사가 고릅니다. 소리의 크기도 버스운전사가 높이고 줄입니다. 한마디로 버스운전사 마음대로입니다. 버스운전사가 트는 대로 들으면서 시내버스를 타야 하는 까닭을 나는 알 수 없습니다. 지금까지 시내버스를 타면서 라디오를 꺼달라는 사람이나 소리를 줄여달라는 사람을 보지 못했습니다. 그렇다고 마음이 자잘한 내가 나서서 라디오 꺼달라고 한 적 또한 없습니다. 버스운전사는 버스 안에서 완장 찬 벼슬아치인지도 모릅니다.

신문을 읽지 않아도 술잔이 놓인 탁자 위에 요즘 이야깃거리는 다 떠돌아다닙니다. 맞은편에 앉은 사람은 내가 묻지 않아도 신문을 줄줄이 쏟아냅니다. 어느 신문 이야기인가는 물론 맞은편 사람이 고릅니다. 알려주는 목소리의 크기도 맞은편 사람의 음주량이나 흥분상태에 따라 그가 높이거나 줄입니다. 신문기사의 깊이도 맞은편 사람이 아는 만큼 말합니다. 간혹 다른 탁자에 앉은 사람이 더해주기도 합니다. 신문에서 본 그 이야기를 듣고 있을 때 술잔이 채워지거나 안주를 먹을 수 있는 것이 시내버스와 다른 점입니다. 신문을 읽어서 익힌 것을 자랑스럽게 말하는 사람에게 입 좀 다물어달라고 나는 말할 수 있는 성격이 아닙니다. 신문이야기 말고 너의 이야기가 듣고 싶다고 큰소리칠만한 처지도 아닙니다. 술집에서는 술값을 내는 사람이 완장 찬 벼슬아치인지도 모릅니다.

화장실에서는 신문기사가 둘로 나뉩니다. 쪽 눈으로 훑어보는 것과 눈을 멈추고 읽는 것입니다. 아마 내 머리가 반응하는, 관심 있어 하는 것의 차이일 것입니다. 그러고 있으면 나올 것이 알아서 슬슬 나오기도 하고 뚝뚝 떨어지기도 합니다. 그런데 오늘은 나올 것이 나오지 않습니다. 앞쪽에서는 죽 나왔는데 뒤쪽에서는 아무 소리가 나지를 않습니다. 하다못해 '뽕'이라든가 '뿡'이라도 해야 하는데 말입니다.

어라, 이게 무슨 일이냐? 힘을 줍니다. 신문에 푹 빠져 있다가도 왜 안 나오지? 하며 낑낑거립니다. 대체 왜 안 나오는 거야? 이제는 머리가 신문에 머물지 않고 엉덩이 언저리에, 그것도 뒤쪽에 머뭅니다. 힘이 배를 꽉 눌러 홀쭉하게 만들고, 급기야 손도 배를 누르고 있습니다. 그래도 나오지 않습니다. 이 정도 힘을 쓰면 녀석이 억지로라도 찔끔 나와 주는데, 어찌된 일인가?

화들짝 신문을 덮고 화장지를 손에 쥡니다. 접힌 신문이 떨어져 바닥의 물기에 젖는 것이 보여도 그대로 놔둡니다. 엉덩이를 살짝 듭니다. 어느덧 신문지는 척척해졌습니다. 똥구멍을 만져봅니다. 구멍이 있어야 할 자리에 창자가 그 틈으로 나오려는지 뭉툭한 것이 잡힙니다. 헉, 남들이 그렇게 고생스러워한다는 치질이 나에게도 온 것일까? 그 뭉툭한 것은 내가 나오기를 바라는 것이 아님에 틀림없습니다. 볼 수가 없어서 확인은 안 되지만 분명 그것은 아닐 것입니다.

사람들이 스트레스가 쌓일 때 마음대로 싸지 못한다고 했습니다. 삶의 더께가 어깨를 짓누를 때 나올 것이 나오지 못한다고 했습니다. 그것이 나에게도 찾아온 것일까?

결국 나오는 일은 실패하고 말았습니다. 이런 마음을 뭐라고 말하는 걸까? '허'라든가 '헛'으로 시작하는 말이 어울린다는 생각이 들었습니다. '허탈'했습니다. 씻으려고 옷을 벗고 거울을 보았습니다. 힘쓰느라고 얼굴이 뻘겋지만 말짱했습니다. 얼굴은 그대로 둔 채 아랫도리만 돌렸습니다. 거울에 비친 엉덩이에 커다란 달걀 모양의 동그라미가 빨갛게 그려져 있습니다. 변기 모양입니다. 뻘건 얼굴에 빨간 동그라미의 엉덩이, '헛웃음'이 나왔습니다. 씻으면서, 이제 하나씩 고장이 나는 나이라는 생각이 들었습니다.

내가 힘들고 어려울 때 곁에 있어줄 사람은 누구일까? '허전'했습니다. 누구를 도우면서 살지도 못했고, 누구에게 모범이 되는 삶도 아니었습니다. 지금부터라도 욕심을 버리고 '허세'도 버려야겠습니다. 뒤도 돌아보고 멀리도 보면서 살아야겠다고 다짐했습니다. 오늘은 산책하지 않았으나 '응아' 덕분에 큰 도를 닦아서 고마운 마음이 들었습니다. 수건으로 물기를 닦으면서 거울을 보았습니다. 그래, 지금에 온힘을 다하고, 지금을 행복하게 웃으며 살자. 하하하. 하마터면 깨달음이 감동이어서 눈물이 나올 뻔했습니다. 문득, 하~, 어제 내가 한 끼도 먹지 않았구나. 그래 그것이었구나. 휴, 나는 치질이 아니야. 괜히 하늘 보고 혼자 '허무' 했습니다.

* 부아 : 노엽거나 분한 마음.

추억에서 낌새를 채다

– 찬찬찬과 이문열

집에서 중학교까지 거리는 2㎞쯤 되었습니다. 30분이면 걸어서 갈 수 있었지만 아이들이 주로 자전거를 타고 다녔습니다. 옛날 군인들이 입던 옷과 비슷한 빛깔을 띤 네모진 책가방을 손으로 들고 다녔는데 책가방이 무거워지면 팔을 접어 걸치고 다녔습니다. 검은 교복의 팔부분에는 책가방을 걸친 곳이 문드러졌고, 나는 끈질기게 아버지를 졸라 자전거를 얻었습니다. 아버지께서 얻어다 준 고물 자전거지만 학교에 신나게 타고 다녔습니다. 오래된 자전거는 체인이 자주 벗겨져 가다가 다시 채우고 하느라 손에는 기름때가 자주 묻었지만 괜찮았습니다. 걸어가나 타고가나 시간은 비슷하게 걸렸고, 비오는 날은 타고 가지 않았습니다. 자전거 모양이야 어쨌든 그럴 듯한 품('폼'의 우리말)을 잡는 데는 그만이었습니다.

공부를 잘해야만 성공할 수 있다는 어른들의 믿음은 우리를 밤 10시까지 학교에 잡아두었고, 집으로 돌아오는 긴 골목길은 늘 무서웠습니다. 구불거린 골목길은 켜졌다 꺼졌다하는 가로등이 더욱 어깨를 움츠리게 만들었습니다. 어느 유행가 노랫말처럼 졸고 있는 가로등이 더 무서웠습니다. 나는 빨간 벽돌집 상하방에서 형과 자취를 하였고, 큰방에는 성훈이라는 아들과 성미라는 딸을 둔 아주머니가 살고 있었습니다. 성미엄마는 일본에서 살다가왔다는 말을 들었고, 성미아빠는 돌아가셨다고 했습니다.

비오는 날, 늦은 공부를 마치고 골목길을 들어서면 성미엄마의 흐릿한 노랫소리가 들렸습니다. 비가 오면 자주 들었던 노래라 지금도 기억합니다. 일본말을 모르니 맞는지는 모르겠지만 '부르나이또 요꼬하마' 라는 노래였습니다. '아다시와 유레떼 모오이찌노, 아르이떼모 아르이떼모 고우구마 요오시, 아다시와 유레떼, 유레떼 아다시와 우우 떼또나르까' 하고 불렀습니다. 내 귀에는 너무도 익어서 30년이 지나도 살아있습니다. 물론 이 노랫말이 무엇을 뜻하는지, 소리는 제대로인지는 알 수가 없습니다. 다만 성미엄마가 부른 것을 내가 기억할 뿐입니다.

얼마 전 비가 오는데 어렸을 때 내가 살았던 그 긴 골목길을 걷게 되었고, 갑자기 그 노래가 떠올랐습니다. 돌아와 인터넷을 뒤졌는데 '블루 나이트 요꼬하마' 라는 노래였습니다. 일본 노래를 뒤적이다가 일본에서 꽤 유명했던 '미소라 히바리' 라는 가수가 있다는 것을 알았고, 그 가수가 불렀던 노래를 들으면서 나는 깜짝 놀랐습니다. 어디서 많이 들었던 노래가 나왔기 때문입니다.

한동안 우리나라의 방송을 떠들썩하게 했고, 지금도 노래방에서 자주 불려지는 '찬찬찬' 이라는 노래가 들어있었습니다. 일본에서 그렇게 잘 알려진 노래가 우리나라에서 거리낌 없이 유행했던 것입니다. 일본말을 모르고 일본문화를 모르는 내가 이제야 느끼는 것이 당연한 것인지, 사람들이 '미소라 히바리' 의 노래와 '찬찬찬' 이란 노래를 다르게 헤아리는 것이 당연한 일인지 나는 알 수가 없었습니다.

'엄석대' 가 주인공으로 나오는 소설이 있습니다. 서울에서 시골로 전학을 간 엄석대는 아주 교묘하게 아이들을 괴롭히고 닦달합니다. 아이들은 어린 권력 앞에 스스로 좋은 물건을 내놓고, 공부를 하지 않은 엄석대가 좋은 성적을 얻도록 도와줍니다. 나(한병태)는 혼자서 나쁜 권력에 맞서 버텨보지만 어떻게 할 도리가 없어 수그러듭니다. 한병태는 혼자서 권력에 맞선다는 것이 부질없다는 것을 알게 되고, 그만 엄석대에게 젖어들고 고개를 숙이고 맙니다. 학교생활을 쥐락펴락하던 엄석대는 새로운 담임선생이 나타나고서야 무너집니다.

새 담임은 엄석대의 권력을 무너뜨리지만 한병태는 아이들이 스스로 평화를 찾은 것은 아니라고 생각합니다. 새 담임은 아이들이 스스로 깨닫게 만들어가고, 권력의 혼란에서 아이들은 허우적거리지만 학교질서는 새롭게 세워집니다. 어른이 되어 부조리한 사회에서 힘겹게 살던 한병태는 어느 날, 수갑을 차고 붙들려가는 엄석대를 만납니다.

대한민국에 옳지 않은 권력이 들어서서 국민들을 괴롭히며 닦달하던 시대에 이 소설이 나왔습니다. 그 권력 앞에 편하고자 하는 사람과 그 권력에 견디지 못한 사람들이 스스로 무언가를 권력에게 갖다 바칠 무렵의 소설이라서 나는 이 소설이 아주 대단하다고 느꼈습니다. 혼자서라도 권력 앞에 맞선 사람보다도 이 소설이 사람들에게 던져주는 메시지가 훨씬 강하다고 느껴서 읽고 또 읽었고 사람들에게 읽으라고 책을 사주기도 했습니다. 어린 내가 부당한 권력을 깨닫고 저항한 작은 방법이었습니다.

나는 입으로만 말하는 지식인과 몸으로 대드는 지식인을 견주어 살펴보았고, 그러는 가운데 대한민국은 조금씩 바뀌어갔습니다. 어떻게 정치나 사상을 이야기로 만들어 그 뜻을 뚜렷하게 쓸 수 있는지 작가의 능력에 놀라워했습니다. 이문열이 쓴 '우리들의 일그러진 영웅' 입니다.

'최기표' 가 주인공으로 나오는 소설이 있습니다. 재수파의 우두머리인 최기표는 임시반장이 된 나(이유대)를 두들겨 팹니다. '기존 권력' 인 최기표가 '임시 권력' 인 이유대를 견제한 것입니다. 담임선생이 가르치려는 '자율' 은 최기표의 기득권을 빼앗았고, 최기표가 끌고 가는 '공동 운명체' 인 재수파는 임시반장 이유대가 걸림돌이 되었기 때문입니다. 최기표를 잘 아는 이유대는 최기표를 거슬러 반장을 할 수 없었고, 담임은 임형우를 새로운 반장으로, 최기표를 부반장으로 삼아 학급을 꾸려갔습니다.

반장이 된 임형우는 재수파를 구제하려고 시험의 부정행위를 꾀합니다. 최기표는 시험 감독에게 자신을 도와주려는 임형우를 오히려 부정행위로 신고하고, 반장인 임형우를 두들겨서 자신의 존재를 아이들에게 알립니다. 얻어맞은 임형우는 때린 최기표를 거꾸로 두둔합니다. 그리고 임형우와 담임의 치밀한 계획은 최기표의 어려운 가정형편을 세상에 알립니다. 학급에서는 '최기표 돕기 운동'을 벌이고, 이 일은 신문에도 알려집니다. 곳곳에서 최기표를 돕는 성금과 편지가 오고, 최기표의 자존심은 구겨집니다. 그 뒤 최기표는 말없는 존재가 되어버립니다. 최기표의 자존심은 결석으로 이어지고 결국 '무섭다, 나는 무서워 살 수가 없다'는 편지를 남기고 사라집니다.

학교생활에서 있을 수 있는, 아니 꼭 생기는 일을 소설로 이끌어냈습니다. 두들겨 맞음으로 권력 앞에 나서지 못하는 이유대, 최기표의 권력에 스스로 따르는 재수파들, 흔들리지 않는 최기표의 힘, 그것을 알아차리고 계획을 세워 풀어가는 담임과 임형우의 결탁을 그렸습니다. 세상에 까발려진 전혀 다른 초라한 자신의 모습을 보고 무서워하는 최기표는 집을 떠납니다. 이러한 학교 상황은 예나 지금이나 있을 것인데, 이야기로 뚜렷하게 끌어낸 작가의 능력에 놀라워했습니다. 전상국이 쓴 '우상의 눈물'입니다.

나는 전상국의 『우상의 눈물』을 읽으면서 자꾸 이문열의 『우리들의 일그러진 영웅』이 떠올랐습니다. 내가 이문열의 『우리들의 일그러진 영웅』을 먼저 읽어서 그렇지, 사실은 이문열의 『우리들의 일그러진 영웅』보다 전상국의 『우상의 눈물』이 먼저 씌어졌습니다. '우리들의 일그러진 영웅'은 '우상의 눈물'이고, '우상의 눈물'은 '우리들의 일그러진 영웅'의 다른 말입니다.

아이들 사이에서 벌어지는 다툼이 어른들이 하는 권력다툼과 다르지 않습니다. 혼자서 권력에게 대들다가 무너지는 것도 아이와 어른을 가릴 것은 아닙니다. 다툼 사이에서 조정을 하는 역할 또한 또 다른 권력이라는 것도 크게 다르지 않습니다. 우리 앞에 우뚝하던 권력이 어떤 모습으로 사라지느냐 하는 것은 조금씩 다릅니다. 힘없이 사그라지기도 하고, 권력은 잃었지만 죽을 때까지 행세를 하기도 하고, 권력자는 없어졌어도 자식이나 추종자가 남아 지켜지기도 합니다.

분명 나는 처음 본 사람인데 어디선가 본 것 같은, 분명 나는 처음 와본 곳인데 언젠가 와본 것 같은 그런 느낌을 흔히 기시감(旣視感)이라고 합니다. 프랑스말로는 '데자뷰'입니다. 우리말로는 '낌새'나 '기척'이라고나 할까요. 우리의 말이나 프랑스의 말에 낌새나 데자뷰가 널리 쓰인다는 것은 그런 일이 자주 있기 때문일 것입니다. 다른 나라 말들을 모르니 다른 나라도 있을지 모르지만 문화가 자주 교류하는 곳에서는 그런 말이 흔할 수도 있겠습니다.

찬찬찬이라는 노래에서 일본가수 미소라 히바리 노래의 낌새를 알아차리고, 이문열의 『우리들의 일그러진 영웅』에서 전상국의 『우상의 눈물』의 기척을 느끼는 것은 나만 그러는 것일까요, 나는 노래나 문학의 전문가가 아니라서 '표절'이라는 말까지는 못 쓰겠지만 무언가 짐작할 뿐입니다. 추억 속의 '블루 나이트 요꼬하마'는 미소라 히바리를 끄집어왔고, 미소라 히바리는 찬찬찬을 떠올렸으며, 『우리들의 일그러진 영웅』 속에 녹아 있는 『우상의 눈물』에서 나는 추억 속을 헤매는 틈을 가졌습니다.

우리 시대의 온달

아이들을 키우면서 옛날 어르신들은 어떻게 아이들을 키웠을까 떠올려봅니다. 날마다 써야 할 물을 길어오던 때 엄청난 어려움을 겪었을 그 몸 고생을 생각하면 애잔합니다. 지금은 수도꼭지만 틀어도 물이 나오지만. 갑작스럽게 확확 바뀌는 세상에서 옳게 사는 것이 무엇인지 모르면서 새로운 시대를 맞이하는 삶의 틀(가치관)을 하나씩 만들어가고 엮어야 했던 마음고생을 그려보면 안타깝기도 합니다. 지금은 인터넷만 열면 삶의 틀까지 알 수 있지만.

전상국은 『우리 시대의 온달』에서 고향을 등지고 떠나야 했던 그래서 몸을 기계처럼 부려서 자식을 키워야 했던 시절을 꼼꼼하게 그려내고 있습니다. 결코 잊어서는 안 될 삶의 뿌리에 대한 이야기를 곰살궂게 펼치면서도 그 속에 간직했던 슬기로움을 버리지 않고 적어 두었습니다. 우리들의 할아버지나 할머니가 '확 바뀌는 세상'에 어쩔 줄 몰라 하는 것을 오히려 뭉클하게 만들어서 돌아가신 분들의 기억을 떠올리게 합니다. 우리들의 아버지나 어머니가 버텨야 했던 '꽝 부딪힌 문화'를 오히려 웃음으로 바꿔 넉넉함을 익히게 만듭니다.

전상국은 『우리 시대의 온달』이라는 짧은 소설집에서 농사짓는 시대에서 도시생활로 바뀌어가는 모습을 차분히 그려냈습니다. 정이 묻어있는 '시골의 공동체생활'에서 외로운 '도시의 독립생활'로 바뀌는 시대, 그 가난했던 우리의 밑바닥 생활을 차근차근 훑어냈습니다. 역사 속에 있던 '온달'의 어리석음과 뛰어남을 끌어와서, 온달처럼 꾸준하게 온달처럼 힘 있게 사는 모습을 잔잔한 감동으로 녹여냈습니다.

일에 쫓겨 허둥대다가 가정을 제대로 돌보지 못하는 중년 남자가 도시생활의 불안함을 이겨내기 위해 가방에 8연발 장난감 권총을 넣고 다녀야만 했던 이야기, 과거와 달라진 집안의 예절과 교육방식을 찾으려고 애쓰는 가정주부들의 몸부림, 사뭇 달라진 결혼상대자의 기준을 맞추려 새로운 꿈을 찾는 젊은이들의 직장 생활. 전상국은 그런 이야기에 빠짐없이 웃음을 채웠고, 그 시대 사람들의 마음까지 그려냈습니다. 자연스럽게 그 시대의 거리와 풍경을 헤아리게 만든 것은 전상국의 힘인지도 모릅니다. 그가 글 쓰는 자세를 말할 때 '정확한 생각'이나 '효과적인 표현'을 아름답게 써보라고 가르친 것과 다르지 않습니다.

산업의 발달로 가치관이 뒤섞일 때의 심리, 갑작스런 변화에

생활까지 흔들리는 사람들, 그 틈에 벌어지는 사랑과 증오, 행복을 찾는 방법 들을 고스란히 베껴놓았습니다. 서울이라는 거대도시가 생기기까지 겪어야 했을 여러 가지를 책상에 앉아서 차분히 돌아볼 수 있게 만들어놓았습니다. 아등바등 살아가는 우리에게서 사라지는 웃음을 살려내는 소설들임에 틀림없습니다. 전상국은 그 시대를 적었고, 그때나 지금이나 살아보지 않은 삶을 살아가는 우리에게는 지금도 크게 다르지 않습니다. 소설 속에 스며 있는 웃음 포인트를 찾아보면서 우리가 행복하려면 가져야 할 것이 돈이 아니라 웃음이라는 것을 가르쳐 주고 있습니다.

전상국의 소설에서 우리가 버려둔 예쁜 우리말을 얻는 일은 덤입니다. 시절이 바뀌어 그 말들을 자주 쓰지 못하는 것이 아쉽습니다. '눈발이 프슴프슴 흩날려' 나 '연기는 서슴서슴 밑바닥으로 가라앉으며' 처럼 말을 만들어 쓰기도 했고, '배내똥 싸던 힘까지 쏟아냈지만' 이나 '봄날 아지랑이처럼 아리방아리방하다든가' 에서처럼 우리말을 살려내기도 했습니다. 전상국은 '회사가 얼마나 시시껍적하면' 이나 '처녀가 살큼 인사를 하곤' 에서처럼 표준국어대사전에서 '북한어' 라고 된 말을 자주 쓰기도 하는데 그가 강원도 홍천 출신이라서 그런가봅니다. 사전에서는 북한어라고 하지만 우리가 쓸 수 있는 우리말인데 말모이(사전)에서조차 남북으로 갈라놓은 것을 보면서 안타까웠습니다.

『우리 시대의 온달』은 온달처럼 살아온 우리 부모님들이나 온달 밑에서 자란 우리 세대에게 스며 있는 이야기들입니다. 1980

년 이후에 태어난 사람들은 낯설고 불편한 이야기일지는 모르지만, 지금의 우리가 살아온 흙이고 뿌리임에는 틀림없기에 읽으면서 내내 옛날과 지금을 견주어 되돌아보게 되었습니다.

차라리 동물이 되어

그날 비가 왔습니다. 눈발이 날리던 끝에 한겨울인데도 비가 추적거렸습니다. 대학 합격자 발표를 했고, 나는 합격했습니다. 지방 촌놈이 서울로 가게 됐습니다. 더 큰 세상을 가슴에 품으며 설렜습니다. 무엇보다 어머니의 잔소리와 아버지의 무뚝뚝함에서 벗어날 수 있다는 기쁨이 더 컸습니다. 흔들릴 때마다 아름다운 앞날을 그리며 서로를 북돋아주던 동무가 있었습니다. 고등학교 내내 녀석은 곁에서 함께 견뎠습니다. 녀석은 대학에 떨어졌습니다.

그날 우리는 〈부시맨〉이라는 영화를 봤습니다. 제 삶을 행복하게 살아가는 아프리카 원시부족 부시맨이야기였습니다. 사람들은 '문명'이라는 이름표를 달고 부시맨의 행복을 야금야금 갉아먹었습니다. 영화를 보는 우리는 부시맨의 줄어드는 행복이 느껴져 안타까웠습니다. 영화 속의 부시맨은 행복이 줄어들고 있는지 알지 못했습니다. 비행기에서 떨어진 콜라병을 만지작거리며 신기해하던 부시맨들, 지금도 그 장면은 오래 남아 있습니다. 영화에서는 그렇게 말하지 않았지만 비행기에서 무심코 버린 콜라병이 그들을 무너뜨렸다고 생각합니다. 영화가 그것을 알아차리도록 숨겨놓았는지도 모릅니다.

영화를 보고 나서 대인동 순대 집에 앉았습니다. 빛나는 앞날에 들뜬 나는 새로운 문명을 끌어안는 원주민의 태도를 힐끗거리며 꿈을 말했습니다. 시험을 그르친 녀석은 무너진 부시맨의 행복을 무겁게 말했습니다. 나는 서울로 갔고, 빛날 것 같은 앞날을 몸으로 부대꼈습니다. 녀석은 재수를 했고, 다시 환한 앞날을 그리며 책상에서 책을 붙들었습니다. 녀석은 웅크리며 책장을 넘기면서 스스로 '아독'이라 이름 지었습니다. 나 아(我)에 독할 독(毒), 아독, 홀로 세상을 독하게 살아보겠다는 뜻이라고 헤아렸습니다. 나는 지방출신의 가난한 대학생으로 아득바득 서울생활을 버텼습니다. 어쩌면 나는 또 다른 '아독'으로 살았는지도 모릅니다.

우리는 서울과 지방에서 손으로 꾹꾹 눌러쓴 편지를 주고받으며 서로를 달랬습니다. 아독은 목표를 위해 앞도 뒤도 볼 틈이 없이 다급했고, 하고 싶은 이야기를 앞뒤 없이 적어 보냈습니다. 목표를 이루고자 했고, 부푼 꿈을 늘어놓았습니다. 나는 80년대 대한민국 대학생의 괴로움을 혼자 짊어진 것처럼 편지를 썼고, 아무리 풀어도 풀어지지 않는 수학문제처럼 삶을 붙잡고만 있었습니다. 보이지 않는 아득한 목표를 찾지 못했고, 눈앞에 우뚝 선 '가난'으로 흘러가버렸습니다. 아독의 편지에는 불같이 외워야 할 공부와 불처럼 타오를 앞날이 얽혀 있었습니다. 내 편지에는 괴로움이 쓸쓸함으로 이어지고 깨달음은 없었습니다. 둘 다 미칠 것 같은 현실에 휘둘렸고, 둘 다 무턱대고 꿈만 그리며 고3처럼 버텼습니다. 책만 끌어안고 있었을 뿐이었습니다.

1년이 지나 아독은 지방대학에 합격을 했고, 나는 서울생활에 어울리지 못했습니다. 아독은 자유의 숨소리를 죽이는 독재를 싫어했고, 독재를 어쩌지 못했습니다. 나는 하루하루 발목을 잡는 자본을 미워했고, 자본 앞에 어쩔 수가 없었습니다. 어쩌지 못하는 것과 어쩔 수 없다는 것이 핑계라며 편지로 서로를 나무랐고, 나무라고 난 다음부터 편지는 뜸해졌습니다. 싫음과 미움을 이겨 내려는 둘의 마음은 현실을 헤매다가 사회를 탓하고 가난을 탓할 즈음, 어느 친구의 죽음에서 얼굴을 맞댔습니다.

남한강, 까딱거리는 작은 배에서 친구를 물 위에 띄워 보낼 때 비가 왔습니다. 한겨울인데 눈발이 날리다가 비가 추적거렸습니다. 죽음은 늘 그렇듯 사람들의 입을 닫게 하고, 눈빛으로 말을 하게 만들었습니다. 겨우 입을 열었을 때는 죽은 친구의 짧은 삶 속에서 짧은 추억만을 떠올렸습니다. 추억이 짧아도 너무 짧아서 단 몇 마디에 입을 다물게 되었습니다. 아독은 강물을 토닥이는 비만 보았고, 나는 먼 산을 가로지르는 비만 보았습니다. 말은 없었습니다. 퍼질러 놓은 말은 없었고, 갈 길은 멀었습니다. 그 짧은 추억을 더듬던 아독은 '일룡이는 좋겠다, 싫은 꼴 보지 않아도 되니까' 그러면서 걸었고, 나는 '그렇겠구나' 했습니다. 우리는 헤어졌습니다.

제가끔의 삶이 펼쳐지기고 하고 막히기도 하면서, 우리는 뚜벅뚜벅 걸어 나갔습니다. 우리는 앞으로 걷는다고 부지런히 걸었으나 제자리에 머물렀고, 제자리에 머문 줄 알았으나 뒷걸음질치고 있었습니다. 아독은 대기업체에 들어가서 연애하고 혼인하고 아이를 낳고 길렀습니다. 아독은 나라살림이 어려워져 아이엠에프(IMF) 구제금융이 이 나라에 구세주처럼 왔을 때 대기업체를 그만두었습니다. 나는 남들만큼 '살아 보겠다'는 마음으로 살았고, 살아 보겠다는 마음은 '버텨보겠다'는 마음으로 바뀌었고, 버텨보겠다는 마음은 그저 고개를 조아리는 몸부림으로 바뀌었습니다.

세상에 부끄러움이 없는 사람이 있을까요, 세상에 내세울 것만 가진 사람이 있을까요? 세상에는 부끄러운 사람투성이고, 곳곳에 내세울 것 없는 놈투성입니다. 사람들은 대폿집에 앉아서 혹시 누가 못 알아들을까 봐 큰소리로 떠듭니다. 부끄럽고 내세울 것 없는 삶을. 사람들은 선술집에 서서 혹시 누가 지나치면서라도 들어주기를 바라며 떠듭니다. 부끄럽고 내세울 것 없는 이야기를. 그마저도 할 말이 없는 사람들은 신문쪼가리나 방송에서 보고 들은 이야기를 지저겁니다. 어떻게 살았든 어떻게 살고 있든 사람들은 제 이야기를 하고 싶어 합니다. 들어주는 사람이 없을 때 더욱 그렇습니다. 그래서 혼잣말을 씨부렁대기도 합니다.

한잔 걸치고 들어오신 날이면 아버지는 구석에 앉았습니다. 아버지는 눈이 빨개졌고, 나는 잠든 척하며 아버지를 보았습니다. 아버지는 부끄러워 눈이 빨개졌던 것일까요. 낮엔 밭에서 밤엔 재봉틀 앞에서 어머니는 우두커니 있곤 했습니다. 어머니는 한숨을 쉬었고, 나는 모른 척하며 고개를 돌렸습니다. 어머니는 내세울 것이 없어서 한숨을 쉬셨던 것일까요. 아무것도 아닌 일에 다투던 어머니와 아버지, 그 수많았던 다툼 속에 있었던 '아무것도 아닌 일'에는 꼭 그 '무엇'이 도사리고 있었습니다. 그 '무엇'을 찾으려고 얻으려고 밑바닥부터 발버둥 치며 어머니와 아버지는 살았습니다. 그 '무엇' 마저 마침내 '아무것도 아닌 일'처럼 되었을 때 우리는 그저 추억만을 간직하게 되어버립니다. 그 추억이 비극이든, 단지 슬픔이든.

울고 싶은 날에는 마늘을 까서 울고, 기쁘고 싶은 날에는 본드로 인형 눈깔을 붙이면서 본드에 취해 기뻐하는 사람이야기가 있습니다. 강태식의 『굿바이 동물원』입니다. 사람노릇을 해 보고 싶어서 오히려 사람이기를 포기하고, 동물원에서 동물의 탈을 쓰고 사는 사람들이야기입니다. 사람이기를 포기하고 동물이 되는 순간, 사람들이 사는 모습을 봅니다. 행복을 위해 차라리 영원한 동물이 되고 싶은 사람들이야기입니다.

어렸을 때 읽은 이솝우화처럼 강태식은 동물을 이끌고 찾아왔습니다. 강태식은 동물을 흉내 내고 사는 우리를 호들갑 떨며 웃게 합니다. 깔깔거리며 웃다가 우리가 동물을 흉내 내며 사는 것이 아니라 우리가 동물이란 것을 알게 됩니다. 동물원의 동물 같은 우리의 삶은 그의 너스레에서 애틋한 사랑을 찾습니다. 애틋한 사랑을 찾긴 하지만 우리는 그 속에서 뜨끔하고 무서운 '우리의 삶' 을 넌지시 바라보게 됩니다. 결코 호락호락하지 않은 지금의 우리이야기입니다. 그 속에서 '사람노릇' 혹은 '사람구실' 이무엇인지 되뇌게 하는 이야기입니다.

대폿집에 앉아서 '딸이 노래를 잘하는데 가수를 시킬 수가 없다' 며 울먹이던 사람은 아비노릇하며 살고 있을까요. 선술집에서서 '아이를 굶기지 않으니 살 만하다' 고 말하던 사람은 식구들과 행복할까요. 잘사는 친구를 만나도 먹은 음식 값은 나누어내야 한다며 가난한 주머니를 뒤지고, 그러지 않으면 기지와 다름없다고 술기운에도 돈을 내던 아독은 꿋꿋하게 살고 있을까요. 『굿바이 동물원』을 읽은 날, 비가 왔습니다. 해가 쨍쨍하여 벼를말려야하는 가을인데도 비가 추적거렸습니다. 소주 한 병을 아주느리게 마시면서 집구석에 앉아 눈시울이 빨개졌고 혼잣말을 중얼거렸습니다. 아버지의 무뚝뚝함과 어머니의 잔소리를 오래도록 떠올렸습니다. 그믐달이 힐끔거릴 때까지.

뉘신지요? 당신!

　더위가 등에 게딱지처럼 들어붙어 있어도 책상에만 앉아 있었습니다. 견디지 못한 아내와 아이들은 하루 내내 시원한 에어컨이 빵빵 돌아가는 큰 가게(마트)로 줄행랑을 칩니다. 귓구멍에 쇠말뚝을 박았나, 말귀도 못 알아먹고, 저렇게 꿈쩍도 안 하네, 부처 났다, 부처 나. 등에 붙은 더위에 잔소리를 한 꺼풀 더 얹고 나서 아내는 문을 꽝 닫습니다. 집안 깊숙이 가훈처럼 스며 있는 '사람 많은 곳에는 가지 마라'는 할아버님의 말씀 때문만은 아니었습니다. 삼 년째 벌이 없이 글만 보듬고 있으니 글귀는 알아먹어도 말귀는 못 알아먹게 생겼습니다. 밥도 안 나오고 떡고물도 떨어지지 않는 책만 보면서 꾸역꾸역 밥은 찾아 먹고, 슬금슬금 술 냄새만 잘 맡으니 아내의 문소리는 더 꽝꽝거릴 수밖에 없겠습니다.

　에라, 내일은 꼭 나서리라. 굳게 맘을 먹고 전화기를 듭니다. 덜덜 떨면서 내일 차 좀 쓸 수 있겠냐고 묻습니다. 이렇게 스스로 부아가 오르지 않고서는 끝끝내 생기지 못할 씩씩함입니다. 차

빌리는 핑계 또한 야무집니다. 큰아이가 고등학교 원서를 내러 간다는 것입니다. 기가 막힌 재치입니다. 미리 마련해 둔 거짓말은 아니었습니다. 둘러댄 말은 먹혔습니다. 갑자기 흥얼거립니다. 푸른 언덕에~ 배낭을 메고~. 조용필 목소리를 흉내 내다가 이승기 몸짓을 합니다. 아이들이 어렸을 때 물에서 가지고 놀던 돌고래 튜브에 바람을 넣고, 가서 읽을 책을 챙기고, 반바지와 수영복도 찾으며 호들갑을 떱니다.

아차, 가서 쓸 돈이 없는데. 내친걸음입니다. 다른 사람에게 전화를 합니다. 차를 빌려달라고 할 때보다 덜 떨립니다. 급히 뭔일이 생겼는데 묻지는 말고 돈 좀 빌려주라, 갚는다는 말은 못하겠다만. 돈을 빌리는 마음이 너그러워서 스스로 대견하기조차 합니다. 얼마나? 톡 튕겨 나오는 소리가 껄끄러웠지만 그냥 제칩니다. 십만 원만. 오만 원만 있으면 되겠다 싶었지만 겁없이 십만 원을 부릅니다. 녀석이 비겁하게(?) 깎을까봐 미리 머릿속에 그렸습니다. 그런데 통장번호 불러! 합니다. 야호, 소리는 지르지 않았지만 얼굴에 웃음을 숨길 수는 없었습니다. 그 웃음이 전화기를 뚫고 가지 않는다는 사실에 하늘에게 고마워했습니다.

아내에게 전화를 했습니다. 이제 떨림과 씩씩함을 지나 잘난체가 뿜어 나옵니다. 마트 간 길에 고기랑 상추랑 사 와. 내일 물놀이 가게. 일부러 긴 말 하지 않고 전화를 먼저 끊습니다. 고기구울 것을 꺼내어 살피고 오래된 텐트랑 짐을 꾸릴 때 아내와 아이들이 왔습니다. 지금 뭐 해? 내일 물놀이 가려고 준비하지. 남들은 그런 것 필요 없는 콘도로 가는데, 이게 뭔 짓이야. 아내는 흘기면서도 싫지는 않은 모양이지만 그 소리를 들으니 맥이 탁 풀립니다.

몸 하나 옮기는데 이렇게 힘이 들고 어렵습니다. 이런저런 눈치를 보고 애걸복걸하면서 마음 또한 얼마나 어지러운가. 번역! 번역은 몸만 옮기는 것이 아니라 마음까지 옮기는 일입니다. 번역은 저들의 글을 다만 우리말로 바꾸는 일이 아닙니다. 저들의 환경과 문화, 역사와 사상뿐만 아니라 사랑하는 마음이나 버릇까지도 살펴야 합니다. 박규태는 그런 번역을 밥벌이로 하는 사람입니다. 밥벌이를 하면서 깨달은 것을 쓴 책이 『번역과 반역의 갈래에서』입니다. 그는 스스로 '수도사'라고 합니다. 왜 그랬을까, 수도사? 깨끗하고 욕심 없음이 떠오릅니다. 번역을 하면서 남의 글을 함부로 흩뜨리지 않겠다는 다짐이겠습니다. 도를 닦는 마음으로 하겠다는 뜻이겠습니다. 그렇게 책상을 부둥켜안고 다정스럽게 산다고 합니다.

「독자 여러분을 맞이하며」(서문)에서 '현실'에는 추함, 갈등, 거짓, 다툼, 불의가 있고, '꿈'에는 현실에서 볼 수 없는 정의, 평화, 화해, 진실이 있다고 박규태는 말합니다. 그 꿈은 현실의 반대쪽에 있고 현재의 건너편에 있어서, 어서 데려와 현실로 만들고 싶다고 썼습니다. 꿈을 뒤집어 현실로 만드는 것, 그것이 '반역'인데 그래서 꿈이 있는 사람은 반역할 수밖에 없다고 박규태는 외칩니다. 반역은 바로 그런 바람이 우리 모든 이의 말과 실천으로 나타난다고 규정짓습니다.

지적 감수성이 촘촘한 사람들은 이 책을 읽는 내내 웃음기를 잃지 않을 것이며, 그 웃음기가 생각으로 바뀌어 지적인 힘으로 살아날 것입니다. '나꼼수(나는 꼼수다)' 라는 팟캐스트를 끌어다가 프랑스 우파의 지성인 레이몽 아롱을 설명하고 나서는, 한국의 우파를 대변한다는 땡땡일보가 위대하신 아롱 선생을 어떻게 끌어다 써먹는지 슬그머니 퉁겨줍니다. 〈시네마 천국〉이라는 영화를 끌어다가 성경에 나오는 이삭과 리브가의 사랑을 이야기하면서는 성경 번역의 오류를 귀띔합니다. 렘브란트가 그린 「이삭과 리브가」라는 그림을 떡하니 놔두고는 이삭이 뻗은 손의 위치를 알려 줄 때에야 19금(?) 그림이라는 것을 알게 됩니다. 자칫 지루할 수 있는 무미건조한 사상도 영화 〈다이 하드〉를 끌어와 풀어줍니다.

박규태는 어려운 낱말을 쓴 것이 아니라 우리가 흔히 쓰는 말을 가지고 누구나 알아먹기 쉽게 썼습니다. 그가 많이 애쓴 덕분에 술술 익혔습니다. 사람을 포용하고 용서하며 조건을 붙이지 않는 것이 '참된 화해' 라고 말한 크로아티아 출신 예일대의 볼프 교수를 말할 때는, 우리가 잘 모르는 크로아티아의 역사를 알기 쉽게 풀어줍니다. 박규태가 10년째 책상하고만 살지 않았다는 것을 단박에 알 수 있는 대목입니다. 또한 무려 7년 동안 '글로벌제이션' 에 걸맞은 우리말을 찾지 못했다면서 글로벌제이션이라는 낱말 하나로 제국주의와 패권주의 생리를 속 시원하게 설명하는 대목에서는 그의 독서량과 판단력을 짐작할 수 없게 만듭니다.

오래되고 흐릿한 사진을 난데없이 들이미는데 자주 볼 수 있는 사진이 아니어서 찬찬히 보게 됩니다. 사진 밑에는 지루하리만치 친절하게 설명을 붙여 놓았습니다. 사진 한 장으로 드골과 루스벨트, 처칠의 속내를 은근하게 읽어낼 때는 입이 다물어지지 않았습니다. 번역이야기를 하면서도 불쑥 우리의 이야기를 집어넣는 것도 그의 또 다른 솜씨입니다. 춘원 이광수의 『단종애사』와 금동 김동인의 『대수양』을 말하는 곳이 있습니다. 둘 다 수양대군, 그러니까 세조가 조카 단종을 밀어내고 정권을 잡은 사건을 다루는 소설입니다. 춘원은 쿠데타의 눈초리로, 금동은 나라를 구한 의거의 눈초리로 다루었음을 파헤친 뒤 조선왕조실록과 성경의 누가복음, 마태복음을 넘나들며 반역의 기운을 한껏 드러냈습니다.

박규태는 단 몇 줄로 독일 신학의 내공을 인정하게 만드는 신기한 글 솜씨가 있습니다. 일요일마다 교회를 다닌 지 40년이 넘은 사람이 성경과 목사의 설교로는 알지 못했던 성경 속의 사건을 아, 그랬구나, 하게 만들기도 합니다. 'EHCC' 라는 말을 몰라 곳곳의 문을 두드릴 때의 이야기는 아예 2차 대전 때 독일의 잠수함 유보트를 데려와 앉혀놓고 말하는 듯했고, 'Highland Irrigation' 의 어원을 찾아 헤맬 때의 이야기에서는 기독교인들의 술·담배를 맞이하는 태도를 명쾌하게 정리해 주었습니다. 그 명쾌함이 궁금하다고요? 그럼 읽어보십시오.

성경 속의 덧칠된 거짓을 벗기려는 수많은 학자 가운데 볼트만을 소개하기도 합니다. 감히 바나나도 아닌 성경을 벗기려하다니, 어쩌면 두려울 수 있는 이런 이야기에서도 박규태는 풍부한 반역(?)의 정신을 아낌없이 쏟아 부었습니다. 물론 뒤쪽에는 친절하게 번역자가 알아야 할 것과 번역자가 걸리는 병(?)을 써두었고, 번역자로 살아가는 이야기, 번역한 책들이 깨우쳐준 이야기들도 덧붙였습니다.

박규태는 번역으로 글만 가져왔는데 그들(저자)의 마음이 따라왔습니다. 번역을 하며 그들의 마음을 살폈는데 그들의 몸이 그곳에 서 있습니다. 박규태 번역의 힘이지 싶습니다.

아무 일 없는데 무섭다

아침, 잠 끝에 부스럭거립니다. 걷어차진 이불을 끄집어 덮으려다 윗몸을 일으킵니다. 늘 그렇듯 무릎을 꿇고 잠에서 벗어나려 합니다. 어둠 속에서 뜨나마나한 눈은 감은 채입니다. 날이 밝지도 않았는데 일어난 것을 대견스러워하면서 오늘은 어제보다 더 낫기를 바랍니다. 아니, 오늘 하루는 어제만큼이라도 버티기를 바란다는 말이 더 맞겠습니다. 나와 내 언저리 사람들이 한 걸음 더 행복이란 길로 접어들 수 있을까, 있을 거야, 그냥 묻다가 믿기로 했습니다. 오늘이 지날 무렵 탈 없음을 기꺼워해야 하겠지, 그럴까, 믿다가 다시 묻습니다. 어느 날 눈을 뜨니 하루아침에 이름이 세상에 짜해졌다는 사람의 신화 같은 이야기를 떠올리며 살짝 웃음을 짓습니다. 그리고 눈을 뜹니다.

몸에 밴 대로 물을 한 잔 마시고 신문을 듭니다. 마신 물이 목을 타고 몸속으로 흐르니 자르르 합니다. 화장실 불을 켭니다. 눈이 부십니다. 화장실 불과 환기통 팔랑개비를 이어 놓아서 불을 켜면 팔랑개비 도는 소리가 저절로 들립니다. 귀도 뒤늦게 잠에서 깹니다. 신문을 뒤적이며 엉덩이를 까고 변기통에 앉습니다. 아무 일도 없습니다. 신문기사는 아무 일도 없는데 무섭고 슬픈 이야기로 뒤덮여있습니다.

원자력발전소가 살짝(?) 멎었다고 합니다. 일본에서 있었던 원자력발전소 사고를 떠올리고 몸이 움찔합니다. 변기통의 찬 기운이 뇌에 늦게 알려서 뒤늦게 움찔했는지도 모릅니다. 하루하루 지나면 닳아지는 기계를 사람은 어제와 똑같으리라고 생각하고 마주합니다. 그래서 조금씩 닳아지는 기계를 날마다 낡아지는 사람이 알지 못합니다. 4대강사업으로 쌓아놓은 둑의 틈에서 물이 새는 사진을 봅니다. 둑이 무너져 마을을 덮치는 물줄기와 지난 여름 큰비로 마을을 덮친 텔레비전 화면이 겹치면서 몸이 부르르 떱니다. 오줌을 싸고 나니 몸이 떨었는지도 모릅니다.

흐르는 물을 막아도 그 물은 언젠가 다시 흐른다는 것을 잊어버렸습니다. 자신을 과학보다 뛰어나다고 여긴 사람들이 지구의 힘(중력) 혹은 달의 힘을 믿지 않았거나 대수롭지 않게 여겼습니다. 살아가는 것이 고달파 훤한 대낮에 낯선 사람들을 칼로 찔렀다는 이야기에서는 총에 맞아 피 흘리는 영화 속 주인공의 모습이 떠오릅니다. 몸이 움츠려듭니다. 함부로 나다니지 말아야겠다는 다짐을 하게 만듭니다. 아이들에게도 나다니지 말라고 잔소리를 늘어놓아야할 때임을 깨닫습니다.

사는 것이 모집니다. 언론이 이렇게 알려주는 것만 해도 이럴진대, 알려주지 않는 것은 또 얼마나 더 있을까요. 부모 없이 이땅에 몸을 내미는 아이들은 어떻게 살아가는 것일까요. 태어났으니 엄마와 아빠는 있겠지만, 없는 것이나 다름없이 버려지는 아이들. 그 아이들은 어떤 삶을 살아가는 것일까요. 김영하는 미지근하게 태어나 희끄무레하게 살다 간 오토바이 폭주족 '제이' 이야기를 풀어 놓았습니다. 『너의 목소리가 들려』라는 소설입니다.

이미 쌓아져 있는 삶의 틀에서 보면 제이는 어설프게 화장실에서 태어납니다. 이미 길들여져 잘 굴러가는 좋은 세상의 짜임에 들어가지 못한 새엄마의 품에서 제이는 엉성하게 키워졌습니다. 사회가 보살피지 못하는 아이들을 사회가 보살피는 시늉을 내는 보육원에서 제이는 거칠게 자랐습니다. 따뜻한 방에서 따스한 음식을 먹으며 정을 나누는 사람들의 눈에는 제이가 어설프게 태어났고, 엉성하게 키워졌으며, 거칠게 자란 것으로 보입니다. 하지만 꼼꼼하게 따지면 그들 또한 어설프게 태어났고 엉성하게 키워졌으며 거칠게 자랐습니다. 바람막이를 해주는 보호자가 있느냐 없느냐의 차이일 뿐입니다.

제이는 스스로 세상에 뛰어듭니다. 익지 않은 생쌀을 씹으며 세상을 익혀갑니다. 제이는 세상에 익어가면서도 익지 않은 생쌀을 씹는 것을 잊지 않습니다. 길에서 한뎃잠을 자고 길에서 먹으며 길에서 생각합니다. '따뜻하게 사는 사람들'은 모르는 일을 제이는 겪습니다. 따뜻하게 사는 사람들이 알면서도 애써 고개를 돌리는 그런 일들 말입니다. 허술한 아이들끼리 가볍게 만나지만 멀리 생각하지 않습니다. 의뭉스러운 어른들이 엉큼하게 만나지만 어른들이 멀리 생각하지 않는 것과 크게 다르지 않습니다. 사는 것을 배우지 않아 허름하게 즐기며 살아갑니다. 사는 것을 배운 사람이 허름하게 즐기며 살아가는 것과 마찬가지입니다. 허술하거나 가볍거나 허름하다고 말하는 사람들도 모두 허술하고 가볍고 허름한 것을 알면서도 아닌 척할 뿐입니다. 제이는 그렇게 오토바이 폭주족을 이끕니다. 아니, 제이가 이끄는 것이 아닙니다. 빈틈이 많아 세상과 어울리지 못하는 아이들이 데면데면하면서도 제이를 따르며 어울리는 것입니다.

식구들과 한 달에 한번이라도 오붓하게 밥상 앞에서 이야기를 하는 사람들은 읽어서는 안 되는 이야기입니다. 친구들과 사이좋게 재잘거리며 거리를 걷거나 물건을 사는 아이들은 읽어서는 안 되는 이야기입니다. 소설 속에는 그들과 전혀 다른 삶이 그려지고 있기 때문입니다. 알뜰하게 살림을 하면서 내 아이들은 훌륭한 어른이 될 거라고 믿는 엄마, 아빠들은 읽지 말라고 말하고 싶습니다. 지나가는 아이들에게 상냥하게 말을 걸면서 이 세상은 살 만하다고 말하는 어른들은 읽지 말라고 말하고 싶습니다. 소설 속에는 그들이 생각하고 싶지 않은 삶이 나오기 때문입니다. 교회나 절에 기부를 한 만큼 복을 받는다고 말하는 성직자나 그것을 믿는 신도들은 이 소설을 읽어서는 안 되겠습니다. 자기를 찍으면 복지의 나라가 이루어지고 평등의 세상이 된다고 말하는 정치인이나 그들을 믿고 따르는 사람들은 이 소설을 읽어서는 안 되겠습니다. 소설 속에는 그들이 살피려고 하지 않는 이야기, 그러니까 그들이 살피면 기부금이나 표를 잃을만한 이야기가 나오기 때문입니다.

조금 여유가 있으면 사치하게 마련입니다. 소설을 읽는다는 것은 조금의 여유가 있는 것이고, 조금의 사치이기도 합니다. 제이의 삶이 그려지는 『너의 목소리가 들려』는 소설을 읽는다는 여유를 없애버리고, 사치하는 마음마저 빼앗아버립니다. 김영하는 이 소설을 쓰게 된 이야기를 소설 뒤편에 소설처럼 써 놓았습니다. 마치 제이가 하늘로 오르면서 소금을 뒤집어쓴 지렁이가 꿈틀대는 것을 본 것처럼. 책을 덮고 나서 제이의 친구들이 뱉은 냉혹한 말과 잔인한 짓들이 꿈자리까지 찾아와 사납게 대들었습니다. 고개를 흔들어 털어내려 하면 제이가 태어난 고속버스터미널 화장실에서 제이의 목소리가 들리고, 제이가 떠난 성수대교에 쇠바늘형 바리케이드가 놓이고 제이의 목소리가 들립니다.

하늬, 나무들 그리고 갔다

커다란 숲, 감히 사람이 헤아릴 수 없는 숲이 있습니다. 사람이 관리하지 않아도 스스로 가꾸고 이루어내는 숲입니다. 그런데 사람이 그곳에 관리인을 둡니다. 그곳에 관리인을 두어야 하는 사람은 그만한 까닭이 있겠습니다. 그렇지만 관리인은 그곳에서 할 일이 없습니다. 관리인은 나뭇가지가 바람에 흔들리고 가랑잎이 쌓이는 소리를 듣다가 그리고 거닐다가 하루하루를 관리합니다. 그 하루가 숲의 하루인지 자신의 하루인지를 알지 못합니다. 전에 일했던 관리인이 실종되었는데 관리인 명단은 쭉 한 사람으로 되어 있습니다. 실종된 관리인의 동생이 지금의 관리인을 찾아오면서 편혜영이 쓴 『서쪽 숲에 갔다』는 소설은 펼쳐집니다.

하늬는 서쪽을 말합니다. 하늬바람하면 얼른 알아듣겠습니다. 하늬라는 말은 어쩐지 부드럽게 혀를 감고, 해질녘 하늬는 온 마음을 따뜻하게 만듭니다. 비가 오거나 끄물거리는 날이라도 하늬는 노을을 살짝 보여주는 때가 많습니다. 하늬바람은 무언가 좋은 일을 품고 살며시 부는 바람입니다. 요즘 해질녘이 되면 일부러 하늬를 바라봅니다. 다가오는 어둠 앞에서, 해가 머물러 있을 때 하루를 돌아보는 일은 지긋합니다. 부지런히 오늘을 살고 나서 노을을 보며 오늘 했던 일을 되돌아봅니다. 오늘을 살피다보면 내일 무엇을 해야 하는가도 저절로 떠오릅니다. 그래서 걷다가도 하늬에 해가 머물면 가만 서 있게 됩니다. 그런 나를 사람들이 낯설게 보지만 나는 그 틈이 좋습니다. 사람들의 낯섦은 슬쩍 지나가고, 내 하루는 길게 느껴집니다. 다하지 못한 일이 아쉽기도 하지만 한 일을 곱씹는 재미도 있습니다. 하늬는 그렇게 사랑스럽습니다.

사람들의 하늬는 오늘과 내일을 알맞게 어울리도록 만들지만 편혜영의 서쪽은 어둠이 비롯하는 곳으로 풀어집니다. 해가 지면 오늘이 '가버린 것'인데 편혜영에게는 해가 지면 오늘이 '다가오는 것'입니다. 어둠에서 사람들은 입을 다물고 말하지 않으면서 어둔 삶을 소설로 끌어들입니다. 편혜영은 제목에서부터 '보통'의 생각을 깨뜨리고, '추리'하게 만드는 소설을 썼습니다.

실종된 관리인의 동생은 실종을 파헤치지 못하고 죽습니다. 실종을 파헤쳐줄 동생의 갑작스럽고 뜻하지 않은 죽음에 읽는 사람은 놀라지만 소설 속의 사람들은 무덤덤합니다. 실종을 실종으로 알지 못하는 서점주인과 세탁소주인과 술집주인이 실종의 끝을 말합니다. 그들은 함께 숲을 무너뜨리는 일을 했고 숲을 무너뜨려 돈을 벌었습니다. 그들은 삶을 세우려고 숲을 무너뜨렸지만 삶을 세우지는 못했습니다. 그들은 돈을 벌었지만 빚으로 살았고, 빚을 안고 죽을 것이란 걸 압니다. 실종을 알면서 그들 또한 실종된 삶을 살고, 실종될 것이란 것을 압니다.

새쪽은 동쪽을 이르는 말입니다. 빛이 밝아오는 곳 말입니다. 하늬의 건너편에 있을 새쪽은 또렷이 빛을 말하는데 소설에서 빛은 '문 너머에서 스미는 것'이고 '주저하듯 흔들리는 것'이고 '자취를 감추는' 빛일 뿐입니다(186쪽). 빛은 밝아서 우리를 이끌어주는데 소설에서 빛은 우리 길을 밝혀주지도 않고, 우리 삶을 이끌어주지도 않습니다. 그냥 우두커니 비추고, 숲에서 부는 바람에 흔들리고만 있습니다. 언짢고 텁텁한 빛입니다. 마치 미래를 '추리'하지 못하고, 현재를 '보통'으로 버티고 사는 우리의 삶처럼.

숲은 나무들이 사는 곳입니다. 우거진 나무들 사이에서 숨탄 것(살아있는 생명)들이 오순도순 자랍니다. 숲은 물을 품고 있습니다. 숲이 보듬었다 내민 물은 밑바닥으로 흘러가 세상을 깨끗하게 만들고 숨을 북돋웁니다. 숲은 바람을 머금고 있습니다. 숲이 삼켰다가 뱉은 바람은 맑아서 사람들이 살만한 세상이라 느끼게 만들고 숨을 지킵니다. 그러나 편혜영의 숲은 몰래 일을 꾸미는 곳입니다. 우거진 나무들이 가려서 '보통'의 사람들은 볼 수 없는 곳입니다. 숲에 물이 스며들기 전에 무슨 일이 벌어지는지 짐작할 수 없고, 숲의 바람이 세상에 나오면서 어떤 까닭들을 담는지 알 수 없습니다.

우리가 살고 있는 지금은 현실입니다. 숨탄것들을 자라게 만드는 나무를 만지면서 우리는 아픔을 알게 됩니다. 숨을 북돋우는 깨끗한 물을 마시면서 우리는 아픔을 버티는 것입니다. 숨을 키우는 맑은 바람을 맞이하면서 우리는 아픔을 견디어야 합니다. 그것이 현실입니다. 편혜영은 '숲'을 만지작거리면서 그러한 우리의 현실을 살짝살짝 그려내고 있습니다. 쳐다보면 멋있고 아름다워서 들어가고 싶은 숲인데 편혜영의 '숲'에서는 어찌할 수 없이 무너져버립니다. 찝찝하고 슬픈 현실입니다.

어디를 '간다'는 것은 들뜸이 있습니다. 설렘이 있습니다. 한편으로 겁나고 두렵습니다. '하늬'로 간다고 하면 들뜸이지만 '서쪽'으로 가는 것은 어쩐지 겁납니다. 숲으로 간다는 것은 설렘이지만 부엉이가 사는 편혜영의 '숲'으로 간다는 것은 어쩐지 두려움입니다. 어디를 '갔다'는 것은 볼 수 없었던 것을 보아서 놀라움이 사라졌다는 뜻이지만 편혜영의 '갔다'는 아직 겁을 보듬고 있습니다. 편혜영의 '갔다'에서는 애초에 들뜸은 없었습니다. 어디에 '갔다'는 말이 무서움을 떨치고 알맞게 되었다는 뜻으로 받아들여지지만 편혜영의 '갔다'는 아직 두려움에 맞닥뜨리고 있습니다. 편혜영의 '그곳'엔 설렘이 없었습니다.

편혜영은 서쪽, 그러니까 어둠이 비롯되는 곳에서 이야기를 끌어왔지만, 빛이 있는 곳에서도 마치 빛이 없는 것처럼 더듬거리며 사는 우리네 이야기를 하고 있습니다. 편혜영은 숲, 그러니까 나무들이 움직이지 않고 살아가는 곳에서 이야기를 굴려갔지만, 베어져 쓰러진 나무들이 곳곳에서 살아 움직이는 것으로 우리네 삶을 그려내고 있습니다. 그런 '서쪽 숲'으로 편혜영은 사람을 보냈습니다. 사람들은 그곳으로 '갔' 습니다. 편혜영은 이곳 '현실'에 맞추어 살지 못하는 사람들을 하나씩 보냈고, 사람들은 '갔' 습니다. 숲을 관리하는 사람을 보냈고, 그의 동생을 보냈고, 또 다른 관리인을 보냈고, 앞으로 한 사람씩 또 갈 것을 넌지시 알려줍니다. 어쩌면 곧 내 차례가 올 것 같아 책을 덮으면서도 영 마음이 껄끄러웠습니다.

하늬에서 찾으려 했던 우리의 부드러움은 '서쪽'에서 무너지고, 숲에서 만나고 싶었던 우리의 아름다움은 '갔다'에서 사라집니다. 책을 펼치면서 계속 읽도록 만든, 책을 덮고서도 뭔가가 있을 것처럼 느껴지게 만든 편혜영은 무엇을 말하려 한 것일까요. 죽음이 도사리는 '서쪽'으로만 갈 수밖에 없는 우리의 삶을 어떻게 꾸며가야 할 것인가를 곰곰 생각하게 만들었습니다. '숲'에서 버둥거리며 살면서 정작 숲이 무엇인지 모르는 나를 돌아보게 합니다. '갔다'는 말을 꺼내들기 전에 '가고 있는' 우리를 살펴야 할 때인가 봅니다.

아름다운 주름

지난겨울은 추웠습니다. 그 봄이 그 봄이듯 그 겨울도 그 겨울이었겠지만, 나는 추웠습니다. 혼자 겨울이 끝났다고 마음먹어버렸습니다. 녹지 않은 눈이 골목의 그늘진 곳에서 싱둥싱둥*했습니다. 가볍게 뛰었습니다. 어깨를 짓누르는 추위를 털어내고 싶었습니다. 헉헉 벌어지는 입에서 추위가 떠났습니다. 발바닥이 달아오르고, 등에 따뜻함이 일었습니다. 아직 발가락은 시렸고, 마음은 더 시렸습니다.

햇볕이 더듬는 담벼락 끝에 할머니 한 분이 쭈그려 앉아 계셨습니다. 총각, 이 돌 좀 옮겨줘. 라면 두 개 끓일 때 쓰는 냄비만 한 돌이었습니다. 예닐곱 개쯤 되는 돌들은 담벼락 밑에 줄을 맞춰 있었습니다. 금세 눈이 녹았는지 돌에는 물기가 있었습니다. 돌을 한 뼘쯤 옆으로 옮기고 나니 흙이 드러났습니다. 할머니는 호미로 흙을 쑥쑥 긁었습니다. 딱딱할 줄 알았는데 흙은 부드러웠습니다. 돌을 얹어놓으면 흙이 덜 얼어. 묻지 않았는데 제 몸짓만 보고도 할머니는 알아채고 혼잣말을 했습니다. 지금 씨를 뿌리면 비싸게 팔 수 있어. 이 동네 살아? 한 뼘 넓이에 스무 뼘 길이밖에 되지 않은 담벼락 밑에서 무엇을 얼마나 얻을까 갸우뚱했습니다. 이만큼이면 내 한 입은 풀칠할 수 있어, 자식들에게 기대지 않고. 마치 내 속을 읽은 듯 할머니는 말했습니다.

그때서야 나는 할머니 얼굴을 봤습니다. 늘 웃고 사셨는지 웃음 띤 자국을 따라 주름이 있었습니다. 흰머리가 듬성듬성한 나를 총각이라고 부르는 것을 듣고 할머니가 세상을 좀 아신다고 생각했습니다. 뭐, 내가 연예인처럼 싱싱해 보이기는 하지만. 땅이 얼지 않도록 돌을 얹어 놓으셨다니 슬기로운 할미니라고 생각했습니다. 그런데 얼굴을 마주하고 나니 참 아름답다는 생각이 들었습니다.

『감히, 아름다움』이란 책은 열세 사람의 글이 있습니다. 글 속에는 그들이 살아온 삶이 아름답게 머물러 있습니다. 역사학자 백영서는 역사 속에서 아름다움을 찾았고, 작곡가 이건용은 느닷없고 대책 없는 '때'에서 아름다움을 읽어냈습니다. 전문가들은 아름다움을 읽는 눈이 다릅니다. 천문학자 홍승수는 빛의 아름다움을, 안상수체를 만든 시각디자이너 안상수는 한글의 아름다움을 가르쳐줍니다. 고수들은 자기 손안에서 아름다움을 찾을 줄 압니다. 화가 김병종은 붓에서, 시인 김혜순은 귀에서 끌려온 아름다움을 노래했습니다. 한 가지만 파헤친 사람들은 아름다움의 값어치를 압니다. 무용가 김현자는 어떤 경지에서, 화학자 정두

수는 물질의 대칭에서 아름다움을 느꼈습니다. 아무나 볼 수 있는 아름다움이 아닙니다.

　진화심리학자 전중환은 어느 나라 사람이나 아름다움을 느끼는 것은 비슷하다며 객관적 증거를 들이밀었습니다. 아름다움이 재미있다는 것을 처음 알았습니다. '비움의 건축'을 하는 건축가 민현식은 아름다움은 머무는 것이 아니라 흐르는 것이라고 귀띔합니다. 머무는 아름다움은 그때뿐이지만 흐르는 아름다움은 영원합니다. 풍수지리학자 최창조의 글은 자생풍수를 설명하면서 처음부터 끝까지 웃음 짓게 만들었습니다. 아름다움은 어쩌면 웃음일지도 모른다는 생각이 들었습니다. 소나무를 찍어 온 사진가 배병우의 아름다움은 '사람의 마음을 흔드는 것은 빛과 바람 그리고 조화'라 하는데 그의 사진마다 다른 감탄사가 뒤따랐습니다. 이 글을 엮은 생물학자 최재천은 그들이 살아온 삶 속에 묻은 아름다움을 되풀이하면서 어울려 살아야 아름답다는 것을 통겨 줍니다[*]. 대단한 사람들입니다.

　아름다움은 무엇일까? 골목할머니는 한 입 풀칠할 만한 땅에서 아름다운 얼굴을 하고 계십니다. 며칠이 지나고 나서도 웃음 따라 주름진 할머니의 얼굴이 떠올랐습니다. 거울을 보았습니다. 욕심 따라 주름이 생기고 있었습니다. 뭘 가지려고 했구나, 뭘 이루려고 했구나, 갖는 것도 아니고 이루는 것도 아니구나. 가지려고 하지 말고 버려야겠구나. 이루려고 하니 마음이 무거웠구나. 이루려고 하지 말고 즐겨야겠구나. 거울 속의 나는 다짐을 이어갑니다.

그때부터 하루에 한 뼘씩 버리기로 했습니다. 2년이 지나도록 거들떠보지 않은 것은 살림이 아니라 짐이란 걸 알았습니다. 틈나는 대로 집을 뒤져서 버렸습니다. 방이 넓어지고 마음이 환해졌습니다. 버리려고 집어든 옛것을 들여다보게 되니 살아온 모습이 보였습니다. 살아온 모습을 보니 앞으로 살아갈 모습이 그려졌습니다.

그때부터 날마다 한 뼘씩 하기로 했습니다. 할 수 없는 계획을 잡는 일은 즐거움이 아니라 괴로움입니다. 할 수 있을 만큼만 했습니다. 세상이 넓어지고 마음이 즐거웠습니다. 앞으로 할 것을 떠올리게 되니 몸이 부지런해졌습니다. 몸이 부지런해지니 앞으로 살아갈 모습이 그려졌습니다.

책 속의 이야기는 아름다웠습니다. 나는 아직도 춥습니다. 지난여름에도 추웠고, 다가오는 겨울은 시릴 것입니다. 아름답게 춥고 아름답게 시리고 싶습니다. 참, 버리려고 옛 것을 살피다가 텃밭에 쭈그린 어머님이 나온 사진을 찾았습니다. 돌아가신 어머님의 주름도 웃음 따라 져 있었습니다. 어머님이 그립습니다.

* 싱둥싱둥 : 1) 본디의 기운이 그대로 남아 있어 싱싱한 모양.
  2) 부끄러움을 타지 않고 자꾸 시큰둥한 모양.
* 똥겨주다 : 눈치챌 수 있게 넌지시 알려 주다.

歸 根 得 旨
(돌아갈 귀, 뿌리 근, 얻을 득, 뜻 지)

뿌리로 돌아가면
본질을 알아챈다

'왜?' 를 곰곰 살펴
'어떻게?' 를 알아보고
'왜' 와 '어떻게' 를
몸에 익혀 뜻을 얻으리

그물은 괴기 잡을라고 맹근디

‒ 성! 바다가 겁나 넓으요.

‒ 잉, 그라네. 사람마음은 저 바다보다 더 넓을 수 있제. 눈앞에 쬐깐헌(조그마한) 것에 눈멀어 헐떡대지만 않으믄.

‒ 근디, 쩌그서는 날 푹해지믄(따뜻해지면) 배 띄워 고기 잡을랑가 그물 손질허네요.

‒ 뭔 일이든 저라고 미리미리 해놔야제. 그물 위 코를 꿰어서 오므렸다 폈다 허는 줄을 '벼리'라고 헌디. 저 벼리가 턱하니 잘 버텨줘야 그물질을 제대로 헐 수 있제. '그물이 삼천 코라도 벼리가 으뜸'이라고 허등가, 안?

‒ 그라제라. 멸치 잡을라믄 그물 눈 촘촘해야 쓰고, 큰 괴기 잡을라믄 그물코 야물어야제라.

‒ 그물은 괴기 잡을라고 맹근디, 괴기는 안 잡고 그물을 딴(다른) 것을 잡는 디다(곳에다) 쓰는 사람들이 있단 말이시.

– 뭔 말씸이요?

– 뭣 땜시 허벌나게 돈 들여 배우것는가? 지대로 배와서 나좋고 너 좋은 시상 맹글자는 것 아니겄어? 근디 배운 사람들 꼬락서니 보소. 잘난 체 할라고 발싸심* 허고 댕기고. 괴기잡을 그물 갖고 새 잡는 모냥새가 우습지 않은가?

– 잉. 어부들은 그물로 괴기 잡고, 배운 사람은 배움으로 좋은 시상 맹글어야헌다는 말씸이제라? 뭣이든 엉뚱한 디다 쓰지 말고 본래 쓰임새대로 써야 된다 그 말이제라.

– 아따, 자네가 내 말을 한 마디로 졸가리* 쳐준께 속이 다 씨언허시. 그라고 좋은 시상 맹글어보자는 종교동네도 할 일 지대로 못허기는 마찬가진개비어. 깨우치고 깨달아서 아수라* 같은 시상(세상) 천국이나 극락 비슷허게라도 맹글어보자는 것 아닌가? 그란디 힘든 사람은 누구나 오씨요 험서, 아무나 못 들어오게 해불고, 즈그들끼리만 잘살라 긍가 우김질이나 허고, 머릿수 채워서 요로코롬 많이 모이요 자랑치고. 괴기 잡을라고 그물 만들었으믄 바다에다 띵게야제 허공에 띵기고 있으니 요것이 뭔 짓거리당가.

– 그랑께요. 법으로 묵고 사는 동네도 오십보백보(五十步百步)인갑소. 정의가 바탕인 법이 힘없고 억울헌 사람들 지켜주는 것이 마땅헌디, 법이 쓰이는걸 보믄 속에 천불난당께라. 돈 많고 힘 있는 사람들이 몹쓸 짓거리해 싸는데도 그런 사람들 편들고 있소, 안?

– 긍께 말이시. 쪼깨만 짚이(깊이) 들여다 보믄 시커먼 속 훤히 보인디. 힘없는 사람 볿아불고, 얻은 자리 지킬라고 법이 잘못 쓰이고 있으니 얼척 없제*.

– 큰 물고기 다 빠져나가불고 피라미같이 작고 힘없는 물고기만 걸려드는 '법'이라는 그물, 참 요상하요.

– 어부가 고기낯바닥 가려감서 그물질하는 꼴이제? 하하. 근디 시상사람들은 그러고 있는디도 웃긴지 모른당께.

– 밤새워 그물 맹글었으믄 저 넓고 넓은 바다에 나가 그물질혀서 큼직헌 괴기들 잡아다 나도 묵고 너도 묵고 해야제, 바다 무섭다고 즈그 집 앞 또랑에 그물 던져 애꿎은 피라미새끼나 잡음서 큰소리치고 있으니.

– 하하하. 성! 쩌 바다에 피어오르는 안개 보씨요. 비온 뒤 산에 피어오르는 안개맨치로 어쩌믄 저라고 이쁠까.

– 워메! 차말로 이뻬시. 이뻰 안개 본께 폭폭해도(팍팍해도) 살맛나네.

– 아따, 성! 요로케 폭폭헌 시상에 저런 것조차 없다믄 뭔 재미것소. 봄만 있으믄 봄이 와도 봄이 온 줄 모를 거 아니요?

– 음마! 우리 동상이 요로코롬 멋진 말을? 시인이시. 허허. 인자 일어나세. 우리가 뭣 땜시 그물을 맹글었으까? 오늘은 그것을 잔 생각해 봐야겠어.

– 〈광주드림신문〉

* 발싸심 : 1) 팔다리를 움직이고 몸을 비틀면서 비비적대는 짓. 2) 어떤 일을 하고
 싶어 안절부절하고 들먹거리며 애를 쓰는 짓.
* 졸가리 : 1) 잎이 다 떨어진 나뭇가지. 2) 군더더기를 다 떼어버린 나머지
* 아수라 : 싸우기를 좋아하는 귀신.
* 얼척 없다 : 어처구니없다, 어이없다.

놈 탓할 것이 아니어야

　- 성! 우리 각시는 앉았다 허믄, 테레비에서 어짜고, 영화배우
가 어짜고, 그란 말만 한단 말이요. 뭔 책을 잔(좀) 보든지 하제,
좋은 소리가 많을 것인디.

　- 음메, 니는 술 묵음서 맨날 정치가 어짜고, 뭔 운동선수가
어짜고 안 그냐? 느 각시 뱉는 말이나 니 쏟아내는 말이나, 그것
이 그것이제.

　- 하기사 똑같은 테레비 보고, 똑같은 신문만 본디, 입 벌리믄
다 앵무새맨키로(처럼), 테레비에서 지저긴 소리하고, 신문에서
나불댄 소리 허제.

　- 애랬을 때, 반장 한 번씩 안 해묵은 사람 없고, 아가씨 때 안
이뻤던 아줌마가 어디 있간니, 아저씨들은 또 어찌냐? 군대 있을
때 다 축구 잘 했제. 옛날 이야기만 허고 살믄 쓰겄냐, 테레비고
정치고 모다(모두), 지난해나 그러께(재작년)나 다 똑같제. 그란
디도 그 옛날만 이야기하는 것은 지난날만 묵고 사는 것이여, 지

난날만 떠들어대면 지금도 없고 앞날도 없제. 맨 옛날만 나불대 봐야, 그 옛날에서 못 벗어나고 더 크게 자라들 않제.

— 놈 뭐라 할 것이 아니라, 나부터 잘해야 쓰겄네, 나도 똑같 구만.

— 그래도 니는 고것을 금방 알아차리구만. 잘못이 잘못인지도 모르고, 사는 사람이 많은디. 그것을 알아채렸으믄, 니부터 옛날 놔두고 후제 일을 말해야제. 인수무과(人誰無過), 사람이 어째서 허물이 없겄냐? 지과필개(知過必改), 그 허물을 알았으믄 반드시 고쳐야 쓰고, 득능막망(得能莫忘), 고치고 나믄 다시는 잘못 허지 않게, 잊지 말고 몸으로 익혀야제.

— 성! 그란디 우리 애기들 말이요, 앉었다 허믄 테레비 앞이단 말이요. 책 잔 읽으라 해도 멍하니 컴퓨터 앞에서 오른 손꾸락만 까딱까딱허고.

— 니가 잘해야제. 애기들 책 보게 헐라믄, 니가 먼저 책 들고 읽고, 오붓하게 있을라믄, 항꾸네(함께) 이야기도 하고 놀이도 해 야제.

— 통 내 말을 듣들 안헌디라우?!

— 맨날 술 처묵고, 고기 마늘 냄시 풀풀 나는 애비 주둥아리 앞에서, 뭔 말을 하고 싶겄냐? 일요일이믄, 테레비 틀어놓고 퍼질 러 잠이나 자는, 애비 말 듣겄냐? 니가 먼저 바까야제(바꿔야지).

— 어찌께 알아붓소? 나도 살아감서 잘하고 싶어서, 보기가 될 만헌 사람을 찾는디, 인자 따라 해보고 잡은 어른을 못 찾겄

어라우.

　– 니가 꿈을 잊어분 것이제. 맨날 옛날만 씨부렁거림서, 흰목*
만 젖히고* 있은께, 앞으로 내가 할 일이 뭔지, 하고 싶은 일이 뭔
지, 알 턱이 없제. 꿈을 가지믄 어른이 보이는 것이여. 하기사, 시
골 면장자리라도 끝나고 나믄, 보따리 싸서 다 서울로 가분께. 어
른 찾기도 힘들겄다만. 언제부터 이 땅이 떠나는 동네가 되아부렀
으끄나. 서울서 뭔 높은 자리 끝내고 나믄, 태어난 자리로 와 삼서
(살면서) 이것저것 갈쳐주고 그러믄, 얼매나 좋겄냐. 여그서는 뭣
잔(좀) 헐라하믄 힘 모타서(모아서) 보태주는 것이 아니라, 붋아
불고 딛어분께 할 맛도 안 나겄드라만. 그려도 찾으믄 어른이 있
을 것이다. 아니믄 절차탁마(切磋琢磨), 지금부터 니가 애틋한 맘
으로 갈고 닦아서, 좋은 빛을 내믄 되제. 석 달 뒤에 내가 디진다
허는 맘으로 해 봐라, 그라믄 게염(욕심)도 띵게불고(버리고) 죽을
힘을 다해 허제. 놈 탓할 것이 아니어야. 니가 팔 걷어 부치믄 그
것이 바로 좋은 시상이 비롯되는 것이여.

– 〈광주드림신문〉

---

* 흰목 : 터무니없이 자기 힘을 뽐냄.
* 흰목을 젖히다, 흰목을 뽑다, 흰목을 빼다 : 어처구니없이 잘난 체하고 뽐내다.

쬐깐해도 깊이 느껴야제

― 성! 뭔 좋은 것 있다고 와 보믄 안다고 허요?

― 숨 넘어 가겄다.

― 그저께부터 궁금해 죽어불라 했소.

― 서둘지 말어. 이래도 한 판, 저래도 한 판인 삶인디. 가만히 미리 바탕을 놔두고 살어야제. 넌 무턱대고 달라든께 꼭 탈이 나냐, 안? 쭉 둘러 봐라, 뭣이 보이냐?

― 여그 화분? 동백이구만. 잎이 번들번들 허네.

― 곱제? 씨 심궈서(심어서) 키웠네.

― 완~마, 보기만 해도 마음이 겁나 고와지요.

― 옆에 화분은 살랑살랑 흔들어서 냄시 맡아 봐, 뭔 냄시가 나냐?

― 우와, 유자 냄시구만. 이것도 씨 심어서 맹글었소?

― 글제, 봄에 심었는디 쭉 올라왔씨야.

- 요것은 키가 훌쩍헌디?

- 고것은 모과여. 쫌 지나믄 이파리 떨구어븐께, 붙어있을 때 보라고 불렀제.

- 성은 차말로, 이라고 바쁜 사람, 요까짓꺼 보라고 불렀소?

- 아무리 바뻐도 묵음서 쌈서 살데끼(살듯이), 이쁜 것도 봄서 살어야제. 이것 한 그륵(그릇) 묵어라.

- 그람, 그라제. 묵을 것이 빠지믄 안되제. 호박죽 아니오? 성이 끓였소?

- 설탕 안 늫고 끓였는디, 맛은 으짤랑가 몰겄다.

- 좋구만. 둥둥 떠 있는 흐칸(하얀) 것은 뭣이다요?

- 찹쌀이제. 맛나냐?

- 잉. 엄니 돌아가시고 난께, 호박죽도 못 얻어묵고 댕긴디, 엄니생각 나불구만.

- 안 계셔도 계신데끼, 여런(부끄런) 짓거리 안 하고 살어야제.

- 어른이 계실 때하고 다르긴 합디다. 마음에 어른을 모시고 잡은디, 성을 어른으로 모셔부까? 겁나 맛나요. 한 그륵 더 주씨요.

- 맛나게 묵은께 좋다. 뭐 묵을 때 후적후적 맛나게 묵어야제. 요새는 묵을 것이 천지에 널려 있다고 깨작깨작허믄 안 된다. 잉?

- 그라제라. 베랑박(벽)에는 뭣을 적어서 붙여놨소? 온통 도배를 했구만.

- 예순다섯 살 묵을 때까지 할 일들을 쭉 적은 것이여. 할 일이 이라고 많다. 하루하루 살다가 해야 할 일이 떠오를 때마다 적어 놓제.
- 차말로 바쁘요. 이대로 하믄 쉴 틈이 없겠는디?
- 늙어서 힘 빠지믄 쉬어야제. 이것은 올 해 할 일 쭉 적은 것인디, 다 한 것은 앞에다 동글뱅이(동그라미) 쳐 났다. 서너 가지만 하믄 올 해 할 일은 다 헌다.

- 으메, 노래도 세 곡 연습했소? 노래방 가서 성(형) 노래 들어봐야 쓰겠네.
- 노랫말이 안 외워진께 주머니에 적어 갖고 댕긴다.
- 노래방에 노랫말 나온디.

- 보고 부르믄 뜻이나 가락을 알기 힘들제. 눈을 감었다 떳다 함서, 감정대로 길~게 부르고 잡을 때는 길~게 부르고, 후다닥 넘어갈 때는 후다닥 불러야제. 가수처럼 똑같이 부르는 것보다 내 노래로 맹글어 불러야 재미지제.
- 하기사 노래방 가믄 꼭 벌 스는 놈 맹키로 노래하제. 노래하는 사람은 노래하고, 딴 사람들은 노래책 뒤지고, 흥이 항꾸네(함께) 보태지질 않제라.
- 노래뿐이간디, 뭔 일이든 내 것으로 맹글어야제. 베랑박에다 쭉 적어 논께, 봄서 할 일 되새김질 허고, 얼매나 했는가 알고 좋제. 허투로 살들 않게 되아.

– 잠을 쪼께 주무시구만.

– 늙어서 일 없을 때 많이 자믄 되제. 아침에 인나믄 물팍(무릎) 꿇고 하루 할 일 쫙 그려보제. 어디서 누구를 만나고, 뭔 말할 것인가, 몸뚱아리는 어찌께 놀릴 것인가 미리 생각해 놔야제.

– 긍께 성 주머니에 적어 논 것이 많구만.

– 잉, 저녁엔 잠자리에서 물팍 꿇고 하루 한 일 쫙 되새겨 보제. 놈 들어서 성낼 말은 안 했는지, 놈 못할 짓은 안 했는지.

– 어찌께 날마다 그라요?

– 한 번에 그라고 되간디? 여러 해 하다 봉께 몸에 배었제. 뭣이든 몸에 달라붙어야 내 것이여. 어디서 줏어듣고 내 것인 냥 허는 것은, 검불 같아서 다 날아가 불어.

– 맞어, 몸에 쫙 붙여야 내 것이제. 찌그 싸서 꾸려논 것은 뭣이요?

– 거그 다 써 붙여놨냐, 안? 집에서 안 쓰는 것이나 놈들이 안 쓰는 것 얻어다 손질하기도 하고, 돈 쪼께 주고 고치기도 해서 이름 붙여놨제. 사람들 만난 뒤에 누구는 뭣이 있어야 할 것 같으믄 골라서 보내주제.

– 일도 없소, 이~잉.

– 가게에서 사는 것이 더 싼 것도 있을 것이다만, 안 쓰는 것 보내주믄 놈들은 안 사서 좋고, 나는 집이 깨끗해진께 좋고, 나눔서 살아야제. 움켜쥐고 자랑만 하믄 뭣할 것이냐?

- 나랏일 같이 큰일허는 사람들이 이라고 살림험서 살아야 쓴
디. 할 일 미리 해 놓고 시간 허투로 띵게불들(버리지를) 안 허고.

- 인자, 차 마셔라, 대포 한 잔 할래?
- 성은 늘 술안주가 차 아니요?
- 봄에 꽃 따서 몰린 것이어야.
- 워메, 때깔이 겁나 곱소. 여자들 보믄 기절하겠네.

- 작은 것에 늘 깊이 느껴줄 줄 안께 니하고는 만나는 재미가
있다.
- 성은 쬐깐한 것으로 깊이 느껴불게 한 께, 성 만나는 재미가
있소. 하하하.

- 〈광주드림신문〉

몸에 쫙 붙이랑께

– 성! 쇠스랑 들고 밭에서 뭐하시오?

– 보믄 몰겄는가? 도라지 캐제.

– 도라지 캐는 것이 으째 잔(좀) 늦었소. 땅이 깡깡하겄는디?

– 아직은 아심찮허시. 요 밭을 혼자 다 할라믄 이틀은 잡어야 쓰겄드만. 긍께, 식구들 꼬드겨서 데꼬(데리고) 나오니라고 늦어 부렀네.

– 큰 놈이 고3 아니오? 책 봐야 쓸 것인디.

– 책 보라고 놔둘라다가, 이랄 때나 흙 볿아보제, 허고 데꼬 왔제.

– 허기사, 서울로 대학 가불믄, 성 묏자리 보러 댕길 때나, 흙 볿아보겄구만. 형수도 오셨소? 형수는 밭 일 안 해보고 살었을 것인디.

– 느 형수도, 저녁마다 도라지 갈아서, 꿀에 타준다 헌께, 나 왔제.

– 근디 다 어디 가고 혼자만 힘쓰고 있소?

– 가만 있으믄 추운께, 동네 한 바퀴 돌아보고 오라고 했제. 쇠스랑으로 싹 훑어놓고 나믄, 와서 줏으라고.

– 성은 차말로 속이 짚으요(깊소). 나랏일 허는 양반들이, 성 같이 속이 짚어야 쓴디.

– 뭔 일 벌릴라믄 멀리보고, 차근차근 준비를 해야제. 늦어지더라도, 곱씹어보고 되짚어보고. 글고 나서 사람들을 설득해서 항꾸네(함께) 힘 보태서 해야제.

– 높은 자리 올라서 완장 차불믄, 그것이 안된갑습디다. 긍께 일 저질러 불고, 저지르고 나믄, 백성들끼리 쌈박질 허는 것, 구경하고 글제.

– 즈그들 낯 세울라고 급하게 서둔께, 쫌 지나믄 엉망이 되불고, 즈그 배 따땃헌 것만 떠올린께, 쪼께(조금) 지나믄, 잘못헌 것이 드러나제. 가만히 사람들을 살펴보고, 사람들을 설득하고, 여그저그 귀 기울여서, 가장 좋은 것을 찾아야 쓴디. 허, 참.

– 그래도 입으로는, 다 나라와 백성을 위해서 헌다고 안 허요?

– 긍께, 말이시. 나도 도라지 캐는 일이, 나라와 백성을 위한 것이네. 하하하.

– 도라지는 언제 심었다요? 부지런도 하요.

– 틈나는 대로 심어놓고, 짬 내서 돌아보고 헌께, 잘 컸구만.

– 성은 뭣을 해야겄다 하믄, 한 듯 안한 듯해도, 다 해붑디다.

– 한꺼번에 할라믄, 몸이 지치고 마음도 힘든께, 틈틈을 모으고 짬짬을 보태서 허제. 그라믄 몸도 즐겁고 마음도 가벼워. 근디 니는 일 년에 책을 얼매나 보나?
– 읽는 둥 마는 둥 하제라. 목구멍에 풀칠허기도 바쁜디. 한 열 권이나 읽어지까 몰것소.
– 나는 아침마다, 엉덩이 까고 힘 줄 때 읽는 것만 해도, 그만큼은 되겄다.

– 큰 일 볼 때마다 읽은 것이 그라고 많으요? 성, 변비 있는갑구만.
– 떼끼, 이 사람아, 나는 그런 것 안 키우네. 일하다가 짬 내서 쪼깨씩(조금씩) 읽은 것도, 한 달이믄 두세 권은 되겄구만.
– 성이사, 책보는 것을 좋아헌께, 그랄 수 있제. 그란디 어째서 갑자기 책 자랑을 허요?

– 틈과 짬을 잘 모아서 써야 헌다는 말이제. 자네는 맘 묵고 책 읽을 시간을 내기가 어렵담서. 하루를 세 토막, 네 토막으로 썰어서 살아보소. 그라믄 하루를 이틀, 사흘같이 질게 살 수 있을 것이네.
– 성같이 살믄 그것이 사람이오? 도인(道人)이제.

– 음마, 뭔 소리당가. 몸에 붙일라고 맘 묵고, 하루하루 하다

보믄, 그런 것이 다 몸에 쫙 달라붙는당께. 자꼬 게으름 피우고, 핑계댄께 몸에 붙들 안 허제.

　─ 글고 본께 안 된다고 하는 것은, 다 게으름이고 핑계구만. 어디보자~, 도라지가 통통허니 좋소. 거름도 잘 해 줬는갑구만.

　─ 먼저, 밭에다가 마음을 주고, 부지런히 몸 움직여 도라지를 보살펴 주는 것이, 거름보다 더 크제. 나랏일 허는 것도 마찬가지여. 도라지 잔 얻어 갈라믄, 새살만 까지 말고 어서 손을 부지런히 놀려, 이 사람아!

　─ 새살은 성님이 다 깠음서.

─ 〈광주드림신문〉

허, 참, 끄응

　- 성! 없는 사람은 더욱더 살기가 팍팍하고, 가진 사람은 갈수록 흰목 젖히고 있으니, 가심(가슴)이 답답허고 이마빡에 주름만 느요.

　- 그럴수록 마음을 가다듬어야제. 우리나라에서 으뜸가는 철학자로 손꼽히는 원효선생이 모든 것이 다 마음에서 비롯된다고 허들 안 했냐?

　- 참는 것도 그 끝이 있어야 헌디, 끝이 통 보이들 안 헌께, 성질 급한 놈이 속 터져불겄소. 대체 어떡허믄 모두가 다 잘 살 수 있는 마을이 되께라?

　- '극기(克己)하고 복례(復禮)허라'는 옛말은 알고 있것제. 극기라는 것은 맘속에 담아둔 큰 뜻으로 못된 계염(욕심)과 잘못된 생각들을 가만가만 눌러 이기라는 말이고. 그 다음엔 예의를 갖추고 범절을 좇아야 허는 것이라는 뜻도 알고 있을 테고.

　- 그라다가 없는 손자 턱에 수염 나겄소. 없는 사람들일수록

참는 것이 많고 예의를 잘 갖추제, 안 그요? 가진 사람들이 더 가질라헌께 알맞게 골고루 나누어지들 않고, 가진 사람들이 즈그들 입맛에 맞게 법을 맹글어분께 없는 사람들이 아무 힘없이 축 처지고, 뒤쳐라 일만 하제라. 누가 가진 사람들 모타(모아) 놓고 잔(좀) 알아 묵게 갈치믄 쓰겄구만.

　– 알아 묵기만 함사 백 번이라도 갈치제. 스스로 제몫을 해내는 것이 예(禮)라고 했으니 사람들이 예를 바탕삼아 자기 자리에서 알맞게 살아가면 사람마을이 자유롭고 평등해서 평화로운 나라가 될 것인디 말이여. 있는 사람이든 없는 사람이든 어깨에 쬐깐한(조그마한) 완장 하나만 채워주믄 본래 자기 모습을 싹 잊어불고, 지(자기) 주머니부터 쑤셔 담기 바쁘고, 없는 사람 갈구고, 모르는 사람 속여 묵은 께 탈이제.

　– 그란께 그란 사람들을 어떻게 바꿔야 쓰께라? 안 바꿔지믄 싹 몰아내불고 싶은 마음만 굴뚝같소.

　– 완장이 문제여, 완장! 첫째는 완장 차는 일이 나쁜 마음으로 써서는 안 되고, 남을 위허는 데 쓰는 것이란 걸 애랬을 때부터 갈쳐야 허고(교육), 둘째는 완장질을 잘 하는지 살펴봐야 허고(언론), 셋째는 우리가 완장을 채워줄 때 잘 짚어 봐야제(선거). 완장질하는 것을 ‘누구나’ 헐 수는 있어도 ‘아무나’ 못 허게 잘 정해 놔야 하제(법률).

　– 뭔 소리라요? 알아듣게끔 말해주씨요.

　– 부지런히 일해서 차곡차곡 쌓아서 부자가 되야헌디, 팽팽 놀다가 잔머리 한 번 잘 굴리믄 부자가 되분께, 애기들헌티도 땀

흘려 애쓰지 않아도 잔머리만 잘 굴려서 한탕 하면 된다고 갈치는 것이 탈이란 말이여. 잘 갈쳐야 쓴다가 첫째고, 또, 언론한테 완장질 잘 허는가, 뒷구녕으로 빼돌리지는 않는가 살피라고 맡겨 놓은 께, 완장 찬 사람허고 같이 어울려 놀아불제. 그것이 두 번째 탈이여. 거기다가 완장 채워줄 사람 찾을라고 보믄, 모다들 번지르르 허니 차려입어분께, 속에 까만 빤쓰 입었는지 흐칸(하얀) 빤쓰 입었는지 알 수가 없고, 입만 열믄 '없는 사람을 위해 일하겄다'고 큰 소리 뻥뻥 친께, 맨날 속아 넘어가불제. 선거를 잘 치르지 못한 것이 세 번째 탈이라 이 말이여. 차말로 사람 환장허게 맹그는 것은 완장질을 어떻게 허는 것이 잘 한 것인지 알 듯 모를 듯 맹글어 놓은께 '몰르고 그랬소', '그것도 죄라요?', '그때는 그것이 맞았단 말이요' 허믄 끝나분 것 아니여. 법을 요리조리 입맛에 맞게 적용을 해 부는 것이 네 번째 탈이란 뜻이제. 말 하다 본께 내 속이 타 들어가구만.

　
　- 성! 나라살림이라는 것이 백성들의 살림살이를 펴 주는 것 아니요? 나랏일 한다는 양반들인지 상놈들인지 깃발만 세우고, 이리저리 몰려다니기만 허고 있는 품이 참말로 풀잎 같은 우리들 힘 빠지게만 허고 자빠졌구만요.
　- 허허, 글구만. 풀잎사람들의 힘을 옹글게 뭉쳐 낼 수 있는 사람이 아쉬운 때여. 재주와 덕을 갖춘 대들보 같은 사람 말이여. 허…, 참…, '사람'이 있어야 헌디, '사람'을 길러야 헌디, '사람'을…, 끄응.

- 〈광주드림신문〉

반장이나 대통령이나

– 성! 우리 아그가 학교에서 반장을 해 보겠단디. 어째야쓰까 모르것소?

– 느그 집구석이나 언저리가 몸가짐이 바른 께 애기도 몸가짐이 바르드만. 그 몸가짐은 마음에서 나오는 것이니 마음도 올곧다는 이야기것제. 그러니 반장해도 되제.

– 그래도 애긴디 몸가짐, 마음가짐이 바르믄 얼매나 바르것소?

– 그것이 아니제. 어른이라고 다 어른 노릇 허디? 나잇값 못 허는 어른도 많고, 어른스런 애기들도 있제. 애 어른 가릴 것 없이 마음을 옳게 묵고 몸가짐을 바르게 허믄, 사람 사는 꼴을 바로 잡을 수 있는 것이제.

– 어떤 모임에서든 우두머리가 된다는 것은 쉬운 일이 아니제라. 우두머리가 가까이 지내는 무리끼리만 재미지게 살아 불믄 그 모임이 깨져분께, 모름지기 우두머리라 함은 여러 가지를 떠올려

서 많은 사람이 '항꾸네(함께)' 잘 어울리고 신나게 해야 쓴디.

　－ 옳은 소리시. 내 맘에 안 든다고 선생 등에 업고 놈 두들겨 패서는 안 되제. 못한 놈들 찾아서 욕보이는 것보다 잘한 놈 찾아서 치켜 주는 것이 더 좋은 일이제. 알면서도 나쁜 짓거리 하는 놈은 참말로 나쁜 놈이고, 모르고 나쁜 짓거리 하는 놈은 그것이 허물인 것이여.
　－ 요즘은 나쁜 짓거리인지 좋은 짓거리인지 모를 때가 많습디다.

　－ 그것을 모른다는 것은 생각이 짧든지, 올바른 생각의 잣대가 없다는 것이제. 생각이 짧고 옳은 잣대도 없는 사람이 우두머리가 되믄 쓰겄는가? 허물 많은 사람이 우두머리 허겄다고 나서믄 안 되제. 허물이 많으믄 그 허물 가릴라고 모른 척험서 에헴 해불고, 오히려 큰 소리 침서 다스릴라고만 허제. 거꾸로 겉과 속이 깨깟한(깨끗한) 사람은 에헴 허들 않고 발로 뛰어 댕기고, 큰 소리 침서 악악거리지 않고 귀를 열어서 듣고, 생각을 깊이 허제. 다스릴라고 허들 않고 베푸는 마음으로 보살핌서 일허고 글제.

　－ 성! 목소리가 떨려요. 여그 식은 숭늉으로 입 좀 축이고 흥분을 가라앉히고 말허씨요. 애기들 반장 이야기에 거품까지 물믄 쓰겄소? 입만 닳아지제.
　－ 하도 바탕이 없은께 글제. 뭣을 허겄다 하는 사람들이 입으로 까불까불 험서 허물을 싹 가려불고, 잘잘못을 가려줘야 할 사

람들도 한통속으로 들어가서 뒹굴어 분께 우리 같은 사람은 암것
도 알 수가 없이 되부렀네.

– 허기사 못된 이웃들이 힘을 모태서(모아서) 잘했다고 거짓
말해불믄, 착한 사람들이 설 자리가 없어져 불드랑께. 슬기롭고
깨끗한 사람이 떠받들어져야 쓴디. 사는 것도 참 요상시럽게 되
부렀소. 한 달에 쓸 돈이 백만 원이다 허믄 한 백이십만 원은 벌
어서 깜깜한 앞날을 위해서 이십만 원은 놔둬야 쓸 것인디, 땀 찍
찍 흘림서 일해도 백만 원 벌까말까 허고. 애쓴 만큼은 손에 쥐어
야 헌디. 나라에서 짠허고(어렵고)* 힘없는 사람들 뒤에서 지켜
줘야 쓰고 말이여, 근디 이것이 뭔 꼴이여, 쩝.

– 자네도 인자 이리저리 흔들리지 않는다는 마흔이 됐는갑네.
자네도 어여 숭늉 한 그륵(그릇) 허소. 잘 사는 것이 뭣이까?!
– 요새 사람들은 좋은 차 타고 댕기고, 비싼 아파트에서 살고,
자식들 좋은 학교 보내고, 돈 많이 벌믄 잘 산다고 하제라.

– 그라믄 자네가 말하는 잘 사는 것은 뭣인가?
– 아침에 눈 뜨믄 콧노래 나오고, 일함서 방긋방긋 웃고, 집에
들어가믄 오순도순 허는 것이제라. 내일은 뭐 해야겠구나, 한 달
뒤엔 어떻게 되겠구나, 일 년 뒤엔 뭔 일이 생기겠구나, 이렇게
앞날을 생각험서 살아야 쓴디 말이여. 어찌께 된 것이 묵어도 걱
정, 싸도 걱정, 자도 걱정이니 참말로 깝깝시럽소(답답하오).

– 뭔 책에선가 본 말인디, 쩌 앞에 커다란 웅덩이가 있어서 그대로 가믄 빠질 것이 뻔한디도 사람들이 어깨동무허고 덩어리져서 그쪽으로 가는 꼴이라고 허드랑께, 시방 우리 사는 모냥이.

– 그런 꼴을 보고 있으믄 우리 같은 사람들은 속이 깝깝하고 힘만 빠지는 것 같소. 세상이 께름하고 옳은 길이 뭣인지 헷갈리는 때는 책 속에서라도 길을 물어보는 것이 슬기로운 일인 것 같소, 성. 티끌마을 더듬어 헤쳐갈 수 있는 지혜를 글 속에서라도 찾아봐야제라.

– 그려 이럴 땐 책이 있어 외롭지 않고, 책이 있어 배고프지 않제. 그나마 책이 있어 슬픔을 달랠 수 있으니 다행이제.

– 애기 반장 뽑는 얘기 허다 별 말을 다 했소, 허기사 반장이나 대통령이나.

– 〈광주드림신문〉

* 짠하다 : 안타깝고 언짢고 마음이 아프다.

재개발과 나라님

 – 전하, 광주의 화정지구 백성들이 이주대책을 세워 달라 하옵니다.

 – 화징지구 백성들이 무엇 때문에 이사를 해야 하느냐?

 – 그곳에서 세계의 대학생들이 모여 운동경기를 하기로 했습니다. 운동을 통해 대학생들의 문화·예술 발전을 추구하려는 것인데, 이 행사를 치르면 백성의식이 국제화되고 글로벌 인재를 키울 수 있사오며, 광주문화도 널리 알릴 수 있는 좋은 기회입니다.

 – 백성의 의식을 높이고 나라를 빛내려는 너의 마음이 아름답구나. 운동경기를 하는데, 백성들이 왜 고향을 등지고 떠나야 하느냐?

 – 세계의 젊은이들이 오면 잠잘 곳이 있어야 합니다. 그래서 백성들이 살고 있는 낡은 집을 허물고, 그 자리에 그들이 머물 곳을 지어야 하기 때문입니다. 그들에게 대한민국의 문화를 체험하게 하고, 친환경 녹색성장 프로젝트도 보여주려 합니다. 또한 남북으로 갈라진 우리나라는 단일팀을 만들어 평화를 사랑하는 것

도 보여주려 합니다.

　－ 나라와 백성을 위한 생각이 참으로 어여쁘다. 그렇게 하면
되는 것을 백성들은 왜 아우성을 치느냐?
　－ 집을 새로 지으려면 백성들이 살던 집을 비워주어야 하는데
백성들이 나가서 살 곳이 마땅찮습니다. 해서, 집 지을 회사를 찾
아 그 회사가 백성에게 돈을 주어 백성의 아우성을 잠재우려고
합니다.

　－ 아주 좋은 생각이다. 이 어려운 때에 그렇게 돈 많은 회사가
있구나. 그 회사는 어떻게 그런 돈을 모았느냐?
　－ 그 회사는 돈이 많아서가 아니라 은행에서 돈을 빌려 집을
짓고, 경기가 끝나고 팔아서 이익을 챙기면 되는 것이옵니다. 그
런데, 그런 회사가 없어서 나중에 집이 안 팔리면 나라에서 사 주
겠다고 하니, 그러겠다는 회사가 나타났습니다.

　－ 그것 참, 짭짤하겠는데, 돈은 빌려서 짓고 집을 팔아서 돈
벌고, 안 팔려도 시(市)에서 사 주고. 참 좋구나. 우리도 그런 장
사를 한번 해 보자꾸나.
　－ 왜 그러십니까, 세상일이 그렇게 쉽지를 않습니다. 지금 백
성의 집은 방이 1~2칸 이온데 새 집은 방이 3~4칸이어서, 경기
가 끝나고 백성들이 새 집으로 들어가려면 백성들은 돈을 더 내
야 합니다. 돈이 없는 백성들은 다시 고향으로 돌아가지 못하지
요. 그래서 머리가 아픕니다.

– 새 집을 1~2칸짜리 방으로 짓든지 백성들에게 돈을 더 주면 되지 않겠느냐? 아무것도 아닌 일로 머리 아파하지 마라.

– 외국의 젊은이들은 몸집이 커서 1~2칸짜리 방에서 잠자기가 힘들뿐더러 그렇게 하면 집값이 싸서 집 짓는 회사가 이익이 없사옵니다. 백성들에게 돈을 더 주면 집 짓는 회사는 남는 것이 없으니 그렇게 하지를 않으려고 합니다. 대한민국이 잘사는 모습을 보여주려면 번지르르하니 새 집을 멋지게 지어야 하고, 백성들의 삶이 나아지려면 더 크게 지어야 하고…….

– 유니버시아드를 하려는 것이 백성들의 생각이었더냐? 백성들과 의논하였더냐? 백성들이 그리 생각했으면 백성들이 감당해야 할 것이고, 백성들끼리 의논했으면 백성들의 뜻이 아니겠느냐?

– 그 일은 지방관아의 전임 사또가 추진했고, 백성의 대표들과 의논하였다고는 들었습니다. 가재는 게 편이기는 합니다만. 전임 사또는 그만한 까닭이 있어서 했을 것이고, 백성대표도 그만한 까닭이 있어서 그러자고 했을 것이고, 지금 사또도 그만한 까닭이 있어서 선수촌을 짓기로 했을 것이옵니다.

– 그렇겠지. 모든 무덤에는 다 죽은 까닭이 있으니까. 전임 사또가 했던 일과 지금 사또가 하는 일이 모두 백성을 위한 것이겠지. 나랏일을 하는데 전임과 지금의 뜻이 다를 수는 없을 것이다. 사또 정도 자리에 있으면 백성의 마음을 알고 껴안아서 백성이 편히 살 길을 찾고, 나라의 안위를 걱정할 수 있다. 그런데 백성

들은 왜 힘들어 하느냐?

– 백성들이 뽑은 사또들이고 백성들이 뽑은 백성대표이옵니다. 이제 와서 누구를 탓하기엔 시간이 없습니다. 지금은 전하의 슬기로움이 필요합니다. 백성을 편안케 하는 것이 정치이니 전하의 번뜩임을 보여주소서.

– 백성들이 뽑아 주었는데도 일을 그리 했단 말이냐? 불은 사또들이 질러놓고 짐에게 끄라는 것이냐? 네 말이 어지럽구나. 백성이 백성을 불편하게 할 사또를 뽑았고, 사또는 백성을 불편하게 만들었고, 백성도 사또도 불편해지니까 짐에게서 편안을 찾는구나. 어이할꼬. 경기를 치르면서 돈을 벌어라. 참가하는 세계의 젊은이들에게 돈을 듬뿍 받고 구경하는 백성에게도 돈을 받아라.

– 유니버시아드는 그런 돈벌이 행사가 아닙니다. 돈을 받는다면 참가할 나라도 없고 구경할 백성도 없사옵니다. 그것은 좋은 생각이 아니옵니다.

– 유니버시아드가 참가하거나 구경할 값어치가 없다는 것이로구나. 그럼 유니버시아드를 열지 않으면 되겠구나.

– 이미 열기로 세계와 약속을 했으니 지금은 돌이킬 수 없는 길이옵니다. 더욱 힘든 것은 경기를 마쳐도 돈을 벌지 알 수 없고, 경기를 마친 뒤에도 시설을 관리하려면 돈이 많이 듭니다. 경기를 유치한 사또도 백성이고, 집을 내놔야 하는 사람도 백성이고, 집을 짓는 사람도 백성이니, 이제 전하께서 백성의 마음을 헤아려 주소서.

- 답답하다. 모든 일에는 틀림없이 누군가 이익을 얻는 놈이 있을 것이다. 그 이익을 얻는 놈을 찾으면 된다. 따져 보아라. 유니버시아드를 유치한 전임 사또가 무엇을 얻었느냐, 유니버시아드를 준비하는 지금 사또나 지방 관리들은 무엇을 얻었느냐, 그들을 뽑은 백성들은 무엇을 얻었고, 선수촌을 짓는 백성은 무엇을 얻느냐. 유니버시아드에 참가하는 세계의 대학생들은 무엇을 얻고, 그것을 구경하는 사람들은 무엇을 얻느냐. 반드시 이익을 얻은 놈이 있으니 그 놈에게 책임을 물어라.

- 겉으로는 아무도 이익을 얻는 이가 없사옵니다. 다만 백성들이 낸 피땀 어린 세금만 줄줄 세는 것이옵니다. 그러니 아무에게도 책임이 없으며, 아무에게도 책임을 물을 수가 없습니다.

- 네 말이 사특하구나. 그렇다고 이 말을 하는 너에게 책임을 물을 수도 없고, 이 말을 듣는 짐에게 책임을 물을 수도 없구나. 아, 가여운 백성들의 피땀만 쥐어짜는구나. 물러가라. 어찌할 수 없는 일을 왜 저지른단 말이냐? 그래도 시간이 지나면 아무 일 없겠지.

– 〈광주매일신문〉

* 광주광역시는 2015년에 하계 유니버시아드 대회를 연다. 유니버시아드는 지구촌 대학생들의 스포츠 축전이다. 대한민국에서는 1997년에 무주와 전주에서 동계 유니버시아드가 열렸고, 2003년에 대구광역시에서 하계 유니버시아드가 열린 적이 있다. 대구대회에는 북한도 참가했다. 광주광역시는 개최 도전에 한 번 실패한

뒤에 개최권을 따냈다. 유니버시아드 유치 활동은 알려졌고, 유치 활동에 세금이 어떻게 쓰였는지는 알려지지 않았다. 그때의 광주광역시장은 (박)광태였다. 유니버시아드를 위해서 광주의 화정지구에 선수촌을 짓기로 했다. 화정지구는 오래된 5층짜리 아파트였고, 아파트는 보통 방이 2개였다. 선수촌을 지으려는 건설사가 없자 따로 좋은 조건을 주고서야 선수촌을 짓기로 했다. 그때의 광주광역시장은 (강)운태였다.

거저 죽인 문화

아침 해가 산 위로 바짝 올라 쨍쨍거립니다. 햇귀가 보이자마자 고추 따러 나간 아재가 오지 않았습니다. 구례에선가 고추 따다가 노인네가 죽었다는 말이 퍼뜩 떠올랐습니다. 트럭을 몰아 밭으로 갔습니다. 아재는 딴 고추를 한 바구니씩 밭에서 길로 나르고 있었습니다. 한시름 놨습니다. 걱정과 달리 웃고 계셨습니다. 고추를 차에 실었습니다. 싣고 가다가 막걸리도 사 가, 수입으로 만든 막걸리 말고! 인자 해 떴는데, 아침부터 막걸리를⋯⋯. 뜨거워지는 정자 앞 시멘트 길에 고추를 말립니다.

데워진 몸에 뜨거운 밥과 뜨거운 된장국, 그리고 막걸리를 집어넣습니다. 엄청 땀 흘리면서. 아재는 이렇게 잡숫고 푹 자면 몸이 가뿐하답니다. 올해 고추가 다 잘 됐다고 하니 돈은 안 되겠는데요, 괜히 물었나 후회했지만 말은 나간 뒤였습니다. 돈만 보자면 벼농사를 짓지 말아야지, 아재는 쓸쓸하게 말했습니다. 쌀농사를 버리면 우리가 없어지는 것이지. 밀농사 버리고 나니까, 먹는 것이 달라졌고 쓰는 말도 달라졌잖아. 〈대장금〉도 없고 한류를 일으킨 〈모래시계〉도 없는 것이지, 아재는 뜬금없는 말을 보 탰습니다.

허리가 잘록한 호리병 같은 유리에 모래를 넣어 시간을 잰다는 모래시계. 학교 다닐 때 수학선생님은 문제를 내고 모래시계를 뒤집어 놓았습니다. 시간이 바싹 닥쳐오고 무서워서 아는 문제도 틀렸습니다. 무엇이 가슴을 내리누르고, 무엇엔가 쫓겼습니다. 틀리고 나서도 아는 것을 틀렸다고 골나기보다는 시간에 쫓기는 것이 끝나서 마음이 놓였습니다. 아침부터 막걸리를 마시고, 며칠째 백학(CRANE)이란 노래를 듣는 아재는 모래시계 때문입니다. 아니, 모래시계를 만든 김종학의 죽음 때문입니다!

대한민국 현대사의 질곡(桎梏), 차꼬 질, 수갑 곡, 죄수를 가둘 때 쓰는 차꼬, 죄수의 손을 묶을 때 쓰는 수갑. 그러니까 자유를 가질 수 없는 괴로움을 텔레비전 화면으로 끌어온 것은 〈모래시계〉였습니다. 용기 없이는 함부로 말하지 못하던 시대에 말입니다. 사랑은 버릴 수 없는 조국처럼 다가왔고, 내 삶을 위해 정의는 숨겨야 했습니다. 용의 턱 아래에 거꾸로 난 비늘, 곧 역린(逆鱗)을 건드리면 죽음인데, 김종학의 뚝심은 역린을 건드렸습니다. 건드려서 우뚝 섰습니다. 모래시계는 내가 아는 것을 눈빛만으로도 너에게 보낼 수 있다는 것을 보여주었습니다. 눈부셨습니다.

대한민국 현대사의 모순(矛盾), 창 모, 방패 순, 적을 찌를 때 쓰는 창. 적이 찌를 때 막는 방패. 그러니까 앞뒤가 어긋나서 서로 맞지 않은 일을 안방까지 깊숙하게 끌어온 것이 〈여명의 눈동자〉였습니다. 역사가 끝날 때까지 써야 할 친일의 굴레를 약삭빠르게 벗느라 눈이 뒤집힌 시대에 말입니다. 탈탈 털어내지 못한 친일은 난징 대학살을 흐려놓았고, 돌아온 친일은 731부대의 참상을 잊게 만들었습니다. 김종학은 저질러놓고 감춘 것을 들춰냈습니다. 알면서 쉬쉬거리는 것까지 드러냈습니다. 애타고 안타까운 마음은 '철조망뽀뽀'로 나타났습니다. '사탕 키스'의 원조라고나 할까요. 보고 나서도 끊임없이 사회와 역사에 물음을 던지게 한 드라마였습니다.

김종학은 어명의 눈동자로 씩씩했고, 모래시계로 굳셌습니다. 그런 김종학이 죽었습니다. 죽음을 수사한 검사의 '공명심에 분

노' 하며 '억지로 꿰맞춰' 그래서 '억울하다' 며 죽었습니다. 그리
고 '처벌받을 사람은 당신' 이라 말했습니다. 김종학의 '당신' 은
수사검사를 말했지만 '당신' 은 김종학에게 거저 얻어서 추억을
쌓은 우리입니다. 우리는 그에게 갚지 못했고, 끝없는 빚으로 남
았습니다. 털지 못한 역사처럼. 아재가 막걸리를 마시다가 말했
습니다. 아재가 벼농사를 짓는 사람이라면 김종학은 그 쌀로 막
걸리도 빚고 떡도 만든 사람이었답니다. 쌀이 떡도 되고 막걸리
도 된다는 것을 보여주었지. 우리가 싼값을 받더라도 쌀을 버릴
수 없듯이. 김종학도 그랬는가 몰라. 어쩌면 우리는 수없는 김종
학을 죽이고 있는지도 모릅니다. 거저 얻어먹어 나온 배를 두드
리면서. 쌀 없이 막걸리 없고, 아재 없이 김종학 없습니다.

– 지역문화교류재단 잡지 『창』 26호

지원은 하되 간섭은 마라

깡깡한 땅이 녹고 홍매화가 꽃망울을 터뜨립니다. 할아버지의 할아버지가 사셨던 마을에 사람들이 모였습니다. 성(性)이 같은 사람(親戚, 친척)뿐 아니라, 성이 다른 사람(姻戚, 인척)들도 찾아왔습니다. 조상의 묘를 돌아보면서 조상께 고마움의 예를 올리는 자리였습니다. 마을 들머리에는 3백 년은 됨직한 당산나무가 의젓하게 서 있습니다. 새로운 꿈을 찾아 조금씩 조금씩 마을을 떠났던 사람들과 그 후손들이 당산나무 아래에 모처럼 모였습니다.

작은 잔치가 벌어졌습니다. 저마다 가져온 음식을 내놓고 제가끔 추억도 늘어놓았습니다. 당산나무와 가장 오래도록 함께했을 핸센할머니(아마 나환자여서 그렇게 부르는 듯)께서 옛날엔 마을에 좋은 일이나 궂은일이 있으면 여기 모여서 이야기 나누었다고 말씀하셨습니다. 지금은 모일 일도 없고 모일 사람도 없다며 쓸쓸해했습니다. 갈전댁 할머니의 미나리나물 맛은 그대로여서 뒷동산에서 그네 탈 때 찰밥에 먹던 일을 떠올리게 했습니다.

미나리나물을 오랜만에 하니까 무치는 것을 잊어 버렸다며 힘없이 말했습니다. 꽹과리치기와 상모돌리기 솜씨가 뛰어난 광태아재는 젊었을 적 너럭바위에서 작당했던 이야기로 웃음꽃을 만든 뒤 꽹과리를 쳤지만 상모는 돌리지 않았습니다. 꽹과리는 장구랑 북이랑 징이 어울려야 맛이 나고, 그 소리가 흥을 돋아야 상모도 돌릴 힘이 난다고 말했습니다.

모두가 함께 어울렸던 시절의 이야기들은 떠다녔지만 아무도 그때의 일들을 붙잡지는 않았습니다. 지금은 찾는 사람도 없고 어울릴 일도 없어 당산나무만 그때를 떠올리며 우뚝합니다. 바닷가 조그마한 마을엔 다행히(?) 현대화의 물결이 다가오지 않았지만 살고 있는 사람이 드물어 그런 옛 문화는 사라졌습니다.

1996년 부산영화제가 생겼습니다. 한국영화가 비롯했던 부산을 영화예술의 고장으로 이끌고자 만들었습니다. 요즘은 부산영화제에서 세계영화의 흐름을 볼 수 있고, 아시아영화의 최대 축제로 자리 잡았습니다. 부산영화제가 세계의 눈초리를 끌어 모으는 데는 15년 동안 부산영화제를 지킨 김동호라는 분이 계셨습니다. 남포동 거리에서 신문지 깔고 해외영화제 집행위원장들과 소주잔 기울이던 그를 믿어 주었던 사람들도 있었습니다. 그 일을 시작했을 때 50대 후반의 나이였던 그는 20년이 지났어도 '새로운 그림을 그릴 시점은 지금'이라고 젊은이처럼 말했습니다. 영화를 감독하거나 배우를 하지 않았는데도 사람들은 그를 서슴없이 영화인이라고 부릅니다. 지금 부산은 영화로 생긴 문화가 살아 숨 쉽니다.

모두가 쉬기를 바라는 일요일 저녁 10시, 휴대전화에 문자가 왔습니다. '뭐하슈? 여기 간재미 집인디' 사진 찍고, 디자인하고, 노래하는 사람들이 모여 술잔을 기울이고 있다는 것입니다. 달려 나갔습니다. 알콩달콩 사는 이야기에 깔깔거리고, 꽉 막힌 세상살이에는 시무룩해졌습니다. 나무로 이런저런 것을 만드는 '장또리'가 일에 푹 빠져 있어서 곧 '일을 낼' 것이라며 북돋웁니다. 힘을 얻은 그는 사람이든 사물이든 뒤태만으로도 아름다움을 찾겠다고 으스대며 우쭐거립니다. 그렇게 될 거라고 믿습니다. 그 틈에도 조수경 작가는 비싼(?) 도화지에 드로잉을 해서 나누어줍니다. 그곳의 분위기가 잘 살아 있습니다. 그곳의 냄새까지도 맡아질 듯합니다. 집에 돌아오니 새벽 3시입니다. 문화는 출근시간도 없지만 퇴근시간도 없습니다.

예술행사를 찾은 적이 있습니다. 보는 사람이 드물어 썰렁했습니다. 행사를 안내하는 사람에게 사람이 없어 느긋하다고 말을 붙였더니 늘 그렇다고 말해 주었습니다. 아는 것이 없어선지 보고서도 느낌이 없었습니다. 사람이 없는 까닭을 알만 했습니다. 3시간이 넘도록 둘러보고 나서 써달라는 '관람기록'을 쓰지 못하겠다고 전화했습니다. 그런데 관람객수가 어마어마하다는 보도가 나왔습니다. 내가 사는 도시인구의 10분의 1은 된 듯싶었습니다. 학생단체관람이나 의무관람(?)이 많이 섞인 모양입니다. 그들은 무엇을 느꼈는지 궁금했습니다. 설마 '동원'되어서 그냥 걸으며 동무들과 재잘거리고만 돌아갔다고 믿고 싶지 않았습니다. 또 행사에는 돈이 얼마가 들어갔다는 기사도 있었습니다. 세계에서 이름 짜한 작가가 참가했다는데도 그러한 것을 알아보지 못한 '내 아는 것 없음'을 탓할 수밖에 없었습니다.

문화는 지나치며 구경만 하는 것이 아니라 어울리기도 하고 쏙 빠져들기도 하는 것입니다. 문화는 숟가락으로 떠서 먹여주는 것이 아니라 스스로 즐거워야 생기는 것입니다. 문화는 돈 들여 만들어서 사람을 억지로 끌어 모으는 것이 아닙니다. 문화는 돈 들이고 그 돈을 관리하는 공무원이 '관리' 하는 것이 아닙니다.

대한민국 곳곳에 '문화재단'이 생겼다고 당산나무와 너럭바위가 만들어지지 않습니다. 문화재단에 돈을 들인다고 핸센할머니의 이야기, 갈전댁 할머니의 미나리나물, 광태아재의 꽹과리소리와 상모돌리기가 나오지는 않습니다. 흥이 돋아 새벽녘까지 이야기꽃을 피우는 문화를 공무원이 관리하거나 간섭할 수도 없고, 공무원의 출퇴근시간에 맞추어 사람들이 흥을 돋을 수 있는 것은 더더욱 아닙니다. 가난에 삶아져 문화를 잊고 사는 사람들에게 지원을 해야 합니다.

광주문화방송(mbc)에서 〈신얼씨구학당〉을 연출했던 윤행석 피디가 펴낸 『한민족의 소리를 만나다』라는 책에 써 놓은 말이 오래 남습니다. '우리네 마음속 세상은 외롭고 쓸쓸하고 따뜻함을 갈구합니다.'

- 〈광주매일신문〉

교장출신 이장과 스톡홀름 신드롬

외할머니가 사셨던 동네는 농사를 주로 지었습니다. 어느 핸
가 은퇴하신 교장선생님이 고향으로 돌아왔습니다. 사연이 있어
도시생활을 그만두고 빈 집을 얻어 생활하셨습니다. 마을사람들
은 그를 대접하느라 이장으로 모셨습니다.

그는 철새들이 많이 모여드는 마을 앞 큰 저수지를 '관광화
(?)' 했습니다. 철새를 보려고 사진 찍으려고 사람들이 모여들었
습니다. 마을사람들은 구경꾼들의 뒤치다꺼리에 힘들어했고, 구
경꾼들이 버리고 간 쓰레기 때문에 힘들어했습니다. 두 해가 지
나고 바다를 막아버리는 통에 쓸모가 없어진 저수지는 메워졌습
니다. 철새도 오지 않았고, 구경꾼들도 오지 않았습니다.

교장출신 이장님은 돌아가실 때까지 자기의 치적(?)을 입에
달고 사셨습니다. 지금은 늙어버린 그때의 젊은이들은 교장출신
이장님을 떠받드느라 힘들었던 이야기를 입에 달고 사십니다. 마

을주민이 필요한 것이 무엇인지 살피지 않고 명예만 쫓으며 군림
하던 이장이었습니다.

교장출신 이장의 뒤를 이어 그곳에서 나고 자란 농업고등학교
출신이 이장을 맡았습니다. 벼는 무슨 품종을 심어야 하는지, 밭
작물은 무엇을 심어야 하는지 알려주었습니다. 논밭농사가 시원
치 않을 때는 무슨 나무를 심으라고 가르쳐주었습니다. 해마다
벌이가 넉넉해져서 아이들을 잘 키울 수 있었습니다. 그렇게 자
란 아이들이 도시로 떠났습니다.

농업고 출신 이장님은 돌아가실 때까지 더 잘살게 하지 못하
여 사람들이 마을을 떠난 것을 미안해했습니다. 지금은 마을을
떠나버린 그때의 마을사람들은 명절이면 모여 농고출신 이장님
을 떠올리며 침이 마르도록 칭찬합니다. 이웃을 보살피며 마을일
을 함께했던 정이 깊은 이장이었습니다.

지방자치는 주민들의 뜻을 모아서 주민들이 참여하여 이루어
져야 합니다. 주민의 안전과 복지가 우선되어야 하는 것은 물론
입니다. 1995년 6월 대한민국에 지방자치가 부활되었습니다. 해
가 지날수록 중앙무대에서 활약하던 고향사람들이 지방자치단체
장에 나서고자 합니다. 큰집의 큰아버지도 계시고, 집안의 아저
씨뻘 되신 분도 계십니다. 동창의 사촌형님도 계시고, 옆집의 외
삼촌도 계십니다. 고향사람이기 때문에 몇 다리만 걸치면 다 아
는 사람입니다.

특정 정당이 장악하고 있는 곳일수록 그 기웃거림은 거셉니다. 특정 정당에 줄만 잘 서면 당선되기가 쉽기 때문입니다. 주민들의 생각과 선택이 어지러워지는 대목입니다. 중앙무대를 겪은 고향사람들은 중앙정부지원을 받기 쉽다고 말하지만 그 때문에 획일화되어 지방의 특색이 지워집니다. 중앙의 경험을 지방에 끌어들여 잘살게 해주겠다고 말하지만 그 때문에 단순화되어 지방의 문화가 무너집니다. 지방자치단체장은 은퇴시기가 된 중앙무대출신 고향사람들의 노후대책용 자리가 아닙니다.

1973년 스웨덴의 스톡홀름에 있는 은행에서 인질강도사건이 생겼습니다. 인질들은 은행 강도의 폭력을 잊어버리고 힘센 강도에 동화되어 강도 편을 들거나 심지어 강도를 사랑하는 모습을 보이기도 했습니다. 심리학자들은 이를 '스톡홀름 신드롬'이라 불렀습니다.

중앙무대에서 은퇴시기가 된 고향사람들은 고향을 지키고 사는 작은집의 손자와 집안의 조카를 인질로 삼아서는 안 됩니다. 사촌동생의 동창과 조카의 옆집사람을 인질로 삼아서는 안 됩니다. 고향이기 때문에 몇 다리만 걸치면 다 아는 사람들을 인질로 삼아서도 안 됩니다.

중앙무대에서 은퇴시기가 된 고향사람이 고향에 돌아와 한자리 하고 싶은 욕심을 탓하고 앉아 있을 수만은 없습니다. 광장을 만들어야 합니다. 토론의 광장을 열어야 합니다. 과거를 들먹이며 명예를 좇는 사람을 퇴출시키고, 마을일을 함께하는 사람을 찾아 북돋아야 합니다. 욕하고 비난하는 사람을 밀어내고, 이웃을 보살피는 사람을 키워야 합니다. 그리고 희망찬 미래를 꿈꾸어야합니다.

우리가 언제까지 뒤치다꺼리만 할 것인가. 우리는 더 이상 인질이고 싶지 않습니다. 우리도 이제 침이 마르도록 칭찬하고 싶은 지방자치단체장을 갖고 싶습니다.

- 〈광주매일신문〉

동네 가게와 지방언론의 역할

1985년 쯤, 우리 마을엔 영감복덕방, 고래식품, 킹콩식당이 있었습니다.

영감복덕방은 법원에서 일한 적이 있었다는 할아버지가 주인 이었습니다. 코끝에 안경을 걸치고 신문과 잡지를 보거나 긴 의 자에서 장기를 두었습니다. 옛 지식으로 마을사람을 일깨워주거 나 살아온 지혜로 앞날을 그려주기도 했습니다. 곳곳에서 얻은 새로운 정보로 사실을 알려 주었고, 나랏일이나 동네일에도 빠삭 했습니다. 감정을 섞어 흥분하거나 선동하지 않아 사람들은 그의 말을 따랐습니다. 한번은 금성약국 2층 방이 비었는데도 방이 없 다고 거친(?) 젊은이 둘을 그냥 돌려보냈습니다. '우리 동네 사람 들이 편하게 살아야지' 하면서.

고래식품은 홀로 딸 셋을 키우던 아주머니가 주인이었습니다. 새벽부터 밤이 이슥하도록 가게를 지켰습니다. 생선과 채소를 팔면서 음식 만드는 법을 가르쳐주기도 했고, 제때 팔지 못한 것은 나누어주기도 했습니다. 꼼꼼하게 몸에 익힌 좋은 정보를 알려주었고, 마을사람들의 속내를 쫙 끼고 있었습니다. 단골들이 필요한 물건을 제때 가져다 팔았고, 가난한 사람에게 필요한 물건도 빠트리지 않았습니다. 누구를 따로 특별대우하지 않았고, 자신의 길미(이익)만을 따지지 않아 사람들은 그와 이야기 나누기를 좋아했습니다. 의사네 집안일을 돌보던 젊은 아낙에게 '음식 솜씨가 좋으니 밥집을 하시게' 해서 잘살게 이끌어 주기도 했습니다.

킹콩식당은 다른 동네 말투를 쓰던 무뚝뚝한 뚱보아저씨가 주인이었습니다. 궁금한 마을이야기는 가서 살펴보고 이야기도 직접 들었습니다. 틈나면 골목길을 말끔하게 청소를 하기도 했고, 이웃의 고장 난 전기를 고쳐주기도 했습니다. 마을사람들은 그와 어려운 일을 어떻게 해야 할지를 물었고, 그는 동네의 여러 가지 힘든 일을 도맡았습니다. 마을사람들이 가고자 하는 뜻을 잘 헤아리고 있었습니다. 마을사람들의 사정을 잘 알고 마을사람들의 뜻을 모으니 사람들은 그를 믿었습니다. 구불구불한 골목길마다 가로등을 달자고 뜻을 모아 건의를 해서 밤길을 환하게 밝힌 것도 그였습니다.

그때는 이웃의 새로운 정보를 얻고, 믿을 만한 정보를 듣고, 동네일을 나누었던 곳이 동네 가게들이었습니다. 지금은 인터넷이나 소셜 네트워크 서비스(SNS)를 통해 전국의 정보나 세계의 이슈도 쉽게 만날 수 있습니다. 정작 우리 동네의 이야기나 이웃의 새로운 사정은 찾아보기 힘듭니다. 우리 동네 이야기를 겨우 찾았더라도 높은 사람이나 돈 많은 사람이야기뿐입니다. 우리가 우리 동네에 살면서 우리 동네일은 모르고 남의 동네일에만 빠삭해져 남의 동네일에 끼어들어 감 놔라 배 놔라 하는 까닭입니다.

지방신문을 봅니다. 있는 정보를 토씨 바꾸고 순서만 바꾼 똑같은 이야기들을 마치 자기가 현장에 가서 취재한 냥 늘어놓습니다(처널리즘). 정작 우리가 알고 싶고 알아야 할 이야기는 거의 없습니다. 자세히 알고 싶고 알아야 할 것은 스스로 찾아나서야 합니다. 겨우 찾았더라도 기자처럼 특별한 지위(?)에서 얻을 수 있는 알맹이 정보는 알 수 없습니다. 우리가 우리의 삶을 살면서 우리의 삶을 잊고 남의 속내에만 끼어들어 남의 삶을 살아가는 까닭입니다.

지방방송을 봅니다. '자기'가 뭔가 얻으려고 아니면 '자기집단'의 몫을 챙기려고 기사거리도 안 되는 이야기가 느닷없이 펼쳐집니다(절반짜리 기자). 정작 우리가 나누어야 할 이야기나 함께 생각해야 할 이야기는 들리지 않습니다. 얼른 나누어야 할 이야기나 함께 생각해야 할 이야기는 스스로 들으러 다녀야 합니다. 겨우 들었더라도 기자처럼 특별한 지위(?)에서 찾을 수 있는 깊은 정보는 알 수 없습니다. 우리가 우리의 이야기를 나누는 광장이어야 할 언론이 광장이기를 포기했기 때문입니다.

'고시'라고도 일컬어지는 기자시험 필독 수험서 가운데 이름 짜한 교수가 〈역사의 길을 개척하는 것이 기자의 역할〉이라는 책을 썼습니다. 착한 시민을 어리석게 만들 것인가, 평범한 시민을 깨닫게 만들 것인가 하는 것은 언론에 달려 있다고 말한 그 언론학자의 외침은 헛소리로만 머뭅니다. 그 '필독 수험서'로 공부하지 않고 언론고시에 합격한 기자가 많은가 봅니다. 힘을 잡는 것이 '권력(權力)'인데 언론이 선출되지 않는 권력이어서 그런지도 모릅니다. 하기야 힘 있는 사람은 어려운 일, 귀찮은 일, 싫은 일, 그런 허드렛일을 꾸준히 하지는 않습니다. 하는 척만 하지.

- 〈광주매일신문〉

다르다는 것을 '앙까?'

아이들이 하는 농구대회를 갔습니다. 키가 작아도 날렵하게 공을 다루는 아이가 있었습니다. 키가 커서 수비를 잘 하는 아이가 있었습니다. 키도 크면서 날렵하게 공을 다루는 아이도 있었습니다. 모두 키가 크고 모두 날렵하게 공을 다루면 좋겠다는 생각을 얼참(잠깐) 했습니다. 솜씨에 따라 역할이 다르다는 것을 깨달았습니다.

겨룸이 끝나고 부모들은 가져온 음식을 풀었습니다. 닭튀김에 콜라를 먹는 아이가 있었습니다. 김밥에 동치미를 먹는 아이가 있었습니다. 닭튀김에 동치미를 먹거나 김밥에 콜라를 먹는 아이도 있었습니다. 시원한 물만 연거푸 마시는 아이도 있었습니다. 모든 음식을 잘 먹는 아이였으면 좋겠다는 생각은 얼참이었습니다. 입맛에 따라 먹는 것이 다르다는 것을 알았습니다.

일본이 우리나라를 강제점령했던 시기가 있었습니다. 일본은 우리의 먹을 것을 빼앗아갔고, 우리의 젊은이들을 전쟁의 도구로 썼습니다. 우리의 이름까지 바꾸었으며 문화를 짓밟았습니다. 일본은 '동양평화를 위해서' 라고 말했습니다. 우리는 우리를 없애버리려 했던 일본에게 반성을 요구합니다. 우리에게 잘못한 일이 너무도 많기 때문입니다. 우리는 베트남전쟁에 간 적이 있었습니다. 베트남에서 그들의 땅을 휘젓고, 총을 쏘아 그들을 죽였습니다. 베트남전쟁에 가서 우리는 싸웠고, 경제의 잇속을 챙겼습니다. 우리는 베트남전쟁에 간 것을 '세계 평화 유지에 공헌한' 것이라고 말했습니다. 일본과 우리나라, 우리나라와 베트남, 처지에 따라 생각하는 것이 다릅니다.

1960년대에 우리는 독일로 이주노동을 했습니다. 광부와 간호사였습니다. 1970년대에는 중동으로 이주노동을 했습니다. 건설인력이었습니다. 기술을 배우고 돈을 버는 것이 목표였습니다. 우리는 경제성장을 하고 기업구조가 바뀌면서 인력수출이 확 줄어들었습니다. 1990년대부터 아시아의 여러 국가에서 우리나라로 이주노동을 옵니다. 어렵고 힘든 일을 도맡아 합니다. 기술을 배우고 돈을 버는 것이 목표입니다. 이삼십년 전에 우리의 노동자에게 들었던 손가락 잘린 얘기를 그들은 지금 합니다. 우리가 독일이나 중동을 간 목표와 우리나라에 이주노동을 온 아시아 사람들의 목표는 같은데 대접은 다릅니다.

우리는 우리와 다른 사람을 극복의 대상으로 여깁니다. 다름을 알고 다름을 인정하고 다름을 존중한다는 것이 어색합니다.

우리와 솜씨가 다르다고 비난하기 일쑤입니다. 우리와 입맛이 다르다고 업신여깁니다. 우리와 처지가 다르다고 하찮게 여깁니다. 우리와 생각이 다르면 대접은커녕 나쁜 놈으로 몰아서 가두는 것에 익숙합니다. 아마도 제국주의의 일본 식민지 아래서 항일세력과 부일세력이 함께할 수 없었던 시절 때문인지도 모릅니다. 그리고 아직도 제국주의 일본 식민지 시절의 틀을 벗어나지 못한 구석이 많아서일 겁니다.

옛 독일에 뉘른베르크법이 있었습니다. 독일에서는 유태인의 독일국적을 빼앗고, 유태인과 혼인은 물론 성관계도 해서는 안 된다는 법이었습니다. 이 법은 훗날 홀로코스트라 불리는 유태인 대학살의 법적 근거가 되기도 했습니다. 다름을 인정하지 않는 나치의, 아니, 히틀러의 글라이히샬퉁(획일화정책)입니다. 다름을 인정하지 않은 것이 얼마나 무서운지를 보여주는 것입니다.

우리는 한 곳에서 한꺼번에 시험을 치릅니다. 주어진 문제만 푸는 능력을 잣대로 줄을 세웁니다. 그런 곳에서는 별 차이도 없으면서 잘난 체하는 소인배만 키웁니다(동이불화, 同而不和). 법치를 말하면서 법을 지키지 않는 무리들처럼.

우리는 이야기를 나누어 다름을 알고, 다름을 인정해야 합니다. 처지나 역할이 달라도 힘껏 일하고 즐거운 열매를 얻어야 합니다. 그런 곳에서는 서로가 다르더라도 평화를 아는 인물이 나옵니다(화이부동, 和而不同). 꾸준히 제 몫을 해내는 영웅들처럼.

힘없는 말바우시장 할머니가 와서 이야기해도 '될 것' 은 되어야 하고, 아무리 대통령이라도 '안 될 것' 을 이야기하면 안 되는 사회의 원칙과 상식이 그립습니다. 나 또한 오늘을 바라봅니다. 얼토당토않은 뭔가에 혼자 빠져 더 큰 뭔가를 잃고 있는 것은 아닌지. 집자실지(執者失之)*를 '앙까*?'

* 집자실지(執者失之) : 굳게 지키려는 사람은 도리어 잃어버린다.
* 앙까 : 일본이 우리나라를 짓밟던 1900년대 초반, 우리나라 사람들은 일본의 강제수탈에 쫓겨 조국을 등지고 만주로 흘러 들어갔습니다. 불모지를 개간하여 어렵게 터전을 닦았는데 독립운동가가 많았습니다. 1945년 8·15 광복이 되었어도 그들은 조국으로 돌아가지 못하고 만주에 처져 남게 되었습니다. 그들과 그들의 후손들은 중국 국적으로 어렵고 가난하게 살아가는데 흔히 '조선족' 이라고 부릅니다. 조선족 사이에서는 '-압니까?' 라는 말을 '-앙까?' 로 씁니다. 2011년 문화방송(MBC)에서는 '위대한 탄생' 이라는 노래 경연대회를 했는데 거기에 조선족인 백청강이 출연하였습니다. 백청강은 '-앙까?' 라는 말로 귀여움을 얻었고, '-앙까?' 라는 말은 그해 널리 퍼졌습니다.

4부 생각히고 신문과 잡지에 써 본 이야기 269

이순신과 선조임금

1592년 왜는 조선을 침략했습니다. 임진왜란입니다. 이순신은 옥포와 당항포, 한산도에서 승리를 거뒀습니다. 이순신의 적은 왜였습니다. 조선임금의 적은 왜였습니다. 왜의 적은 조선임금이기도 했고 이순신이기도 했습니다.

승리를 이어가며 백성의 안위를 지키던 이순신을 조선임금은 1597년 전쟁 중에 하옥을 시켰습니다. 이순신은 적인 왜에게 잡혀 감옥에 끌려간 것이 아니었습니다. 이순신은 조선임금과 백성을 위해 싸웠는데 조선임금은 이순신을 가뒀습니다. 백성들은 이해하지 못했습니다. 이순신은 감옥에 갇히고 나서 알게 되었습니다.

이순신의 적은 왜였는데 이제는 조선임금도 이순신의 적이었습니다. 이순신은 벼슬 없이 다시 싸움터에 나갔습니다(백의종군, 白衣從軍). 그 뒤 이순신은 왜의 적인 조선임금을 위해서 싸웠습니다. 자신의 적이 되어버린 조선임금을 위해서 싸웠습니다.

나라를 구하고 백성을 구하려고 싸웠습니다.

이순신은 명량에서 12척으로 왜를 물리쳤고 임진왜란 마지막 전투인 노량에서 승리를 했지만 노량에서 죽었습니다. 역사는 이순신이 나라를 구한 인물이며 나라의 영웅이라고 부릅니다. 후손들은 (진보든 보수든) 그의 생각과 행동을 높이 기리고 배우라고 가르칩니다. 이순신은 죽었지만 역사 속에 후손들의 머릿속에 살아 있습니다.

1500년대 조선에서, 배운 자들은 당파를 중심으로 갈라졌습니다. 출신이 모호한 선조는 힘이 없었습니다. 왕권을 세우려고 당파끼리 싸움을 부추겼다고 역사학자들은 말합니다. 퇴계 이황(1502~1571)과 남명 조식(1501~1572)의 제자들은 영남학파로, 율곡 이이(1536~1584)와 묵암 성혼(1535~1598)의 제자들은 기호학파로 서로 나눠졌습니다.

학문을 배운 그들은 '그들이 살기 좋은' 나라를 위해서 논쟁을 했습니다. 힘이 있는 그들은 힘없는 사람을 교육시켜 '그들이 장악하는' 사회로 개혁을 이루려고 애썼습니다. '그들만의 세상'을 찾기 위해 눈에 불을 켰습니다. 그들이 밝힌 불에는 백성들이 보이지 않았습니다.

좋은 스승을 둔 그들은 백성들에게 '도덕과 법치'를 강요했습니다. 조직이 있는 그들은 도덕과 법치를 어겼지만, 그들끼리는 눈감아주었습니다. 그들만의 행복을 찾기 위해 막무가내였습니다.

돈이 있는 그들은 '그들이 더 차지하는 방법'을 찾으려고 애썼습니다. 그들의 방법 앞에서는 배움도 힘도 도덕도 법치도 조직도 아무 쓸모가 없었습니다. 그들만의 세상에서 백성들과 달리 그들은 자유스러웠습니다.

그때의 사회·경제·정치는 어지러웠고 어떻게 바뀔지 몰랐습니다. 그들은 '공부해봐서 안다'고 큰소리쳤습니다. 그들은 사회를 그들의 눈초리로만 살펴보았습니다. 그들은 경제를 그들의 곳간에서만 셈하였습니다. 그들은 정치를 그들의 잣대로만 쟀습니다. 그들은 그들의 울타리를 벗어난 사회·경제·정치는 알지 못했습니다. 그들이 그렇게 입으로 다투고 있을 때, 백성들은 죽어가거나 죽었습니다.

그들은 인사권이 있는 이조정랑 자리를 가지고 다퉜습니다. 동쪽(건천동)에 사는 영남학파 김효원과 서쪽(정릉)에 사는 기호학파 심의겸의 감정싸움이 시작되었습니다. 학자들은 동인과 서인의 싸움이라 하는데 '밥그릇싸움'이었습니다. 서로 '우리 사람'을 좋은 자리에 앉히고 차지하려는 싸움이었습니다. 서로 샘내고 미워했습니다(반목질시, 反目嫉視).

개인감정이 앞서다 보니 이웃나라인 일본과 여진의 정치변화를 살펴보지 못했습니다. 일본에 다녀온 통신사들은 당파에 치우쳐 엇갈린 보고를 하기조차 했습니다. 동양의 국제정세를 파악하지 못한 지배계급은 모든 국제관계를 명나라에만 기대어 해결하려 했습니다.

후궁의 아들로 왕위에 오른 선조는 임진왜란이라는 국가위기 상황에 대처하지 못했습니다. 사림이라는 신진세력이 나타났는데도 선조는 국가를 새로 일으켜 세우지 못했습니다. 임진왜란이 끝나고도 조선은 바뀌지 않았고, 지배세력들은 기득권을 아직도 (!) 지키고 있었습니다. 선조는 전쟁에 책임을 지지 않았습니다. 지배세력들도 전쟁에 책임을 지지 않았습니다. 백성들은 죽어가거나 죽었습니다. (2011년 7월 〈광주매일신문〉 칼럼으로 썼으나 당시 칼럼을 담당하던 이○○ 기자는 이 칼럼 싣는 것을 거부했습니다. 이 기자는 거부한 까닭을 말하지 않았습니다.)

하느님과 표준어

1948년 5월 31일, 대한민국 제헌국회가 열렸습니다. 최고연장자인 이승만은 임시의장이 되었습니다. 이승만 임시의장은 '일어서서 하나님에게 우리가 감사를 드릴 터인데'라고 말했습니다. 목사이면서 제헌의원이 된 이윤영 의원은 '민족적 기쁨을 다 하나님에게 영광과 감사를 올리나이다……, 아멘'이라고 기도했습니다. 이승만 임시의장과 이윤영 의원은 '하나님'이라고 말했고 속기록에도 그렇게 적혀 있습니다.

2004년 5월 30일, 장충체육관에서 청년·학생 연합기도회가 열렸습니다. 이명박 서울시장은 '수도 서울은 하나님이 다스리는 거룩한 도시이며, 서울의 부흥을 기도하는 기독청년들의 마음을 담아 수도 서울을 하나님께 봉헌한다'고 말했습니다. 이명박 시장은 '하나님'이라고 말했고 여러 언론에도 그렇게 보도되었습니다.

권정생 동화작가는 『강아지 똥』으로 알려져 있습니다. 그의 삶은 예수 그리스도에 대한 믿음이 바탕이었습니다. 교회 뒤편 빌뱅이(비렁뱅이) 언덕에 흙집을 짓고 혼자 살았습니다. 『몽실언니』, 『하느님의 눈물』, 『우리들의 하느님』, 『하느님이 우리 옆집에 살고 있네요』 같은 작품을 썼습니다. 권정생 작가는 제목이나 작품 속에 '하느님' 이라고 썼고, 사람들도 그렇게 씁니다.

　이오덕 선생은 우리말과 글을 다듬는데 온 힘을 쏟았습니다. 그는 '하늘' 에 '님' 을 붙이면 'ㄹ' 탈락현상이 생겨 '하느님' 이라고 쓴다고 했습니다. '하나' 는 셈씨(수사)이므로 '님' 을 붙일 수 없다고 했습니다. 훌륭한 두 사람을 가르킬 때 '두님' 이 되지 않고, 존경하는 세 사람이 있을 때 '셋님' 이라고 하지 않듯이.

　표준국어대사전에서는 '하느님' 과 '하나님' 이 모두 표준어입니다. 다만 하나님에 대해서는 '하느님을 개신교에서 이르는 말' 이라고 풀이하고 있습니다. 아마 유일신이라서 하나를 강조하고자 '님' 자를 붙였나 봅니다. 그러나 하나라는 말은 둘이나 셋, 넷처럼 여럿 있을 때에 대한 상대개념이 있습니다. 오히려 유일신을 강조하려면 '홑님' 이나 '독(獨)님' 이란 말이 더 맞는 듯합니다.

　한 나라에서 공용어로 쓰는 규범의 언어를 표준어라고 합니다. 의사소통의 불편을 덜기 위하여 전 국민이 공통으로 쓸 공용어의 자격을 부여받은 말을 표준어라고 합니다. 우리나라에서는 교양 있는 사람들이 두루 쓰는 현대 서울말을 표준어라 합니다.

틀린 말이어도 사람들이 많이 쓰기 때문에 표준어가 될 때가 있습니다. 상가(喪家)라는 말이 있는데 상갓집이라고도 합니다. 둘 다 표준어입니다. 그런 말이 꽤 있습니다. 처가(처갓집), 외가(외갓집), 초가(초가집)가 그렇습니다. 고목(고목나무), 국화(국화꽃), 매화(매화꽃)도 그렇습니다. 해안(해안가), 단발(단발머리), 포승(포승줄), 생일(생일날)도 그렇습니다. 모두 표준어로 사전에 올라 있는 낱말입니다.

잘못된 일이 터졌을 때 사람들은 일의 뒤끝을 거두고 마무리합니다. 잘못을 사과합니다. 다시는 그런 일이 일어나지 않도록 하기 위해서입니다. 이명박 시장도 '서울 봉헌'이라 한 말에 대해 '일반시민과 이웃 종교인에게 공직자로서 심려를 끼치게 된 점에 대해 유감스럽게 생각하고 앞으로 재발하지 않도록 약속 하겠다'고 사과했습니다.

그런데 잘못한 일이 되풀이 되고 되풀이 되면 잘못한 사람도 잘못한 줄 모르고 잘못을 본 사람도 그것이 잘못한 것이라는 생각을 못하게 됩니다. 무뎌지는 것입니다.

세상에 자주 드러나는 정치인이나 연예인이 틀린 말을 자꾸 쓴다고 봅시다. 언론인들은 그 틀린 말을 그대로 받아 적어 알리게 됩니다. 그것을 보고, 배운 사람들까지도 틀린 말을 자꾸 쓰며 퍼뜨리게 됩니다. 그리고 보통 사람들이 그 틀린 말을 아무렇지도 않게 쓰게 됩니다. 그러면 그 틀린 말은 사람들이 많이 쓰기 때문에 표준어가 됩니다.

　세상에 자주 드러나는 정치인이나 연예인은 틀린 말을 쓰지 않아야 합니다. 설령 정치인이나 연예인이 틀린 말을 써도 언론은 바른 말을 써야합니다. 혹시라도 언론이 틀린 말을 하더라도 배운 사람들은 틀렸다고 가르쳐 주고 옳은 말을 써야 합니다. 그럴 리는 없겠지만 배운 사람들이 틀린 말을 쓰더라도 보통 사람들이 틀린 말을 써서는 안 됩니다. 그 틀린 말을 보통 사람들이 많이 쓰면 표준어가 되어버리기 때문입니다.

－〈광주매일신문〉

그가 강호동이다

두 사람이 모래판에 서서 관중들에게 정중하게 절을 합니다. 두 사람이 마주보며 점잖게 인사를 나눕니다. 그리고 모래판 가운데에서 서로 무릎을 꿇고 상대의 허리와 다리에 묶은 샅바를 잡습니다. 씨름입니다. 씨름은 관중을 정중하게 모십니다. 상대 선수를 점잖게 대합니다. 자웅을 겨루는 선수들끼리는 상대의 숨소리까지 들을 수 있으며 상대와 살을 맞대고 경기를 합니다. 씨름은 대한민국의 얼을 담아온 민속경기입니다. 우리 민족은 경기를 하더라도 정당하고 정중했습니다. 상대를 배려하고 상대와 호흡하는 슬기로움을 지녔습니다.

씨름은 한때 태권도를 제치고 첫 번째 국기(國技)로 하자는 말까지 나올 만큼 인기였습니다. 그 인기는 샅바싸움에 무너져 내렸습니다. 샅바싸움하면 제3대 천하장사였던 장지영, 역도에서 씨름으로 바꾼 이민우, 그리고 강호동이 떠오릅니다. 자신이 이길 수 있게 샅바를 매기도 하고, 자신이 이기기 좋게 샅바를 잡기도 합니다. 샅바잡기에 시간을 끌어 상대의 힘을 빼거나 상대의 기분을 상하게 하여 자신에게 유리하게 만들기도 합니다. 그러한 샅바싸움이 작전의 하나이거나 경기의 일부라 하면 할 말은 없습니다. 나는 어쩐지 꺼림칙하고 찝찝했습니다. 샅바싸움은 씨름에 대한 관심을 떨어뜨렸습니다. 민속씨름위원회는 샅바를 규격화하기도 하고 샅바 잡는 규칙을 마련하기도 했습니다. 경기운영을 잘하기 위한 심판 교육을 하기도 했습니다. 떨어진 관심은 되살아나지 않았습니다.

유명 남자연예인들이 모여 대한민국의 아름다운 곳을 찾아다닙니다. 여행을 하면서 재미있는 놀이를 합니다. 놀이에서 진 사람들이 물에 빠집니다. 추운 겨울에도 물 속으로 들어갑니다. 1박 2일이라는 텔레비전 프로그램입니다. 사람들은 돈 많이 버는 연예인들이 물에 빠지는 것을 보며 즐거워합니다. 그들이 멋진 곳을 힘들게 찾아가는 것을 보고 감동합니다. 우리의 고향이 나오기도 하고 고향을 떠나 대한민국에 돈 벌러 온 외국인의 고향이 나오기도 합니다. 우리의 할아버지가 사는 모습이 나오기도 하고 이웃의 아픔이 그려지기도 합니다. 연예인들이 감동하는 것을 보고 우리는 감동합니다. 삶에 찌들고 힘든 사람들에게 위로가 되고 웃음을 안겨줍니다. 새 힘을 얻기도 합니다.

강호동이 이끄는 〈1박 2일〉이 다녀간 곳은 관광명소가 될 만큼 인기를 모읍니다. 그 인기 속에는 복불복(福不福)이 숨어 있습니다. 놀이를 하다 지게 되면 물에 빠져야 하거나 밖에서 한뎃잠을 자야 합니다. 놀이에 지지 않으려고 잔머리를 쓰기도 하고 속임수를 쓰기도 합니다. 잔머리와 속임수가 귀엽기도 하고 웃음을 던져주기도 합니다. 그러한 잔머리와 속임수가 보는 사람들을 더 재미있게 하고, 시청률을 더 높게 하려는 것이라면 할 말은 없습니다. 나는 아이들과 〈1박 2일〉을 보면 어쩐지 꺼림칙하고 찝찝합니다. 아이들도 어른들도 입에 붙은 유행어가 생겼습니다. '나만 아니면 돼!' 잘못을 하여도, 정당하지 못해도, 배려하지 않아도 '나만 아니면 돼'가 사람들 몸과 마음속에 스몄습니다.

삳바싸움이 정정당당을 넘어 정당화되어서는 안 됩니다. 복불복이 몸과 마음에 스며서는 더욱 안 됩니다. 지금을 살고 앞으로 살아갈 대한민국이 '나만 아니면 돼'를 외쳐서는 안 됩니다. 인생도처 복불복, 건지면 대~박, 걸리면 쪽~박의 시대를 버려야 합니다.

– 〈광주매일신문〉

가르지 말고 강요하지 마라

땡볕 아래서 막일하는 사람은 '시원한 바람이 불었으면' 하고 바랍니다. 줄기차게 내리는 봄비에 농사짓는 사람은 '비 좀 그만 왔으면' 합니다. 힘이 들면 자기도 모르는 사이에 간절한 기도가 나옵니다. 오랫동안 애쓴 일이 이루어진 사람은 '아이코, 고맙습니다' 란 말이 저절로 나옵니다. 꾸준히 제 몫을 해내고 집을 장만한 사람은 '이제 살 만 하네. 이렇게만 살면 좋겠네' 합니다. 즐거운 일이 생기면 입에서 고마움의 기도가 자기도 모르게 새어 나옵니다.

사람들에게 힘든 것은 제가끔이고 바라는 것도 제가끔입니다. 사람들에게 즐거운 일은 제가끔이고 고마운 일도 제가끔입니다. 있는 곳에 따라서 바라는 것이 다르고, 하고 있는 일에 따라서 바라는 것이 다릅니다. 그래서 사람마다 기도가 다릅니다. 똑같은 기도를 할 수 없습니다.

교회에는 기도문이 있습니다. 주기도문입니다. 교회에 다니는 사람들은 주기도문을 외웁니다. 주기도문 안에 자기가 바라는 일이 다 들어 있는지 저는 모릅니다. 바라는 것을 강요당하고 있다는 마음을 지울 수가 없습니다. 교회에 다니는 사람은 주기도문을 외우는데 익숙하고 또 주기도문을 예배 볼 때마다 외웁니다. 배고프지 않아도 때가 되면 밥을 먹듯이.

튼튼한 아이들은 공 차는 시간이 많기를 바랍니다. 손재주가 있는 아이들은 만들기 시간이 즐겁습니다. 아이들이 하고 싶은 일은 다릅니다. 글을 읽으면 시간 가는 줄 모르는 아이들이 있습니다. 그림을 그리다가 밥 때를 놓치는 아이들도 있습니다. 아이들이 잘하는 일은 제가끔 다릅니다. 아이들마다 개성이 다르기 때문입니다.

처지에 따라서 하고 싶은 일이 다르고, 때에 따라서 잘하는 일이 다릅니다. 똑같은 일을 만나더라도 나이에 따라 달라지고, 비슷한 일을 겪어도 언저리(환경)에 따라 다릅니다. 그래서 같은 아이라도 다른 모습을 보일 때가 있습니다. 똑같은 삶이란 없습니다.

학교에는 학생들을 가르치는 틀이 있습니다. 시간표입니다. 학생들은 때가 되면 시간표에 따라 공부를 하거나 배웁니다. 시간표 안에 자기가 하고 싶은 일이 다 들어 있는지 저는 모릅니다. 배우는 것을 강요당하고 있다는 마음을 지울 수가 없습니다. 학교에

다니는 아이들은 시간표대로 공부하는 것에 익숙하고 또 시간표대로 공부합니다. 자유를 말하면서 똑같은 길을 걸으라고 하듯이.

교회에 다니며 주기도문을 외운다고 내가 바라는 바가 이루어지지 않습니다. 학교에 다니며 시간표대로 살았다고 내가 하고 싶은 일이 이루어지지 않습니다. 서로 다름을 알고 서로 다름을 알아야 합니다. 다름을 안다는 것은 이해하는 것입니다. 이해는 관심에서 비롯되어 사랑하게 되고 존중하는 마음으로 이루어집니다. 이해한다는 것은 책에서 읽고 선생에게 배우는 것과는 다릅니다. 요즘은 이웃을 살펴볼 틈이 없으니 이웃을 사랑하는 마음은 아주 멉니다. 이웃을 존중한다는 것은 까마득할 뿐입니다. 이해는 느낌이나 자세가 아닙니다. 이해는 삶의 방식이자 의무가 되어야 합니다.

살아가는 방식이 제가끔 있고, 살아갈 권리가 제가끔 있습니다. 사람들은 스스로 바라는 바를 기도하고, 스스로 하고 싶은 일을 합니다. 그것이 제가끔의 믿음이고 그것이 제가끔의 삶입니다.

앞서가려는 사람을 따른다고 그 따르는 행위가 진보일 수 없습니다. 앞서가려는 사람을 따른다고 진보라고 규정짓지 말아야 합니다. 지키려는 사람을 칭찬한다고 그 칭찬하는 말이 보수일 수 없습니다. 지키려는 사람을 칭찬한다고 보수라고 규정짓지 말아야 합니다.

사람들은 때에 따라, 머무는 곳에 따라, 자리에 따라 진보일 수 있고 보수일 수 있습니다. 진보가 옳으니 진보를 따르라고 강요해서는 안 됩니다. 보수가 행복하니 보수를 따르라고 강요해서는 안 됩니다. 대한민국이 독립할 때 공산주의와 민주주의 이념 대립이 얼마나 많은 희생을 가져왔는가를 돌아봐야 합니다. 진보와 보수라는 틀을 짜서 대한민국을 또 다른 이데올로기의 늪에 빠뜨려서는 안 됩니다. 인권의 도시라고 말하는 곳에서는 더욱 더.

– 〈광주매일신문〉

반장선거

지금 돌이켜보면 박정희 정권의 독재가 안정되어 가던 시절이었습니다. 국민학교(지금은 초등학교) 4학년 반장선거를 할 때였습니다. 젊은 담임선생님이 갑자기 발령을 받아 다른 학교로 떠나시고 학년주임선생님이 대신 우리 반을 맡았습니다. 우리는 학급회의를 통해서 새로운 반장과 부반장을 뽑았는데 점심시간이 지나 임시 담임인 학년주임선생님이 오셨습니다. 우리 반을 한 학기 동안 이끌어 갈 반장은 이러이러해야 한다며 아이들을 설득하고 학년주임선생님이 지켜보는 앞에서 반장과 부반장 선거를 다시 하였습니다. 선생님이 지켜보는 가운데 뽑힌 반장은 우리끼리 뽑은 반장과 다른 아이가 되었습니다.

우리는 짜증나고 억울했지만 선생님은 만족스러웠는지 모릅니다. 우리가 등나무 밑에서 선생님을 흉보거나 청소를 하며 학교에 대해 투덜거릴 때 선생님은 교무실에서 웃었는지도 모릅니다. 옆 반 선생님은 그 일 때문에 두 아이를 '아이반장'과 '담임반장'이라고 달리 불렀던 것 같기도 합니다. 선생님들은 쉽게 잊었을지 모르지만 우리는 아직도 그 반장선거를 뚜렷이 기억하고 동창회에서 만나면 그때를 이야기하곤 합니다.

우리 눈에 아이반장은 착실했습니다. 학년주임선생님은 아이반장의 가난이 학교일에는 보탬이 되지 않을 것 같아 껄끄러웠는지도 모릅니다. 대한민국의 언론들이 광고에 보탬이 되지 않는 기사를 보도하는 일을 껄끄러워하는 것처럼. 담임반장은 선생님이 시킨 대로 교실 커튼도 달고 소풍 때 선생님 도시락을 찬합에 싸 왔습니다.

우리에게 아이반장은 똑똑했습니다. 학년주임선생님은 아이반장의 올바름이 학교일을 잘 따르지 않을까봐 걱정되었는지도 모릅니다. 대한민국의 언론들이 자기들에게 허락받지 않은 올바름으로 자기들의 자존심을 흔드는 것을 짜증내는 것처럼. 담임반장은 가난한 아이들에게도 불우이웃돕기 성금을 잘 걷었고, 체육시간에 아이들을 데리고 꽃밭의 풀도 잘 뽑았습니다.

우리에게 아이반장은 너그러웠습니다. 학년주임선생님은 아이반장의 됨됨이가 입맛에 맞지 않아 싫었는지도 모릅니다. 대한민국의 언론들이 커지고 있는 언론의 힘을 푹푹 쑤셔 빼는 일을 싫어하는 것처럼. 담임반장은 선생님을 거들어 시험채점도 잘 했고, 담임반장의 부모님은 고기 집에서 선생님을 대접하기도 했습니다.

삶을 스스로 헤아리며 사는 사람이든, 삶을 따라다니며 사는 사람이든 요즘은 언론에 휩쓸려 살아갑니다. 사람들은 〈어떤 일〉이 생겼을 때 언론이 크게 다루거나 여러 언론이 다루면 큰일이라고 느끼고, 그 이야기를 입에 올려 퍼뜨립니다. 언론이 다루지 않거나 조그맣게 다루면 하찮게 여겨 그냥 스쳐 지나가 버리고 맙니다. '어떤 일'이라는 것이 이해당사자에게는 큰일이라도 사회에서는 중요하지 않을 수도 있고, '어떤 일'이 아무 일도 아닌 것처럼 보이더라도 살아가는 데에는 어마어마한 변화의 발판이 되기도 합니다.

'아이반장'과 '담임반장'의 일은 같은 반인 우리들에게는 큰일이었고, 담임선생님과 학교관계자에게는 아무 일도 아니었습니다. 우리는 어린 나이에 우리 사회의 어두운 밑바닥을 겪었고, 어두웠던 시절의 어른들은 그것을 마땅하게 여겼습니다. 동창들은 지금도 그것을 떠올리며 이야기하고, 4년 전 돌아가신 담임선생님은 그때의 반장선거를 기억하지 못한다고 하셨습니다. 반장선거는 우리에게 정의를 가르쳐 준 아주 종요로운* 일이었지만, 불의를 일삼는 어른들에게는 늘 있는 일이었는지 모릅니다.

- 〈광주매일신문〉

---

* 종요롭다 : 없어서는 안 될 만큼 꼭 필요하고 중요하다.

정치인의 출판기념회

바야흐로 정치의 계절이 왔나봅니다. 정치를 하고 있거나 정치를 하고자 하는 사람들이 곳곳에서 자서전 출판기념회를 봇물 터지듯 쏟아내고 있습니다. 출판기념회가 선거출사표처럼 되었고, 조직력을 정비하거나 세를 과시하는 지지세력 결집의 효과가 있기 때문입니다. 더군다나 선거자금을 거둬들일 수 있는 더 할 수 없는 좋은 기회이기도 합니다.

자서전 제목만 보면 우리는 아주, 아주 좋은 나라에서 살고 있습니다. 제목에서 원칙이나 균형, 배려, 동행, 상생 같은 말을 쉽게 찾아 볼 수 있으니, 우리는 '원칙'과 '균형'을 가진 국민 대표들에게 '배려' 받으며 '동행'하는 '상생'의 나라에서 살고 있는 것입니다. 정면승부, 희망여행, 새벽을 연다, 같은 제목도 있으니, 우리의 대표가 될 사람들은 '정면승부'를 하면서 '희망'으로 '새벽'을 여는 사람들임에 틀림없습니다. '소수와 약자를 위해'라든가 '실천에서 길을 찾다', '지방이 살아야 나라가 산다', '민생에 미치다', '함께 만드는 행복' 같은 제목을 보면, 우리가 '소수와 약자'여도 '실천'을 하며 '지방'을 살리고, '민생에 미치'면서 '함께 행복을 만드는' 사람들을 대표로 뽑아서 더 이상 바랄 것이 없는 것 같습니다.

정치인이나 예비 정치인의 출판기념회에서는 '선거법 위반이라 먹을 것을 준비하지 못한 마음 죄송스럽게 생각합니다'는 말이 단골로 나옵니다. 이 말이 저에게는, '나는 이런 사람이니 기회를 줄 때 나에게 줄을 잘 서시오'처럼 들립니다. 정치인의 출판기념회는 출판사가 주최를 하고 국회의원이나 예비 정치인의 이름을 빌리는 형식을 취해 교묘하게 법을 피해갑니다. 또 '사랑하고 존경하는 국민에게 희망을 줄 수 있는 사람'이라는 말도 자주 나옵니다. 저에게는 '국민 여러분을 사랑하거나 존경하지 않아서 지금까지 희망을 주지 못했다'는 것으로 들립니다. 정치인의 출판기념회는 사람을 억지로 끌어모으거나 듣기 좋은 말로만 잔치를 합니다.

문제는 구상유취(口尙乳臭, 입에서 아직 젖내가 난다)한 그들이 아닙니다. 그들의 되지 않는 깜냥에 놀아나면서 콩고물에 혀를 날름거리는 우리들입니다. 그들의 어수룩한 꼬임과 꼼수에 넘어가 그들과 어깨를 덩실거리는 우리들입니다. 마른자리에 앉아서 더 포근한 자리를 바라는 그들에게 해바라기처럼 그들만 바라보는 우리들입니다. 그래도 우리는, 없이 사는 우리는 그들 앞에서 굶주린 배를 채우려고 아등거립니다. 배우지 못한 우리는 뭐라도 가져볼까 그들 앞에서 갖은 아양을 떨며 바둥거립니다. 아등바둥하는 우리가 짠합니다.

우리의 대표가 되고자, 국민의 대표가 되고자 하는 사람은 우리 안에 있습니다. 우리는 우리의 대표가 되고자 하는 자를 올바르게 바라보지 못합니다. 우리보다 힘이 세면 그들이 우리의 대표라고 생각하고, 우리보다 돈이 많으면 그들이 우리의 대표라고 착각합니다. 힘 있는 자를 뽑으면 우리에게 힘을 주리라 생각하고, 돈 있는 자를 뽑으면 우리에게 돈을 주리라 착각합니다. 그래서 우리들은 그들에게 몰려가서 손을 비비고 그들이 우리를 골라주기를 바랍니다. 마치 굶주린 거지처럼.

지금 우리는 수무푼전(手無分錢, 가진 돈이 한 푼도 없음)이라고 없음을 탓하며, 망자재배(芒刺在背, 까끄라기와 가시를 등에 지고 있음)의 모양새라면서도 그저 노이무공(勞而無功, 애 쓴 보람이 없다)만 탓하고 있습니다.

누가 우리를 이렇게 만들었고, 누가 우리를 이렇게 머물게 했습니까. 바로 우리입니다. 이제 새로운 우리의 대표를 뽑을 때 우리는 우리를 위해 누가 알맞은 사람인가를 꼼꼼히 살펴야 합니다. 단지 옆집 아저씨라고, 단지 우리 학교 나왔다고 찍어서는 안 됩니다. 정치인이 되고자 하는 사람들의 사탕발림에 내 영혼을 팔아서는 안 됩니다.

중학교 3학년 교과서에 '사회의 목탁'이란 말과 '무관의 제왕'이란 말이 나옵니다. 언론을 뜻하는 말입니다. 목탁(木鐸)이란 밤이고 낮이고 눈을 감지 않는 물고기를 본떠서 만든 것이라 합니다. 언제든지 깨어 있으라는 뜻이겠습니다. 무관의 제왕이란 왕관이 없는 황제를 말합니다. 왕관은 없지만 황제겠습니다. 두 가지 모두를 더하면 언론은 늘 깨어 있는 황제란 뜻입니다. 언론의 역할이 어느 때보다 중요한 때입니다.

– 〈광주매일신문〉

탐관오리와 지방자치

옛날에 백성의 재물을 빼앗고 못된 짓을 일삼는 벼슬아치를 탐관오리(貪官汚吏)라고 불렀습니다.

탐관오리의 대표 인물로 춘향전에 나오는 남원부사 변학도를 듭니다. 소설에서 변 사또를 잡으러 간 이몽룡은 그의 시에 탐관오리의 수탈을 담았습니다. 금준미주천인혈(金樽美酒千人血, 금술잔의 달콤한 술은 백성들의 피요) 옥반가효만성고(玉盤佳肴萬姓膏, 옥그릇의 풍성한 안주는 백성들의 살점이다) 촉루락시민루락(燭淚落時民淚落, 떨어지는 촛농은 백성의 눈물이며) 가성고처원성고(歌聲高處怨聲高, 노랫가락 커질수록 한숨소리 커진다).

현실에서도 탐관오리의 대표가 있었습니다. 동학혁명의 원인이 된 고부군수 조병갑입니다. 조병갑은 흉년이 들었던 1893년, 억지로 세금을 거두고, 농민들에게 갖가지 죄를 씌워 재물을 빼앗았으며, 아비의 공덕비를 세운다며 가난한 농민들에게 돈을 거두었습니다.

조선에는 이러한 탐관오리를 따져 밝히고 백성의 민심을 살피는 암행어사를 두었습니다. 귀에 익은 이름인 박문수 암행어사는 지방 관리들의 수탈과 횡포를 뿌리 뽑고, 억울한 백성들의 편에 서서 진실을 밝혀냈습니다.

임진왜란이 터지기 전에는 함경도에 의적(義賊) 임꺽정이 있었습니다. 탐관오리들의 부패가 심해지자 임꺽정은 관아를 습격하여 곡식을 빈민에게 나누어주었습니다. 백성들은 임꺽정을 좋아했습니다. 연산군 때는 충청도에서 홍길동이 조정 대신들을 덜덜 떨게 했습니다. 역사의 실존 인물인 홍길동은 죽은 뒤에 소설로 그려졌습니다. 소설에서 홍길동은 활빈당을 이끌고 동에 번쩍 서에 번쩍 나타나 탐관오리를 벌주는 의적이었습니다.

박정희 군사독재시절에는 지방자치가 없었습니다. 중앙정부는 지방 관리를 임면했고, 임면권을 가진 중앙정부는 지방을 통제하기 쉬웠습니다. 김대중 전 대통령은 지방자치 도입을 민주화운동의 하나로 보았고, 1971년 대통령선거에서 행정수도를 대전으로 옮기는 '지방자치 실시'를 공약으로 내걸었으나 당선되지 못했습니다. 그는 1990년 3당 합당에 반대하는 단식투쟁으로 마침내 '지방자치 전면 실시'를 얻어냈습니다.

노무현 전 대통령은 '지방자치연구소'로 정치활동을 펼쳤습니다. 그의 지방자치에 대한 애정은 행정수도 이전을 현실로 만들었으며, '균형발전'을 주요 국정 전략으로 삼았습니다. 그는 중앙과 지방의 '조화와 균형'이란 화두를 품에 안고 살았습니다.

지방자치는 어렵게 가져왔지만 흔들리고 있습니다. 공천권을 가진 정당이나 영향력을 행사하려는 국회의원이 군사독재시절의 임면권을 가졌던 중앙정부처럼 행동합니다. 끝없이 터져 나오는 지방자치단체장들의 비리는 시민들의 불신과 혐오감을 키웁니다. 그들에게 충성하는 자들만 끼워주고, 그들끼리만 해 먹으려고, 불신과 혐오를 바라는지도 모릅니다.

예나 지금이나 탐관오리는 있고 예나 지금이나 탐관오리는 스스로 탐관오리인지 모릅니다. 탐관오리와 가까운 사람들은 변 사또 생일잔치에 참석하고, 탐관오리에 빌붙은 사람은 조병갑을 받들어 농민들을 빨아먹습니다. 홍길동도 아니고 임꺽정도 아닌 사람은 보고도 못 본 채, 알고도 모른 척합니다.

김대중 전 대통령은 '행동하지 않은 양심은 악의 편'이라고 했습니다. 행동하는 양심이라면 투표라도 해서 지방자치를 가꾸어야합니다. 투표하지 않으면 탐관오리를 키우는 꼴입니다. 노무현 전 대통령은 '정치가 썩었다고 고개를 돌리지 마십시오. 낡은 정치를 새로운 정치로 바꾸는 힘은 국민 여러분에게 있습니다'고 했습니다. 낡은 정치가 싫으면 지방자치를 똑바로 보고 투표해서 새롭게 바꾸어야 합니다. 스스로 암행어사가 되는 첫 번째 길은 투표하는 것이고, 제대로 투표하면 탐관오리는 발을 붙이지 못합니다.

지구 온난화 방지 운동으로 2007년 노벨평화상을 받은 미국의 앨 고어는 〈불편한 진실〉이라는 다큐멘터리 영화에서 '환경정책에 관심 있는 후보에게 투표하라. 만약 그런 후보가 없다면 직접 출마하라' 고 했습니다. 우리는 지금부터 다음 지방선거를, 다음 국회의원선거를, 다음 대통령선거를 준비해 야합니다. 지방의원이나 지방자치단체장의 자질을 탓하지 말고 준비된 전문가들이 지방자치에 참여하여 임꺽정이 되고 홍길동이 되어야 합니다.

– 〈광주매일신문〉

옛날 탐관오리와 지금 탐관오리

조선시대 국가 재정의 3대 요소는 전정(田政), 군정(軍政), 환정(還政)이었습니다. 요즘 말로 하면 전정은 토지제노, 군정은 군사제도, 환성은 금융제도쯤 되겠습니다. 이러한 삼정제도는 끔찍한 임진왜란(1592년) 뒤 아주 흐트러졌습니다. 조선의 탐관오리들은 그때를 틈타 농민들의 뼈골을 빼먹었고 죽음에 이르게도 했습니다.

농사를 짓는 땅의 넓이만큼 세금을 내는 것이 전정인데, 왜의 침략으로 못쓰게 된 땅에도 세금을 매겼고, '백지징세(白地徵稅)'라 하여 땅이 없는데도 있는 것처럼 꾸며서 세금을 받아냈습니다. 탐관오리의 배는 불렀고, 농민의 등골은 모질게 후벼졌습니다. 병역을 치르지 못하는 대신 군포를 내는 것이 군정인데, 젖먹이도 군적에 올려 군포를 받아내는 황구첨정(黃口簽丁), 죽은 사람에게도 군포를 거두어들인 백골징포(白骨徵布), 사라진 자는 친척에게 받아내는 족징(族徵), 이웃에게 받아내는 인징(隣徵)도 있었습니다. 탐관오리는 치밀한 행정이었고, 농민은 잔인한 현실이었습니다.

가난한 자를 살리기 위해 먹을 것이 떨어졌을 때 곡식을 꾸어주고 추수 뒤에 길미(이자)를 쳐서 받는 것이 환정인데, 꾸어줄 때 곡식에 모래를 섞어주거나 거부하면 억지로 꾸어주고 받을 때는 비싼 길미를 매겼습니다. 이를 감추기 위해 관리들은 서로 짜고 가짜 서류도 만들었습니다. 탐관오리는 배를 두드리며 웃었고 농민은 애를 끊으며 울었습니다.

삼정(三政) 이외에도 지방의 특산물을 나라에 바치는 공납(貢納)이란 것이 있었는데, 지방 수령들은 농민이 받치는 특산물은 퇴짜 놓고, 방납업자를 내세워 터무니없는 값을 농민에게 물리기도 했습니다. 이 틈에 정부는 돈을 받고 벼슬을 주는 공명첩(空名帖)을 발행하기도 했습니다. 돈 있는 자는 어린 자식에게도 벼슬을 사 주어 '어린 나리'가 나타났습니다. 사람들은 어린 나리를 '얼레리'라고 불렀습니다. 누군가를 놀릴 때 '얼레리꼴레리'라고 했는데 이 말은 지금도 놀릴 때 쓰입니다. 나라까지 탐관오리로 나서서 농민의 살을 훑었고, 탐관오리가 된 나라는 썩어갔고 망했습니다.

요즘에도 탐관오리는 크게 다르지 않습니다. 표를 모아 주는 사람에게만 벼슬을 주고 돈을 쥐어주는 사람에게만 일감을 몰아줍니다. 능력이 없지만 내 편이 되어주는 사람들에게 벼슬을 주고 벼슬을 얻은 사람은 빈둥빈둥 놀며 월급을 받습니다(尸位素餐-시위소찬, 하는 일 없이 자리만 차지하고 있으면서 녹을 받아 먹는다). 탐관오리는 시민을 위해 일을 벌이기보다는 그들의 사리사욕(私利私慾)을 위해 일을 벌입니다. 돈이 아주 많은 자에게는 세금을 깎아 주고 서민들에게는 엄밀한 잣대를 들이댑니다. 기업에겐 일자리를 만들 것이라며 특혜를 주고 서민에겐 일자리를 빼앗습니다.

예나 지금이나 탐관오리는 스스로 탐관오리인 줄 모릅니다. 날마다 시민과 나라를 위해 피땀 흘리며 있다고 자기암시를 하기 때문입니다. 히틀러 시대 선전장관이었던 요제프 괴벨스처럼 '거짓말을 되풀이하면 처음에는 부정하고 나중에는 의심하고 결국은 믿게 된다' 고 되뇌고 있을 지도 모릅니다. 신문고(탐관오리 신고제)나 암행어사(지방행정감사원)가 있어야 하겠지만 언론이 제대로만 감시를 해도 탐관오리는 사라질 것입니다. 아니, 시민이 바르게 보고만 있어도 탐관오리를 없앨 수 있습니다. 핏줄(혈연)이나 선배(학연)라고 아니면 이웃집아저씨(지연)라고 탐관오리에 빨대대고 있다면 우리 또한 탐관오리와 다르지 않습니다.

- 〈광주매일신문〉

얌통머리와 걸태질

우리나라는 고조선 때부터 농사를 지었다고 역사책에서 배웠습니다. 1980년대까지만 해도 우리의 아버지들과 어머니들은 농사를 지어서 아이들을 가르치고 먹고 살았습니다. 언제부턴가 농사를 지어서는 먹고 살기조차 힘들게 되었습니다. 언감생심(焉敢生心), 아이들을 가르치는 일은 마음먹을 수조차 없었습니다.

2005년부터 농사를 짓는 사람들의 소득을 보장하기 위해 보조금을 주었습니다. '쌀 소득보전 직불금'입니다. 흔히 쌀 직불금이라고 합니다. 목표 값을 정하고, 목표 값과 그해 수확기의 전국 평균 쌀값의 차액 가운데 85%를 돈으로 주어서 농사짓는 사람들의 생활안정을 꾀하려고 만들었습니다. 그때 쌀 시장을 외국에 열면서 쌀값이 떨어지는 경우에 쌀 농가의 소득을 알맞게 지켜주기 위한 것이었습니다. 이 제도에는 8년 동안 농사를 지었다고 하면 양도소득세를 감면받는 대목도 있습니다. 양도소득세 감면은 땅 투기에 악용(惡用)되었습니다.

2008년, 농사짓는 땅을 갖고 있으나 농사를 짓지 않으면서 '자경(自耕) 확인서'만 가짜로 꾸며 돈을 받아가는 사람들이 생겼습니다. 쌀 직불금 제도 실시 3년이면 도둑질을 연구할 수 있을만한 기간입니다. 그들은 높은 사람들이었고 돈이 많은 사람들이어서 사회문제가 되었습니다. 자본주의 사회에서 높은 자리와 많은 돈을 가지고 떵떵거리고 사는 것을 뭐라 할 수는 없습니다. 비록 배가 아프기는 하지만 부지런히 애써서 얻은 자리고 떳떳하게 번 돈이라면 탓할 마음은 없습니다.

높은 자리를 이용하여 다른 사람의 몫을 빼앗거나 많은 돈을 앞장 세워 닥치는 대로 거둬들인다면 이야기가 다릅니다. 그것은 염치없는 짓입니다. '염치'나 '얌치'라는 말은 체면을 차릴 줄 알며 부끄러움을 아는 마음입니다. 속되게 얌통머리나 야마리라고 합니다. 바르지 않게 쌀 직불금을 타 간 사람들은 얌통머리 없는 놈들이었습니다. 야마리 없는 짓거리를 한 놈들에게 쌀 직불금은 푼돈이었으나 농사짓는 사람들에게는 큰돈이었습니다. 그런 놈들이 옛날에도 많았던지 "아흔아홉 석 가진 '놈'이 한 석 가진 '사람' 보고 내놓으라 한다"는 귀에 익은말도 있습니다.

강원도에는 평창이 있습니다. 평창에는 아흔아홉 굽이의 대관령이 있고, 대관령에는 겨울의 차가운 바람이 얼리고 햇볕이 녹이는 노란 황태가 있습니다. 겨울에 눈이 많아 스키장이 들어서기에 좋은 곳입니다.

2000년부터 그곳에서 동계올림픽을 유치하려고 애를 썼습니다. 힘든 강원도 살림에 동계올림픽을 끌어들이면, 사회간접자본을 법으로 마땅히 받아들여 일자리가 생기고, 관광객이 늘어서 더 잘 살 수 있다는 헤아림이 있었습니다. 반대의 목소리도 있었으나 '부자가 될 것이다'는 구실 앞에 묻히고 막혔습니다.

드디어 2011년 두 번의 실패 끝에 평창은 동계올림픽을 끌어들였습니다. 방송과 신문에서 '평창 동계올림픽 유치'는 멋진 일이라고 떠드니 멋도 모르고 좋아하는 사람들이 생겼습니다. 유치를 발표하는 날 유창하게 프레젠테이션을 했던 나승연 대변인은 멋진 사람으로 떠올랐으며, 피겨스케이트 김연아 선수 또한 다시 한 번 국민여동생임을 확인했습니다. 유치에 대한 공을 차지하려는 사람들은 기뻐했고, 아무런 도움도 얻지 못할 사람들까지 덩달아 좋아했습니다.

그렇게 사람들이 들떠 있을 때 남모르게 웃음을 참는 사람들도 있었습니다. 더 잘 살 수 있다는 헤아림의 주체가 '서민'이 아니라 바로 '자기'라는 것을 느낀 사람들입니다. 그들은 바로 한쪽에서 동계올림픽을 끌어들이고자 애를 쓸 때, 평창일대의 노른자위 땅을 사들인 높은 사람과 돈 많은 사람들이었습니다. 사들인 노른자위 땅값은 10배가 뛰었고, 그들은 '땅을 살 때보다 값이 떨어졌다'고 둘러대기도 했습니다. 재벌가를 비롯한 연예인, 정치인들이 차지한 땅은 22만㎡가 넘었고, 그 가운데에는 '전원주택과 동호인 주택을 건축하기 위한 것'이라고 말한 사람도 있었습니다.

그 땅을 돌아다녀 본 재벌닷컴 정선섭 대표는 '전답의 경우 농사를 실제로 짓는 경우는 거의 없'다고 말했습니다. 이것저것 닥치는 대로 휘몰아 먹는 것을 '걸터먹다'고 말하고, 염치나 체면을 차리지 않고 재물 따위를 마구 긁어모으는 짓을 '걸태질'이라고 합니다. 낱말에서부터 벌써 더럽다는 느낌이 듭니다. 평창은 얌통머리 없는 놈들이 걸태질해서 걸터먹고 말았습니다.

높은 자리에 있거나 돈 많은 사람에겐 '수의에는 주머니가 없다'는 말이나 '메멘토 모리(죽음을 기억하라)'라는 말이 쓸데없는 말이 된지 오래입니다. '받는 것보다 주는 것이 더 기쁨'이라는 말이나 '노블레스 오블리주(높은 신분에게 요구되는 도덕적 의무)'라는 말도 그들 앞에선 쓰레기 같은 말일 뿐입니다. 그들이 얌통머리 없이 걸태질이라도 안 했으면 좋겠습니다.

백마 탄 왕자

철이 들 무렵 첫사랑으로 백마 탄 왕자를 만납니다. 나에게 푹 빠진 왕자의 사랑을 온몸으로 받습니다. 곱고 아련한 사랑을 합니다. 환하고 빛나는 혼례를 치르고 죽을 때까지 아름답게 삽니다. 고등학교 때 여학생들이 한번쯤 꿈꾸는 일입니다. 그런 것은 이야기로도 많이 엮어졌습니다. 『신데렐라』, 『인어공주』, 『콩쥐 팥쥐』, 『백설공주』, 『미녀와 야수』, 『잠자는 숲속의 공주』가 모두 그런 이야기입니다. 지금의 불행을 한 방에 해결해줄 왕자, 거기에 달콤한 사랑까지 더해진 삶, 헤아리기만 해도 마음이 은근히 달아오릅니다.

고등학교 때만 그러는 것이 아닙니다. 나이가 들어도 떠올려 그려봅니다. 현실이 어렵기 때문입니다. 여자들만 그러는 것도 아닙니다. 남자들도 말을 하지 않아서 그렇지 그런 마음을 품습니다. 숨이 막힐 듯 갑갑하기 때문입니다. 아무리 애써도 삶이 나아지지 않습니다. 행복은 까마득하여 찾을 수가 없습니다. 웃음을 자꾸 잃어갑니다. 그런 사람들은 누구나 한번쯤 로또복권을 삽니다. 어른들에겐 로또복권이 백마 탄 왕자의 다른 이름입니다.

내가 살고 있는 삶과 내가 발 딛고 살아가는 사회의 거리가 너무 멉니다. 삶을 피하고만 싶어집니다. 술병을 붙잡거나 신(神)을 붙들어도 좋아질 낌새는 없습니다. 오히려 몸과 마음이 알맹이 없이 헛되기만 합니다. 우리의 가여운 문화는 그 거리감을 좁힐 수 없고, 똑같이 불쌍한 이웃은 나를 달래주지 못합니다. 가진 자 (者)들은 힘들어하는 사람들의 짠한 마음을 잘 긁어모아서 돈벌이를 합니다. 가난한 사람들은 그런 음모에 스스로 끼어들어 하루라도 백마 탄 왕자가 되거나 백마 탄 왕자의 대접을 받고 싶어 합니다. 화이트데이나 밸런타인데이가 그런 환상입니다. 그래봐야 헛일이란 것을 알면서도 말입니다. 스스로 흔들려 찾는 어설픈 실마리일 뿐입니다.

선거철 출근길에 멀쩡한 사람들이 길거리에서 고개를 깊숙이 숙여 절을 합니다. 어깨띠에는 숫자와 이름이 적혀 있습니다. 자기를 국회의원으로 뽑아달라는 사람들입니다. 가게를 새로 낸 집 앞에 천으로 만든 춤추는 로봇처럼 허리를 숙였다 폈다 절을 합니다. 절을 받으니 기분이 으쓱해집니다. 그들이 나보다 잘난 경우가 많아서 더욱 그런지도 모릅니다. 그를 따르는 사람들은 돌아다니며 전단지와 명함을 나누어줍니다. 선거 때면 으레 보는 모습입니다. 전단지나 명함을 읽어보면 대부분이 '내가 ~을 했다' 와 '내가 ~을 하겠다', '내가 ~을 할 수 있다' 가 적혀 있습니다. 개그콘서트에서 최효종이 말한 것처럼 '언제 하겠다'와 '왜 하는지', '어떻게 할 것인지'는 없습니다.

그들은 우리를 위해서 백마 탄 왕자처럼 일하겠다고 말하고 스스로 저 고생을 합니다. 그들은 저렇게 서너 달만 고생을 하고 나면 4년 동안 백마 탄 왕자로 군림하며 우리를 다스립니다. 절을 받거나 전단지와 명함을 읽는 사람들은 그들이 백마 탄 왕자라고 착각할지 모릅니다. 그들은 고개를 들고 웃지만 고개를 숙이며 비웃을지 모릅니다. 속임수라는 낱말이 떠오르는 대목입니다.

고등학교 때는 자신의 능력을 찾아가는데 힘써야 합니다. 백마 탄 왕자만 기다리며 멍하니 시간을 버려서는 안 됩니다. 어른들은 올바른 사회를 만들어 평화롭게 사는 것을 헤아려야 합니다. 전단지나 명함 버리듯이 생각까지 버려서는 안 됩니다.

백마 탄 왕자가 동화처럼 구박받는 팥쥐나 신데렐라를 얼씨구나 하고 고르지 않습니다. 우리가 공주여야 선택받는 것이 현실입니다. 백마 탄 왕자가 동화처럼 스스로 '짠~' 하고 나타나는 것이 아닙니다. 우리가 가르쳐서 만들고 가꾸고 다듬어야 합니다. 그가 정말로 백마 탄 왕자가 되도록 말입니다.

개그콘서트 최효종의 말을 한 번 더 빌리자면 '우리가 공주가 되는 것, 어렵지 않아요. 나의 눈, 나의 머리를 바꾸어 국회의원을 뽑으면 돼요. 뽑아서 백마 탄 왕자로 만들면 우리는 저절로 공

주가 되어요'

달라져야 하는 것은 세상이 아닙니다. 결국 '내'가 달라져야 세상이 바뀌는 것입니다. 또 하나, 마음만 달라진다고 세상이 바뀌는 것이 아닙니다. 바뀐 마음을 실천해야 합니다.

– 〈광주매일신문〉

워낭소리와 요령소리

허리춤에서부터 짜르르 하는 아픔이 종아리까지 이어졌습니다. 앉거나 일어설 때 옆에 무언가 든든한 것을 손으로 잡아야 했고 걸을 때 절룩거렸습니다. 한의원에 가서 침을 맞는데 한의사 선생님이 근육이 약하니 고기를 먹고 가벼운 운동을 하라 했습니다.

가까운 후배와 고기 집에 앉아 아주 오랜만에 고기를 시켰습니다. 붉은 빛을 띤 소고기는 3년 동안만 살고 고기로 팔려나온 소라는 것을 주인은 뚜렷하게 말했습니다. 후배는 이 집 소고기 맛이 '기가 막히다'고 했고, 나는 그렁그렁한 눈물을 담고 있는 소의 커다란 눈을 떠올렸습니다. 좀스러운 내 마음은 아직 살아보지도 못하고 삶을 느끼지도 못했을 소가 가여웠습니다.

힘이 펄펄 남아 있는데도 그냥 죽는 죽음은 억울하고 서럽습니다. 용산 철거민의 죽음과 쌍용자동차의 이어지는 죽음들, 국가로부터 보호받아야 할 국민이 국가의 외면과 방치 혹은 개입으로 죽어야 했던 죽음들은 소고기를 앞에 두고 소주만 들이키게 만들었습니다.

영화 〈워낭소리〉(감독 : 이충렬)에 나오는 소는 생명을 다하고 죽어서 그래도 다행한 죽음이라 느꼈습니다. 소의 일생이 그려지는 영화를 처음 보았을 때는, 태어나고 늙고 병들어 죽는 과정과 덧없는 삶 때문에 눈물이 났고, 할아버지와 할머니의 티격태격 다투는 모습에서 웃음이 났습니다.

두 번째 보았을 때는 9남매를 다 키워서 힘든 일을 하지 않아도 넉넉하게 살 수 있는데도, 할아버지와 할머니는 몸에 익어서 버릴 수 없는 농사짓는 모습이 아픔으로 다가왔습니다. 할아버지는 '아파, 아파!' 하면서도 논을 일구었고, 할머니는 '싫어, 싫어!' 하면서도 밭을 맸습니다. 일이 몸에 배인 소는 죽음으로써 일에서 벗어났고, 할아버지와 할머니도 삶이 다해야 일에서 벗어날 수 있을 것입니다.

힘없는 할아버지는 힘 센 소를 끌기 위하여 소의 목에 멍에를 얹었고 일이 끝나면 멍에를 벗겨주었습니다. 소에게 멍에는 스스로 벗지 못하는 것이지만 사람에게 멍에는 스스로 벗을 수 있는 것입니다. 주인공 소가 죽고 어린 소를 데려왔을 때 할아버지는 소에게 코뚜레를 채워 굴레를 씌었습니다. 소는 코뚜레에 채워 씌워진 굴레를 죽을 때까지 벗을 수 없고 차고 있어야 합니다. 사람에게도 굴레는 평생 벗을 수 없는 것입니다.

할아버지가 소에게 멍에를 씌울 때 할아버지가 스스로도 멍에를 쓰는 모습으로 보여서 나는 눈물이 났고, 할아버지가 어린 소에게 굴레를 씌울 때 할아버지가 스스로에게 굴레를 씌우는 것 같아 나는 슬펐습니다. 벗을 수 있는 멍에임에도 할아버지는 멍에를 벗지 못했고, 그 영화를 보는 나는 쓰지 않아도 될 굴레를 쓰고 있는 것 같았습니다.

힘없는 국민들은 스스로 대표를 뽑고, 국회의원들은 국민의 대표가 되어 권력을 잡습니다. 나는 국민이 국회의원에게 멍에를 씌우고 일을 부지런히 한 뒤에 멍에를 벗겨주는 것이라고 헤아립니다. 그럴 리는 없지만 국회의원이 된 사람은 행여나 국민에게 멍에를 씌우려는 생각을 해서는 안 됩니다.

요새는 벗을 수 있는 멍에를 벗을 수 없는 굴레로 만들어버리는 권력도 있습니다. 우리가 우리의 대표인 국회의원을 얼마나 잘 뽑아야 하는지 또렷이 알아야 하는 대목입니다. 멍에를 쓴 소가 고개를 흔들 때마다 들리는 워낭소리는 사람이 죽어 상여가 나갈 때 들리는 요령소리와 똑같다는 것을 국회의원들은 알아야 합니다.

잃어버린 오늘

식구끼리 만나는 모임이 있습니다. 초등학교에 들어간다는 아이가 점잖게 앉아서 밥을 먹고, 6학년이 된다는 아이는 불쑥 커서 얼른 알아보지 못했습니다. 밝게 재롱을 부려서 누구에게나 귀여움을 받던 아이는 오지 않았습니다. 학원을 갔다는 것입니다. 귀여운 아이는 중학교에 다니면서부터 '밥때'를 잃었고, 부모는 '아이'를 잃었답니다. 아마 '웃는 법'도 잊어버렸고 '말하는 법'도 잊었을 것이라며, 우리는 웃으며 말했습니다. 크게 웃었지만 많이 씁쓸했습니다.

중학교 다닐 때, 성적이 많이 오른 학생에게 '진보상'을 주었고, 성적이 좋은 학생에겐 '우수상'을 주었습니다. 상을 받지 못한 아이들은 뒤처지고 있다는 두려움이 생겼고, 스스로 게으르다는 부끄러움을 품었습니다. 그 두려움이나 부끄러움은 운동하거나 만화 보면서 버리기도 했습니다. 일터에서는 적은 돈으로 많은 상품을 만들어내는 방법을 찾는 사람에게 상을 줍니다. 상을 받지 못한 사람은 진급에서 빠지고, 진급에서 빠진 사람은 술이나 담배로 빈 마음을 채웁니다.

어떤 일을 잘 하고 부지런히 하면 상을 주어 칭찬하는 것이 맞습니다. 상을 주는 것은 이루고자 하는 마음을 부채질해서 더 잘하도록 하는 것이겠습니다. 아이나 어른이나 상을 받은 사람들은 더 부지런하겠다고 말하고 더 부지런해집니다. 더 큰 상을 받기 위해서입니다. 그리고 상을 받았거나 못 받았거나 '오늘'을 잊고 성적과 일에 빠져듭니다. 중독되는 것입니다.

우리나라 사람들이 성적이나 일에 중독되는 것은 박정희 군사독재의 영향 때문입니다. 유신독재는 민주주의를 짓밟았을 뿐만 아니라 대한민국 사람들에게 어린 시절과 젊음도 앗아갔습니다. 박정희는 독재기간 18년 동안 '잘 살아보세'를 앞장 세워 '오늘'을 버리도록 억눌렀습니다. 한국인들은 그의 무소불위(無所不爲)의 권력 아래서 부지런히 공부하고 부지런히 일했습니다. 오직 '잘 살아보기 위해서'. 1년 뒤, 5년 뒤, 10년 뒤의 행복을 위해 '오늘'의 고됨과 힘듦을 참고 견뎌야 했습니다. 그리고 참고 견디느라 행복 없이 늙었습니다. 오히려 '오늘'의 행복이 불편했습니다. 그리고 '잘 살아보세'라는 약물은 몸에 배어 지금까지도 '오늘'을 희생만 하고 즐거움을 찾지 못하고 있습니다.

박정희의 '잘 살아보세'는 죽음을 코앞에 둔, 죽음으로 몰아넣는 전쟁 같은 경쟁을 낳았습니다. '오늘'이라는 삶은 일찌감치 버리고 웃음도 접어 둔 채 앞만 보고 이기려고만 달리도록 만들 었습니다. 마음껏 뛰어놀아야 하는 어린이도 '경쟁' 이라는 울타 리에서 마음껏(?) 이기도록 부추기고, 끊임없이 헤아리고 느끼며 살펴야 하는 젊은이도 '경쟁' 이라는 운동장에서 끊임없이(?) 다 투도록 만들었습니다. '상' 이라는 약물을 먹으면서 어린이는 성 적에 중독되고 젊은이는 스펙에 중독되고 어른들은 일에 중독되 어 버렸습니다. 이러한 중독은 자신의 감정이나 생각이나 행동이 마치 스스로 원해서 결정하는 것처럼 만들어 버렸습니다.

고대 로마의 서정시인 호레이스가 쓴 「오데스」의 한 구절에 '까르페 디엠' 이라는 말이 있습니다. '오늘을 붙잡아라' 또는 '오늘을 추수하라' 라는 뜻인데 요즘은 '오늘을 즐겨라' 쯤으로 통합니다. '오늘' 을 빼고는 내일을 얻을 수 없습니다. 오늘 행복 하지 못하면서 기약 없는 내일의 행복을 기다리는 어리석음에 빠 지지 말아야 합니다. 오늘 행복하신가요?

80년, 그들을 만나보고 싶다

광주의 어느 대학교 부속중학교에 다니던 그때, 학교에 가면 대학생들이 어깨동무를 하고 교내를 줄 맞추어 뛰어다녔습니다. 힘 있는 노래를 부르기도 하고 누군가 큰 소리를 외치면 끝부분을 따라 하기도 했습니다. 학교가 쩌렁쩌렁 울려서 가슴을 콩닥거리게 만들었습니다. 앞장 선 키 작은 사람이 땀을 뻘뻘 흘리며 무슨 말을 하면 줄지어 앉아서 손뼉을 치기도 했습니다. 얼굴이 검게 그을린 그 키 작은 사람은 나무그늘에서 담배를 피웠습니다. 연기를 뿜으며 구경하는 중학생인 우리에게 '니들이 자란 뒤엔 더 좋은 세상에서 살았으면……' 하고 묻지 않은 말을 했습니다.

점심시간이 지나고 교실에 앉아 있으면 따다땅땅 하는 소리가 나고, 운동장에서 교실까지 뿌연 연기가 들어왔습니다. 우리는 5월이 더웠지만 창문을 열지 못했습니다. 그 연기가 들어오면 눈물도 흘리고 콧물도 흘리고 기침도 나왔습니다. 한번은 교실 뒷문이 스르륵 열리더니 두 사람이 후다닥 들어왔습니다. 대학생

형들이었습니다. 기술선생님은 그들에게 얼른 체육복을 입혀 빈 자리에 앉혔습니다. 한참 뒤 얼굴에 얼개미가 있는 요강 같은 것을 뒤집어 쓴 사람들이 우리들이 공부하는 교실을 헤집고 다녔습니다. 학생주임선생님은 그들을 따라 다니며 뭔가를 말하고, 그들은 막무가내로 두꺼운 장화를 신고 우리가 맨발로 다니는 교실 안을 시끄럽게 했습니다. 그들이 나간 뒤 두 대학생 형들은 그 뒤로 네 시간을 우리와 함께 수업을 받았습니다. 공부 잘하는 학생을 따로 뽑아 밤늦게까지 공부시키던 우리 학교에서 우리와 함께 저녁도시락을 먹고, 어둑어둑해진 뒤에야 돌아갔습니다. 함께했던 다섯 시간 동안 그들은 많은 이야기를 해 주었습니다. 나이를 먹고 나서 그들이 말했던 것들을 옛 일기 속에서 꺼내 돌이켜 봅니다. 그들이 말하던 세상이 온 것일까요? 그들을 만나보고 싶습니다.

다음 날, 학교에 나갔으나 세 시간 수업만 마치고 우리는 집으로 돌아가게 되었습니다. 대학생만큼 키가 큰 동무가 있어 선생님들이 걱정을 하셨습니다. 우리는 교복 등에 '중학생입니다'라고 크게 써 붙였습니다. 그러곤 함께 웃었습니다. 자전거를 타고 돌아가는 아이, 버스가 안 다녀 걸어가는 아이, 대학생 흉내를 내며 어깨동무를 하며 뛰는 아이. 대학교문을 나가는 길엔 영화에서 보던 독일병정처럼 많은 사람들이 줄지어 서 있었습니다. 그들은 집에 가는 우리들의 책가방을 뒤지고 욕을 했습니다. 그런 욕을 들어본 적이 없어서 화도 나고, 내 가방에 꼭꼭 숨긴 일기를 볼까봐 떨리기도 했습니다. 저쪽에 대학생들처럼 옷이 벗겨진 채

발로 채이고 몽둥이로 맞을까봐 무섭기도 했습니다.

키 큰 동무차례가 되었습니다. 갑자기 검은 안경 쓴 사람이 그 녀석 무릎 뒤를 발로 차서 꿇어 앉혔습니다. 그리고 교복 윗도리를 벗겼습니다. '중학생이라고? 우리가 속을 줄 알어?!' 녀석은 몽둥이로 등을 맞고 퍽 쓰러졌습니다. 우리는 소리쳤습니다. '우리 반이에요', '선생님 도와주세요' 우리의 목소리는 독일병정처럼 생긴 사람들 틈에 끼어 사그라졌습니다. 다시 학교에 나갔을 때 그 녀석의 자리는 비어 있었고, 우리는 뜬소문으로만 그 녀석 얘기를 들을 수 있었습니다. 그 뒤로는 아무도 그 녀석 얘기를 하지 않았습니다. 키도 크고 공부도 잘했던 그 녀석, 언젠가 동창이 텔레비전에서 한번 봤다는 그 녀석, 어렸을 때 그 녀석이 말하던 꿈들은 어떻게 됐을까요? 그 녀석을 만나보고 싶습니다.

집에서 총소리를 들으며 난 주로 책을 보고 있었습니다. 그리고 국군장병위문편지쓰기 숙제를 했습니다. 나라를 지키느라 고생한다는 말, 국군이 나라를 잘 지켜주어 우리가 맘 놓고 공부 열심히 한다는 말, 나도 자라서 나라를 잘 지키겠다는 말도 빠뜨리지 않고 썼습니다. 어느 날, 우리 마을 위로 헬리콥터가 날아다녔습니다. '국민 여러분, 나는 이 나라의 대통령 최규하올시다. 여러분은 폭도에 현혹되지 말고 집 밖으로 나오지 마십시오……' 밤이 되면 따꿍, 따르따르 하는 총소리가 많이 나고, 갑자기 불빛 단 총알이 날아다니기도 했습니다. 불꽃놀이처럼 신기했지만 몹시 떨려서 잠을 제대로 자지 못했습니다. 자다가도 벌떡 일어나

책상 밑으로 숨기도 했습니다.

그 뒷날, 국군장병위문편지를 다 쓰고 골목 끝으로 나갔습니다. 우리 집은 기독병원 밑에 있었습니다. 집 앞길은 많이 웅성거렸습니다. 오랜만에 쐬는 맑은 햇살에 눈이 부셨는데 나이든 할머니가 손수레를 끌고 오셨습니다. 손수레 위에는 젊은이가 누워 있었고, 그 할머니가 시집올 때 해온 듯한 솜이불을 덮고 있었습니다. 이불 이곳저곳엔 피가 묻어 있었습니다. 옆집 아저씨와 몇몇 아이들이 그 손수레를 밀어서 기독병원 언덕으로 올랐습니다. 그 마당엔 벌써 많은 사람들이 누워서 소리를 지르기도 하고, 팔에 링거를 꽂고 있기도 했습니다. 얼굴이 통통 부어 사람처럼 안 보이는 사람도 있고, 울고 있는 사람도 많았습니다. 너무 무서워 얼른 돌아왔습니다.

밤이 되어 골목에 우는 사람이 있어 나가보았습니다. 낮에 그 할머니였습니다. 옆집 아저씨가 달래며 집으로 모시고 갔습니다. 할머니는 울면서 많은 얘기를 했습니다. 손수레에 실렸던 그 젊은이는 죽은 것 같았습니다. 난 괜히 눈물이 많이 났습니다. 옆집 아주머니도 계속 울고 계셨습니다. 그 할머니는 하룻밤을 옆집에서 보내고 아침에 떠났습니다. 할머니는 그 젊은이에 대한 사랑을 간직한 채 누구를 위하여 한평생을 사셨을까요? 그 할머니를 만나 뵙고 싶습니다.

기독병원 옆에는 수피아여고가 있습니다. 수피아여고엔 학교

버스가 있었습니다. 얼굴에 손수건을 두르고 각목을 든 사람들이 차 유리창을 깨고 차를 몰고 나왔습니다. 우리 꼬맹이들은 덩달아 따라 나섰습니다. 청년들이 우리를 떼어놓고 떠났습니다. 떠났던 차는 얼마 뒤 피 흘리는 사람을 싣고 돌아오기도 하고, 그걸 보고 화가 난 사람들이 차를 타고 나가기도 했습니다. 끔찍한 모습들이 되풀이되었습니다.

우리 집은 막다른 골목에 있었습니다. 어둑한 골목길에서 툭탁거리는 소리가 나고, 대학생이 담을 넘어왔습니다. 어머니는 급히 연탄창고의 연탄 사이로 그 대학생을 숨겼습니다. 곧이어 총을 든 군인이 들어왔습니다. 철모에는 하얀 천을 두르고 있었습니다. 그리고 방금 들어온 사람을 찾았습니다. 어머니는 먹고 있던 밥상에 앉아서 금방 획하니 저쪽 담을 넘었다고 거짓말을 했습니다. 군인은 얼굴이 따가우니 세수를 해야겠다며 수돗가에서 웃옷을 벗었습니다. 총을 마루에 기대놓은 채. 무서워 정신이 얼얼했습니다. '꼬마야, 수건 좀 줄래?' 하고 군인이 말했을 때, 난 군기든 군인처럼 어찌나 크게 대답을 했던지 목소리가 갈라졌습니다. 어머니는 고생하는데 밥이나 한술 뜨고 가라고 밥을 퍼주었습니다. 군인은 밥은 안 먹고 담배를 피우며 내가 쓴 국군장병위문편지를 읽었습니다. 제대가 두 달 남았다면서 빨리 이 작전이 아무 일 없이 끝났으면 좋겠다고 말하고 돌아갔습니다.

그리고 퍼놓은 밥은 연탄창고에 숨어 있던 대학생이 나와서 맛있게 먹었습니다. 밥을 먹고 잠을 한숨 잔 대학생은 나에게 세상이야기를 해 주었습니다. 어찌나 분명하고 똑똑하게 말을 잘 하던지 자라면 나도 야무진 대학생이 되리라 다짐했습니다. 그 군인과 그 대학생이 겪은 5·18은 어땠을까요? 국군장병위문편지 를 읽은 군인과 연탄창고에 숨었던 대학생을 만나보고 싶습니다.

우리 골목에 있던 금성약국 사람은 약품을 다른 집으로 옮기 기 시작했습니다. 어른들은 링게르 병이라는 것을 먼저 옮겼습니 다. 피 흘리는 사람이 올 때마다 그 병은 줄어들었습니다. 얼마 안 되어 그 병은 바닥이 났습니다. 약사님은 발을 동동 굴리며 애 달아했습니다. 곧이어 거즈나 붕대도 동이 나고 바르는 약도 동 이 났습니다. 몇 번이고 청년들이 약국 문을 두드리고는 했지만 그곳에 약은 없었고, 동네 아줌마들이 김밥을 말고 주먹밥을 만 들뿐이었습니다. 밥에 소금만 뿌려서 주물거린 것을 젊은이들은 맛나게 먹었으며 김밥 속에는 김치가닥만 쭉 들어 있었는데도 고 맙다고 먹었습니다. 약국 뒷집 펌프도 쉴 새 없이 물을 뿜어 음료 수병에 담겨졌습니다. 발을 동동 굴리던 약사님, 주먹밥과 김밥 을 만들던 동네 아줌마들, 그분들은 어떤 모습으로 그 일을 기억 하실까요? 그분들을 만나보고 싶습니다.

세월이 흘러 고등학교 졸업을 한해 앞두고 어느 수업시간이었 습니다. 80년 광주얘기를 서로 꺼려하던 때, 사람들이 프로야구 는 '국민우민화정책' 이니 '스포츠를 통한 강대국' 을 만드는 것 이니 하면서 토론을 하고 있었습니다. 80년 군인의 반대편에 서 있던 사람들을 '폭도' 라고 얘기한 어느 선생님에게 같은 반 아이가 되물었습니다. '선생님, 우리 삼촌은 폭도가 아닌데요. 선생님은 왜 그러세요?' 그렇게 말한 뒤 그 아이는 많이 맞았습니다. 야간학습시간에 그 아이는 야구부숙소 옆에 쭈그리고 앉아 삼촌 이야기를 무던히 진지하게 해주었고, 우리는 눈물을 흘리며 들었습니다. 그 선생님은 지금 어떤 마음으로 살아가실까요? 그 아이는 또 어떨까요? 때렸던 선생님과 얻어맞은 그 아이를 만나보고 싶습니다.

언제부턴가 언론에서, 사람들 입에서 5·18이야기가 자연스러워지고, 그때 그 사람들이 돈도 받았다고 합니다. 5·18이 무엇일까요? 사람들은 왜 경찰과 군인들에게 대들었을까요? 우리를 지켜주는 직업을 가진 사람들인데. 경찰과 군인들은 왜 발길질과 총질을 했을까요? 자기들이 지켜주어야 할 사람들인데. 이웃이 다치고, 말하지 못하며 몇 년을 가슴에 묻어두고 그러다 죽고, 살아 있는 사람은 그 일로 돈을 받습니다. 그때 죽인 사람도 말이 없고, 그때 죽은 사람도 말이 없습니다. 나라를 위한다는 사람들은 이렇게 말을 해도 5·18을 붙이고, 저렇게 말을 해도 5·18을 붙입니다. 대체 5·18이 뭐기에 그러는 것일까요?

나이가 들어 새삼스레 이런저런 사람들을 만나보고 싶습니다.

아픈 상처에 소금 친 사람들
- 극우 논객들은 왜 역사를 왜곡하는가?

'거덜' 이란 말이 있습니다. 조선 시대에 말[馬]을 돌보는 일을 맡은 종입니다. 높은 사람이 나들이할 때 큰소리로 길을 비키라고 몰아세우기도 했습니다. '물렀거라, 대감 나가신다' 이렇게 외친 사람입니다. 대감 때문에 길을 비켜주고 고개를 숙이는데 마치 저를 보고 그런 것으로 착각했을 것입니다. 그러니 우쭐거리고 몸을 흔들게 되었겠습니다. 거들먹거렸다는 뜻입니다. 신이 나서 잘난 체하고 함부로 까부는 것을 말합니다. 거들먹거들먹하다가 살림이 허물어지거나 없어지는 것을 '거덜난다' 고 하는데 여기서 나온 말이지 싶습니다.

종합편성채널(종편)인 티브이조선이 개국을 한 뒤 첫 방송에 '형광등 100개를 켜놓은 듯한 아우라' 라며 (박)근혜 님을 치켜세웠습니다. 사람들은 티브이조선이 '아부했다' 고 느꼈습니다. 아부는 '비위를 맞추는 일' 입니다. 비위를 맞추는 것은 아니꼽고 싫음을 견디는 것을 말합니다. 아부는 '했다' 보다 '떨었다' 를 붙여야 어쩐지 더 또렷하게 들립니다. 물론 티브이조선이 아부를 떨었거나 비위를 맞췄다고 생각하지 않는 사람도 있습니다. '형광등'에는 깨우침이 늦고 무뎌서 굼뜨고 미련하다는 말이 숨어 있고, 발터 벤야민이 처음 쓴 '아우라'는 흉내 낼 수 없는 훌륭한 분위기라는 뜻을 담았습니다. 티브이조선이 깨우침이 늦고 무뎌서 굼뜨고 미련한 것이 100개나 되어 흉내 낼 수 없어서 그랬는지, 아니꼽고 싫은 것을 견디려고 그렇게 말한 것인지는 알 수가 없습니다. 근혜 님이 티브이조선을 시켜서 하지는 않았을 것입니다. 근혜 님이 그렇게 하라고 시켰다면 정말 형광등 같은 사람입니다.

옛날에 경기도지사를 했던 (김)문수가 '이승만, 박정희, 세종대왕, 정조대왕을 다 합쳐도 이명박 대통령 못 따라온다'고 말했습니다. 사람들은 약삭빠르다고 느꼈습니다. 눈치가 빨라 잇속을 재빨리 챙기면 흔히 '약삭빠른 놈'이라고 합니다. 지금도 그가 경기도지사를 하고 있다면 '약삭빠른 놈이 살아남는다'는 말이 '진리'가 되어 판을 친다는 것을 말하겠습니다. 약삭빠르다는 말은 나라를 팔아먹은 이완용을 떠올리게 만듭니다. 그는 일본한테 '작위'를 받아 잘 살았고, 그들 친일파의 후손들은 지금도 그리 힘들게 살지는 않는 것 같습니다. 간혹 친일파의 후손들이 '조상의 땅(?)'을 되찾으려는 재판을 거는 걸 보면 말입니다. 약삭빨라야 잘 사는가 갸웃거립니다. 아무튼 명박 님이 김문수를 시켜서 그런 말 하도록 하지는 않았을 것입니다. 명박 님이 그렇게 하라고 시켰다면 정말 약삭빠른 분(?)입니다.

'5·18 민주화운동'을 총으로 누르고 세운 전두환 정권 때 문화공보부는 '각하의 외국 순방 시 전용기 서가에 『목민심서』가 꽂혀 있다고 보도하라'고 일렀습니다. 조선시대 다산 정약용이 쓴 목민심서는 백성을 다스리는 도리를 적은 책입니다. 설마 목민심서가 꽂혀 있었더라도 한문으로 된 책이 꽂혀 있진 않았을 것이고, 한글로 된 것이었겠습니다. 감 껍질을 벗기고 꼬챙이에 꿰어서 말린 것을 '곶감'이라고 하는데, 곶감을 먹고 나면 가루가 입가에 묻습니다. 먼저(우선) 먹기는 곶감이 달고, 몰래 먹은 곶감을 안 먹은 척하려면 입가를 잘 닦아야 합니다. '광주민주화운동'을 먼저 짓밟고, '광주 학살'로 피 묻은 입가를 닦으려면 정약용의 '백성 사랑'이 있어야 했을 것이니 문화공보부가 시킨 것은 그럴 듯합니다. 두환 님 역시 문화공보부더러 그렇게 보도하라고 시키지는 않았으리라 봅니다. 두환 님이 그렇게 시켰다면 정말 곶감을 찌른 꼬챙이 같은 물건(?)입니다.

달리는 말에 채찍질한다는 주마가편(走馬加鞭)이란 말이 있습니다. 잘하는 사람을 더 잘하도록 북돋는다는 뜻이겠습니다. 유신독재가 물이 오르던 때, 문교부 장관이 된 유기춘은 대통령이라 불렸지만 사실은 종신총통이 된 박정희 앞에서 '이 둔한 말(馬)에게 채찍질을 해 주시기 바랍니다'고 했습니다. 유기춘은 주마가편을 에둘러 말했겠는데, 사람들은 유기춘을 '넉살 좋은 둔마(鈍馬) 장관'이라 놀렸습니다. 넉살은 부끄러운 낯빛 없이 능글맞고 유들유들하다는 뜻입니다. 뻔뻔하다는 뜻도 들어 있습니다. 그는 힘 센 사람의 뜻을 제대로 읽어 날렵하게 그의 귀에 속삭였습니다. 정희 님도 '둔마가편'을 끌어다 넉살 좋게 쓰라고 기춘을 시키지는 않았을 것입니다. 정희 님이 그렇게 시켰다면 정말 넉살 좋은 둔마입니다.

뭐니 뭐니 해도 대한민국 첫 대통령 때 내무부 장관 이익흥 이야기가 가장 널리 알려져 있습니다. 이승만이 방귀를 뀌자 '각하, 시원하시겠습니다' 했다는 이야깁니다. 방귀까지 '국정'으로 끌어올린 데에는 이익흥이 독립군을 고문한 일제경찰이었다는 것을 감추려는 마음이 한몫했을 것입니다. 높은 사람이나 잘난 사람 앞에서 알랑거리는 것을 '알랑방귀 뀐다'고 합니다. '방구'라고들 하는데 우리말은 '방귀'가 맞습니다. '방구'나 방귀나 구린내 나기는 마찬가지니까 크게 신경 쓸 일은 아닙니다. 이익흥처럼 대놓고 알랑거리는 사람도 있고, 김문수처럼 멀리서 알랑거리는 사람도 있습니다. 어쨌든 알랑거리면 귀여움을 받기도 하고, 보살핌을 받기도 합니다. 이완용처럼 오래 버틸 수도 있다는 말입니다. 살랑거리기만 해도 설레는데 알랑거리면 얼마나 더할까요. 방귀를 뀌어도 예쁘게 보여서 알랑방귀라고 하는지도 모르지만 끔찍한 방귀 냄새에도 예쁘게 보이는 것은 어느 정도 경지인지 모르겠습니다. 승만 님이 방귀를 '국정'으로 끌어올리라고 하지는 않았을 겝니다. 승만 님이 그렇게 시켰다면 정말 방귀 같은 대통령입니다.

지금은 코미디에서 '큰 나무'로 우뚝 선 이경규가 있습니다. 2005년부터 2년 동안 '몰래 카메라'를 찍어서 많은 사람들을 텔레비전 앞에 앉힌 사람입니다. '몰카'는 이름 짜한 사람들을 불러다가 엉뚱한 일을 일부러 겪게 하여 깜짝 놀라게도 하고 슬프게도 만들었습니다. '멋지게'만 보였던 이름 짜한 사람들이 쩔쩔매고 허둥대는 것을 보고 사람들은 즐거워했습니다. '훌륭'만 떨던 그들이 갈팡질팡 헤매고 어쩔 줄 몰라하는 모습에 사람들은 웃음을 뿜었습니다. 물론 그들만 몰랐고, 그것을 만든 사람이나 그것을 보는 사람들은 그것이 '가짜'라는 것을 알고 있었습니다. 이윽고 몰래 카메라라는 것을 밝히고 그들은 속은 것을 알게 됩니다. 들킨 속마음이 쑥스러워 긁적거리다가 마음을 고쳐먹기로 다짐도 하고, 생뚱맞은 일에 눈물을 흘리며 현실이 아니라 '가짜'임을 고마워하기도 했습니다. 이경규는 인기를 얻었고, 사람들은 웃음을, '거룩'하게 살던 사람들은 깨달음을 얻었습니다.

'성공한 쿠데타'로 우뚝 서서 지금은 '29만 원'으로 살아간다는 전두환이 있습니다. 1979년부터 9년 동안 '독재'를 휘둘러 민주를 무릎 꿇린 사람입니다. '독재'는 알랑방귀를 끌어다가 엉뚱한 일을 겪게 하여 사람들을 깜짝 놀라게 하거나 슬프게 만들었습니다. 멋지게 살아보려는 사람들은 쩔쩔매고 허둥대었고, 그 틈에 두환과 알랑방귀들은 잇속을 채우기에 바빴습니다. 자식을 훌륭하게 키우려던 사람들은 갈팡질팡 헤매고 어쩔 줄 몰라 했고, 두환과 알랑방귀들은 스스로 부귀영화(富貴榮華)를 누렸습니다. 물론 먹고 살기 바쁜 사람들은 그들의 꿍꿍이를 애써 모른 척했고, '그들만의 나라'를 만들려는 두환과 알랑방귀들은 그들의 꿍꿍이가 '진짜'가 될 것이라고 믿었습니다. 이윽고 일제강점기가 '대한민국 근대화에 이바지' 했고, 독립운동을 한 김구는 '테러리스트' 이며, 일본군에 끌려간 위안부들은 '자발적 창녀' 라고 밝히면서, 그들의 떳떳함을 알렸습니다. 독재의 힘을 등에 업은 '뉴라이트' 의 주장입니다. 설마 하다가 독재의 속마음을 뒤늦게 알아차린 사람들은 가슴을 후벼 팠지만 가난은 알랑방귀를 '따르게' 했고, 땅을 치며 울면서 가짜가 아니라 '현실' 임을 깨달았습니다. 두환과 알랑방귀들은 평안을 얻었고, 가난은 복종을, '민주' 를 외치던 사람들은 좌절을 얻었습니다.

이경규의 '몰래 카메라' 는 몰래 만들어 현실이 되었지만 가짜였습니다. 두환과 알랑방귀의 '쿠데타' 는 몰래 만들어 현실이 되었는데 진짜였습니다. 몰카는 현실이 되어 웃음을 얻었고, 쿠데타는 현실이 되어 공포를 만들었습니다. 몰래 카메라는 2년 동안 방송을 하고 끝냈고, 그 뒤로도 사람들이 그리워해서 간혹 몰카를 흉내 내며 웃음을 주었고, 사람들은 일상생활에서 게임처럼 만들어 따라 하기도 했습니다. 두환의 독재는 9년을 하고 끝났지만, 그 뒤를 따르던 사람들이 그대로 남아서 간혹 흉내 내며 공포를 주었고, 사람들은 자기도 모르는 사이에 공포 때문에 그들을 따르게 되었습니다. 이경규는 '양심냉장고' 부터 '힐링 캠프' 까지 웃음 속에서 깨우침을 찾아 헤매는데, 두환과 알랑방귀는 '본인은~' 부터 '모교 운동장 큰절' 까지 공포 속에서 잇속을 얻었으며, 알랑방귀의 몰카는 민간인을 뒤지는 불법사찰로 이어져 국민들을 '스토킹' 하면서 웃음을 빼앗아갔습니다.

욕심이란 말이 양심과 정의에 따라 쓰이면 아름답게 들립니다. 아이들이 힘없는 사람에게 도움을 주겠다며 '공부 욕심'을 부리면 흐뭇합니다. 젊은이들이 어려운 사람들과 나누려고 땀 흘려 돈 벌겠다며 '일 욕심'을 부리면 뭉클합니다. 욕심이란 말이 잇속에 따라 자신만을 지키려 할 때 쓰이면 매스껍습니다. 배운 사람들이 자기만 잘 살려고 권력의 줄을 잡으려는 '잇속 욕심'은 볼품없이 들립니다. 높은 자리에 앉은 사람들이 자식을 군대에서 빼고 세금을 피해 재산을 물려주려는 '자기 욕심'은 더럽게 들립니다. 양심을 아는 아이들이나 정의를 좇는 젊은이만 못한 일입니다.

양심과 정의에서 벗어난 욕심은 사람들을 설득하기 어렵습니다. 그런 욕심을 배에 꽉꽉 채우려는 사람들은 알랑방귀들의 터무니없는 억지를 찾아다가 '가짜 논리'를 만들어 힘으로 퍼트리고 누릅니다. 이경규가 웃음(코미디)에서 뭉클함을 찾을 때, 알랑방귀는 헛웃음을 만들어 양심과 정의를 휘저어 놓습니다. 양심과 정의에 재를 뿌리고 푼돈을 얻은 알랑방귀들은 그들의 세상을 만들었다고 매우 기뻐하지만 그들의 살림은 짤랑거려서 팍팍합니다. 다만 푼돈으로라도 목숨을 버티고 짤랑거려서 우쭐할 뿐입니다.

곰삭은 속내를 충청도 사투리로 구수하게 글을 쓴 사람이 있습니다. 충남 보령에서 태어난 이문구입니다. 2000년에 '내 몸은 너무 오래 서 있거나 걸어왔다'로 동인문학상을 받았습니다. 그 책에 '장천리 소태나무'라는 글에 나온 이야기가 있습니다. 웃음 엣소리할 때 자주 씁니다. "사램이 개허구 겨뤄봤자 사램이 이기

면 개버덤 나은 늠이구, 개헌티 지면 개만두 못한 늠이구, 개허구
비기면 개 같은 늠인디, 그 노릇을 하라구요?" 아픈 상처에 소금
치는 사람과 대거리를 해야 할지 생각이 깊어지면 떠오르는 글입
니다. 충청도 사람을 만나면 충청도 말로 들어보고 싶습니다.

‒ 5·18기념재단 잡지 『주먹밥』

쟁퉁이와 개똥상놈

– 극우 논객들은 왜 역사를 왜곡하는가?

대통령 선거를 할 때 어느 후보가 '경제민주화' 란 말을 들고 나왔습니다. '경제' 는 먹고 사는 일의 바탕입니다. '민주화' 는 사람이 주인이라는 말입니다. 먹고 사는 일에 돈이 아니라 사람이 주인이라는 것은 딱 들어맞는 말입니다. '경제민주화' 에는 자유경쟁을 지키면서 일하는 사람들을 보살피고 그들의 사람됨(인권)까지 지켜준다는 뜻이 있습니다. 가난하게 일하는 사람이나 일해도 가난한 사람이 모두 좋아할 말입니다. 전쟁이 끝나고 어려운 시절을 겪었던 나이 든 사람은 물론이고, 40~50대에 일터에서 밀려난 사람도, 20~30대에 일자리가 없는 젊은이들도 날듯이 기뻐할 말입니다. 누구도 틀린 말이라고 대들지 못하고 잘못됐다고 따지지 못합니다. 선거구호로 딱 떨어지는 말이란 뜻입니다.

그 대통령 후보가 아버지처럼 '경제성장' 이란 말을 들고 나왔다면 거스르거나 맞설 틈새가 있습니다. 나라의 경제는 좋아졌으나 개인의 살림이 엉망진창인 사람은 싫어할 것이고, 먹고 살만한 사람은 성장보다 행복을 찾으니 마음이 끌리지 않을 것입니다. 그래서 그 후보는 '국민행복' 이란 말을 재빨리 꺼내다 덧붙여 썼는지 모릅니다. '경제성장' 이란 말은 기업은 키우지만 일하는 사람들은 참고 견뎌야 한다는 뜻으로도 읽힙니다. '성장' 을 하여 얻었다 하더라도 그것을 누구에게 나누어 줄 것인가에서 턱 걸립니다. '분배' 를 말하는데 다툼의 소지가 있다는 말입니다. '성장' 을 할 때 주로 일한 사람, '성장' 을 거든 사람, 일하거나 거든 사람을 도와준 사람을 갈라서 나누어주기가 쉽지 않습니다. 누구나 잇속에 따라 말대꾸할만하고 토를 달 만합니다.

숨김없이 '기업 프렌들리' 나 '기업 편을 들겠다' 는 말보다 살짝 말을 돌린 '경제성장' 이란 말이 듣기에는 더 낫기는 합니다. 뭔가 찝찝한 구석이 있는 '경제성장' 이란 말보다 '경제민주화' 란 말이 훨씬 그럴싸하게 들립니다. '그럴싸하다' 고 말한 것은 그들이 경제민주화를 입으로만 외치기 때문에 쓴 말입니다. 선거라는 것이 입으로만 외치지 딱히 보여줄 것은 없기는 합니다. 입으로 외쳐서 얻었으면 외친 것을 '그대로' 하는 것이 옳은 일이기는 하지만. 그렇게 말다툼을 비켜서고 난 뒤 '경제민주화' 란 말을 먼저 꺼내들었다고 마치 자기들만의 것이고 자기들이 주인이라고 떠들어댑니다. 그렇게 해서 맞은편 사람들이 '경제민주화' 를 마다한 사람처럼 만들어 버립니다. 말의 참뜻이 사라지거나 말하는 사람의 참뜻이 죽어버렸습니다. 말이라는 것이 그렇다는 말입니다.

잘난 체하고 거드름 피우는 사람이 있습니다. 쟁퉁이라고 합니다. 쟁퉁이는 약삭빠르게 말을 바꿔치기해서 속뜻을 감추고 사람을 홀립니다. 잘난 체하려면 누군가를 깎아 내리거나 두들겨 패야 합니다. 모르면 그만이고, 홀딱 넘어가면 갈팡질팡하게 만듭니다. 제 자리에서 꿋꿋하게 제 할 일을 하는 사람들은 잘 넘어가지 않습니다. 자기가 가질 수 있는 것보다 훨씬 많은 것을 가지려는 사람들은 잘 넘어갑니다. 그런 탐욕스런 사람들을 긁어모읍니다. 패거리를 만들려고 포털 사이트에 '깎아 내리는 거짓말'을 가득 채워서 두들깁니다. 자기가 '깎아지는' 줄 모른 채. 패거리를 만들어 거드름 피우며 골목대장노릇을 하고 싶은 것입니다. 그런데 사람들은 포털 사이트에 도배가 된 거짓말을 자주 보게 되면 그걸 믿게 됩니다. 그것을 노리는 것입니다. 세계전쟁을 일으킨 히틀러의 '꼬붕', 괴벨스를 따르는 것입니다. 괴벨스가 말했습니다. "사람들은 처음에는 거짓말을 부정하고 그 다음엔 의심하지만 되풀이하면 결국에는 믿게 된다"고. 5·18민주화운동을 비틀고 헐뜯는 사람들이 그런 마음까지 가진 것은 아닐 것이라고 믿고 싶습니다.

언젠가 서쪽 바다에서 '천안함'이 두 동강 났습니다. 정부는 조사결과를 지켜보겠다고 했는데 몇몇 언론들은 '북한의 짓'이라고 서둘러 말했습니다. 조사가 늦어지고 그 사이에 죽은 병사들의 장례식이 치러졌습니다. 젊은 병사들의 죽음은 슬펐습니다. 대통령은 죽은 병사들의 이름을 하나하나 부르면서 눈물을 흘렸습니다. 몇몇 언론은 병사들의 죽음에서 '이념'을 찾았고, 대통령의 눈물에서 '국가안보'를 읽었습니다. 이념은 국가안보를 내세워 튼튼한 보수정권의 필요를 외쳤습니다. 그리고 지방선거에 때맞춰 조사결과를 세상에 밝혔습니다. 대통령은 전쟁기념관에 서서 '천안함은 북한의 군사도발이고 또 다른 무력 침범이 있을 때는 자위권을 발동하겠다'고 말했습니다. 전쟁기념관은 전쟁의 두려움이 꿈틀거리고 민족의 아픔이 담긴 곳입니다. 국민들은 전쟁기념관이란 장소와 대통령의 '발동'이란 말이 무서웠습니다.

몇몇 언론은 천안함이 왜 침몰했는지를 찾으려 했고, 어떻게 구조했는지를 알아봤습니다. 군대를 다녀오지 않은 높은 사람들의 입에서 나온 '국가사랑'은 천안함에 가림막을 쳤습니다. 구조하던 사람이 애닳게 죽자 유족들은 구조중지요청을 했고, 유족들의 따뜻한 마음에 사람들은 눈물을 흘렸습니다. 몇몇 언론은 '유족들의 눈물' 뒤에 숨은 '잇속 정치'를 찾았고, '천안함의 가림막'에서 과학조사를 읽으려 했습니다. 잇속 정치는 유족들의 눈물을 앞세워 건방지고 되바라진 언론으로 몰아갔고, 그 언론을 믿는 사람들은 '좌파'나 '종북'이란 딱지를 붙여 소통을 막았습니다. 딱지치기는 여러 사람이 딱지를 두들겨 넘겨 먹는 놀이입니다. 늘 쓰는 말인데 그 뜻을 다르게 품고 사는 사람이 있고, 한마디를 옭아매어 말을 못하게 만드는 사람도 있습니다. 그때 말의 흐름이 그랬다는 것입니다.

말이나 하는 짓이 아주 사납고 버릇없어 더러운 사람이 있습니다. 개똥상놈이라고 합니다. 개똥상놈은 아무리 말을 잘해도 하는 짓이 뛰어나도 사람을 설득하지 못합니다. 그러니 힘을 앞세우거나 생떼를 부려 기어이 해내려고 합니다. 돈 있는 사람을 힘으로 누르거나 배운 사람을 돈으로 꼬드깁니다. 이도저도 안 먹히면 어떻게든 법으로 엮어 자유를 묶기도 하고, 몰아붙여 힘들게도 만듭니다. 사람들은 그들의 꼼수를 깊이 생각하지 않고, 좋은 것이 좋다며 모른 척 넘어갑니다. 알아도 달리 어떻게 할 방법이 없습니다. 귀 닫아 귀머거리, 입 막아 벙어리가 되는 수는 있겠습니다.

잘 살고 많이 물려주고 싶은 사람들은 스스로 굽혀서 개똥상놈이라 하더라도 따릅니다. 개똥상놈을 높이 받들려면 그들이 살아온 길이 사납더라도 부드럽게 고쳐주어야 하고, 더럽더라도 깨끗하게 쓸고 닦아주어야 합니다. 그런 일을 헤아리면 참 많으니 '끼리끼리' 나누어서 합니다. 개똥상놈이 떡을 먹으면 콩고물이라도 핥아 먹어야 하니 바쁘기도 합니다. 일하랴, 먹으랴.

젊어서 맑은 물을 마시며 정직을 다짐했던 마음은 독이 되고, 좋은 책을 읽으며 정의를 길들였던 몸은 충성이 됩니다. 마음과 몸이 썩어 가는 줄 모른 채. 그렇게 우쭐거리고 싶은 것입니다. 그런데 사람들은 처음에는 그들을 미워하다가 별일 없이 잘사는 그들을 보고 부러워하다가 결국에는 그들처럼 살고 싶어 합니다. 그것을 노리는 것입니다. 삶의 가치와 도덕의 기준이 바뀌는 것입니다. 5·18민주화운동을 비틀고 헐뜯는 사람들이 그런 마음까지 갖지는 않았을 것입니다.

아이가 태어나면 이름을 지어줍니다. 아름드리로 자라서 아름답게 살라고 '아름'이라 짓기도 하고, 올바르고 곧게 살았으면 해서 '바름'이라 짓기도 합니다. 이름을 들어보면 아버지 어머니의 사랑스런 마음이 담겨 있습니다. '애기똥풀'을 꺾으면 노란 애기 똥 같은 물이 나옵니다. '노루오줌 풀'의 뿌리에서는 노루오줌 같은 메스꺼운 냄새가 납니다. 이름을 보면 그것을 꼼꼼하게 살펴 이름 지은 마음이 느껴집니다.

옛날에 '한나라당'이라는 곳에서 대통령 후보를 홍보하면서 '경제 2MB가 책임지겠습니다'고 했습니다. 그들의 마음이 담겨 있고, 꼼꼼하게 살펴 이름 지었을 것입니다. 누리꾼들은 'MB'라는 말을 모르다가, 그것이 컴퓨터 기억 용량이 너~무 적은 'Mega Byte'의 줄인 말이며 값으로 치면 3원 정도 되지 않을까 헤아리기도 하고, 소고기 때문에 촛불이 켜졌을 때는 'Mad Bull(미친 소)'의 줄인 말일지도 모른다고 했습니다. 그때 메가바이트보다 훨씬 기억 용량이 적은 'Micro Byte'라고 하지 않아 그나마 다행입니다. 큰일(?) 날 뻔했습니다. 이름을 짓는 마음이 그렇고 자꾸 불렀을 때 느낌이 그렇다는 말입니다.

그 '2MB'가 5·18은 '사태'이고, 서울은 '하나님의 것'이며, '업소'에서는 못생긴 여자를 골라야 한다고 말했습니다. 물론 '말실수'라고 했습니다. 오렌지보다 '어뤤쥐'를 좋아하는 사람이 있으니 영어로 하겠습니다. 말실수는 'tongueslip'입니다. 혀가 미끄러졌다는 뜻입니다. 무엇이 혀를 미끄러지게 했을까요.

혀가 미끄러지는 까닭을 찾는데 5시간이나 걸렸습니다. 프로이트가 말한 것이 있습니다. '말실수는 몸이 오작동한 것이 아니라 정신이 틀어진 것이다'고. 5·18민주화운동을 비틀고 헐뜯는 사람들이 그렇다고는 생각하지 않습니다.

- 5·18기념재단 잡지 『주먹밥』

망태기 꼭두각시 그리고 앙가발이
– 극우 논객들은 왜 역사를 왜곡하는가?

이름 짜한 사람, 그러니까 성공한 사람들이 어렸을 때 '문제아' 였다고 고백하는 일 많습니다. 하라는 공부는 하지 않고 남 웃기기에 골똘한 코미디언 이수근, 병아리를 얻으려고 달걀을 품은 에디슨, 어렸을 때 문제아였겠습니다. 썩어 문드러지는 부모 마음, 자식 키워본 사람이라면 압니다. 멀쩡한 의사노릇 팽개치고 컴퓨터 바이러스에 빠져든 안철수, 편안한 변호사노릇 던지고 반칙과 특권에 도전한 노무현도 문제아였겠습니다. 아, 커서 그랬으니 문제아가 아니라 '문제어른' 이었겠습니다. 그들이 의사, 변호사가 되어 따뜻한(?) 날이 오기를 바라며 북돋아주었던 언저리 사람들은 속 부글부글 끓었겠습니다.

문제아(問題兒)? 지능이나 성격, 행동이 보통의 아이들과 뚜렷이 달라서 특별한 취급을 필요로 하는 아이를 일컫습니다. 문제아는 상식에서 벗어나 엉뚱한 일을 벌이거나 규칙 어기기를 일삼아 제 존재를 알리려 했습니다. 한마디로 이미 짜여 진 사회질

서를 어그러뜨리고 틀어지게 하는 아이입니다. 요즈음은 잘 쓰지
않습니다. 문제는 순수한 생각을 가진 아이에게 있는 것이 아니
라 꼼수를 가진 어른들에게 있다는 것을 알았으니까요. 문제는
원칙이 적힌 교과서에 있는 것이 아니라 잇속만 챙기는 사회에
있다는 것을 깨달았으니까요.

힘없는 사람을 지켜야 하는 경찰이 힘없는 사람들을 두들겨
팼다면? '문제적 경찰'이 아니라 '망태기 경찰'입니다. 망태기는
전혀 쓸모없는 것을 이릅니다. 억울한 사람이 없도록 법을 적용
해야 하는 검찰이 억울한 사람들을 만들어낸다면? '문제적 검찰'
이 아니라 '꼭두각시 검찰'입니다. 꼭두각시는 남이 시키는 대로
하는 사람입니다. 바른 사실을 똑바로 쓰라는 언론이 힘 센 놈의
밑만 핥아 준다면? '문제적 언론'이 아니라 '앙가발이 언론'입니
다. 앙가발이는 잇속 때문에 남에게 달라붙는 사람입니다.

좋게 말해서 권력남용(權力濫用), 주어진 힘을 함부로 썼다는
말입니다. 언제부턴가 권력남용 뒤에는 '일벌백계(一罰百戒)'란
말이 따라 다닙니다. 한 사람을 벌주어 다시는 그런 일이 생기지
못하도록 하겠다는 말인데, 그냥 말로만 끝나고 맙니다.

국민을 '지키라'는 군대를 이끌고 국민을 '죽이고' 정권을 잡
은 놈을 어느 신문이 '문제적 인간'이라 불렀습니다. '성공한 쿠
데타'여서 '벌'을 줄 수 없다는 야릇한 말에 끄덕이던 언론까지
도, 오죽하면 잘못된 말이라고 버린 '문제'라는 말을 꺼냈을까

요. 너무도 뻔뻔하고 자랑스럽게 살고 있으니까 그랬겠습니다. 어쩌면 '문제아'를 뚫고나오면 우뚝 서니까 따라한 것일까요.

노무현이 번쩍 깨닫게 하고, 안철수가 바이러스를 죽이고, 이수근이 웃음을 안기고, 에디슨이 세상을 밝혀서!? 아, 문제적 인간의 창고에 득시글득시글한 비싼 미술품이 맘에 들었을지도 모릅니다. 놈은 '문제적 인간'이 아니라 '문제 수괴'입니다. 수괴는 못된 짓을 하는 무리의 우두머리를 말합니다.

국민의 삶을 망가뜨리고 시대를 뭉개고 역사를 해코지하고도 떳떳하게 산다는 것이 어디 말이나 됩니까? 대한민국에서는 말 됩니다. 우리나라를 깔아뭉갠 일본의 왕에게 혈서를 써서 충성을 맹세하고 만주군에 지원한 자[者]가 쿠데타를 일으켜 18년 넘게 대통령을 했으니까요. 만주군은 독립운동을 하는 사람을 토벌한 군대라고 말모이(사전)에 나와 있습니다. 토벌은 무력으로 쳐 없 앤다는 뜻입니다. 그 혈서와 쿠데타의 딸……. 갑자기 목이 멥 니다. 일어날 수 없는 일이 버젓이 일어나는 나라 때문이 아니라, 못된 짓, 못할 짓 다 하고서도 놈들이 힘과 돈을 쥐고 있어서입니 다. 그러니 '성공한 쿠데타'라며 우쭐거려 특권을 누릴 수 있고, '하면 된다'고 우기며 반칙을 원칙 삼습니다.

앙가발이 언론은 그들의 말과 하는 짓을 '알흠답게' 받아쓰고 콩고물을 얻어먹습니다. '알흠답게'는 아름답지 않은 일을 아름 다운 척 꾸미는 것을 비꼬는 요즘 말입니다. 이 대목에서 갑자기

'영혼을 팔았다'는 말이 떠오릅니다. 받아쓰다가 죽음으로 몰아가기도 했습니다. 망태기 경찰은 '옳음'을 들고서 '그름'을 꾸짖는 정말 아름다운 분들을 잡아 가두고 때리며 숨을 이어갔습니다. 때리다가 죽이기도 했습니다. 꼭두각시 언론은 힘 센 사람 입맛에 맞게 법을 꿰맞추어 벌을 주어 알랑거리며 '배때지'를 채웠습니다. '배때지'는 배때기가 표준말이지만 여기선 배때지가 더 어울립니다. 벌을 주다가 죽이기도 했습니다. 가까이에서 아까운 사람이 죽었다고 생각해보십시오. 죽음! 겁나 기막힙니다. 놈들의 교활한 생각과 간사한 말과 잔인한 행동은 교묘한 기록으로 남겨 우김질하며 들이댑니다.

우김질은 틀린 것을 옳다고 억지 부리는 일입니다. 억지는 거짓말부터 부릅니다. 29만 원밖에 없다고. 억지를 부리려고 야바위를 칩니다. 5·18민주화운동에 북한군이 개입했다고. 속이는 틈에 부끄러운 것을 감춥니다. 보라고 그린 그림을 돈처럼 창고에 숨깁니다. 숨기려고 가짜를 앞세웁니다. 세금마저 도망 시키려고 가짜회사 '블루 아도니스'를 만듭니다. 여기서 잠깐, 아도니스는 그리스신화에 나오는 미소년인데, 아버지와 딸 사이에 태어났습니다. 태어나지 않았어야 할 녀석입니다. '블루 아도니스'는 '싱싱한 아도니스' 쯤 되겠는데, 아마 태어나지 않았어야 하지만 영원하기를 바라면서 지은 이름일지도 모르겠습니다. 누군가 말한 태어나지 않았어야 할 '귀태'라는 것, 사실은 그놈의 아들이 먼저 쓴 셈입니다.

우김질의 마지막은 헛것을 크게 부풀려 진실을 덮습니다, 그렇게 해도 먹히지 않으면 오히려 덮어씌우거나 딴죽을 겁니다. 놈들이 스스로 만든 기록을 바탕으로 다시 우깁니다. 살아 있으면서 누리고, 누리는 것을 자식들에게 물려주려고 시간을 끄는 것입니다. 뭐 모르는 사람들은 놈들의 '도돌이표 이론'에 말려들어 대꾸하다 지칩니다. 지치면 그들의 풍족함에 넋을 잃고, 우리의 가난함에 한숨 쉽니다. 우리는 삶이 가난하고 놈들은 논리가 가난합니다. 우리의 가난한 삶은 놈들의 풍족한 삶에 빨려 들어가고, 우리의 널찍한 논리는 어느새 놈들의 풍족한 삶을 대변하는 데 써먹습니다. 이용당하는 것입니다. 풍족함 앞에 꺾이는 논리와 논리 앞에 엉거주춤한 풍족함이 서로 다툴 때, 그놈은 시시덕거리며 공짜 골프를 칩니다.

아, 골프! 우리나라는 곳곳에 산이 있고 골짜기마다 물이 흐릅니다. 아름다운 강산, 눈이 시리게 푸르른 산에 잔디로 밑줄 쫙 그어 골프장 만들었습니다. 우리는 글을 읽다 '옳거니!' 하며 책에 밑줄 그었는데. 가끔 연못도 있습니다. 이 연못을 '어뤤지' 좋아하는 놈들은 '워터해저드(water hazard)'라고 부릅니다. 골프에서 그거 골치 아픈 모양입니다. 골프는 워터해저드에 공을 넣는 경기가 아니라서 피해가야 하니까. 국민을 무너뜨리듯 자연을 허문 곳에서, 국민에겐 해저드(장애물) 안기고 놈은 해저드를 피해 다닙니다, 그것도 공짜로.

골프에서 골치 아픈 것이 또 하나 있는데 '오럴해저드(oral

hazard)'랍니다. 오럴? 입으로, 아무 말이나 지껄이며 상대를 혼란과 불안으로 몰아 경기를 망치게 하는 짓이랍니다. 당구에서 '말 겐세이'와 비슷한 모양입니다. 당구 칠 때 상대가 치기 어렵게 공을 갖다 놓는 것을 '겐세이'라고 하는데, 실력이 안 되면 그 짓을 주둥아리로 합니다. 우리말로는 헤살이라 하고, 그런 짓을 하는 사람을 헤살꾼이라 합니다. 몸으로 하지 않고 입으로 떠드는 놈들, 꼭 있습니다. 놈들은 워터해저드 피하고 오럴해저드 일으켜 모럴해저드 챙긴 놈들입니다. 모럴해저드(moral gazard)? 제 잇속 챙기려 사회 망치는 놈들의 짓입니다. 이미 챙겼으니 죽을 때까지 노는 것인가. 남으면 물려주고?!

보통 절에는 마음과 몸을 바로 세우러 갑니다. 놈이 백담사 갔을 때도 사람들은 그렇게 생각했습니다. 설마하니 '돈 숨키는 연구' 하러 간 줄 알았겠나? 넓은 이마 팍팍 찔러도 피 한 방울 안 나올 것 같은 놈한테 이번에 또 '훈장(?)' 주었습니다. 이른바 전두환법! '공무원 범죄에 관한 몰수 특례법' 쯤인데, 놈은 어떻게 든 또 역사에 이름 남겨서 좋~겠습니다. 법을 못 만들어서 놈을 가만 두었을까, 법이 없어서 놈이 어깨 펴고 다녔을까. 빌붙은 앙가발이, 손발노릇 망태기, 앞잡이 된 꼭두각시, 돈으로 주물럭주물럭. 놈들은 사회를 조물조물. 내버려 두니 문제가 생기고, 사라졌던 문제아가 깝신거리고, 태어나지 말았어야 할 문제적 인간이 나대며 버팁니다.

— 5·18기념재단 잡지 『주먹밥』

부서불랑께

초판1쇄 찍은 날 | 2017년 5월 2일
초판1쇄 펴낸 날 | 2017년 5월 10일

지은이 | 김요수
펴낸이 | 송광룡
펴낸곳 | 도서출판 심미안
주소 | 61489 광주광역시 동구 천변우로 487(학동) 2층
전화 | 062-651-6968
팩스 | 062-651-9690
메일 | simmian21@hanmail.net
블로그 | blog.naver.com/munhakdlesimmian
등록 | 2003년 3월 13일 제05-01-0268호
값 13,000원

ISBN 978-89-6381-215-1 03800